박경리 장편소설

애가

다산
책방

차
례

일러두기

- 의성어, 의태어, 방언 등은 작가의 의도에 따라 원문을 따랐다.

1. 불안한 서곡

이민호李敏鎬는 사동 아이로부터 수화기를 받아 들었다.

"누구시죠?"

"아, 선생님. 저 진수예요."

"아아, 그래."

민호는 창밖을 바라보면서 빙그레 웃는다. 뜨락에는 글라디 올러스가 지금 한창이었다.

"오늘 밤 말예요, 독창회에 나가시지 않겠어요? S여대 강당에서 하는데, 마침 초대권이 두 장 있어서요. 가세요, 네? 선생님."

"아, 터커의 독창이군. 틈이 있을까?"

민호는 시계를 들여다본다.

"틈은 만들면 되죠, 뭐."

진수의 토라진 목소리였다.

"그래그래, 가겠소. 그럼 몇 시쯤 대령할깝쇼?"

민호의 농을 섞은 말소리에 진수는 까르르 웃는다.

"6시까지 호반에서 기다리겠어요. 약속 시간 어기면 심한 기합, 아시죠?"

진수는 맑은 웃음소리를 남기고 전화를 끊어버린다.

민호는 담배를 피워 물고 창 옆으로 걸어간다.

김진수金眞秀의 구르는 듯한 맑은 웃음소리가 귓가에 쟁쟁하니 그대로 울리고 있다.

이민호는 S의과대학의 연구실에 있는 젊은 의학도였다. 그는 암 연구의 권위자인 오형吳亨 박사의 수제자로서 장래를 크게 촉망받고 있거니와, 또한 그 청신한 풍모는 그의 감성이 맑음을 보여준다.

민호는 우두커니 창밖을 바라본다.

작년 초여름이었다. 연분홍빛 글라디올러스가 연구실 앞의 뜨락에 한창 피었을 무렵이었다. 민호는 그곳에서 진수를 만났던 것이다. 그때 진수는 S의과대학 부속병원의 입원 환자로서 해가 질 무렵이면 바람을 쐬러 뜰 밖으로 나왔던 것이다.

피로해진 머리를 식히느라고 창변에 서서 담배를 피워 물었던 민호 눈에 크림빛 원피스를 입고 소녀처럼 긴 머리를 어깨 위에까지 늘인 한 여인의 모습이 눈에 들어왔던 것이다.

연분홍 꽃 빛깔에 그 크림색 원피스는 황혼이 깃들기 시작한

뜰에 아름다운 조화를 이루었고, 우수에 젖은 듯한 여인의 파르스름한 얼굴은 몹시 신비스러웠다.

여인은 여광餘光을 등에 받으며 얼굴 위에 흘러내리는 머리칼을 쓸어 넘기려고 고개를 쳐들었다. 그 순간 창변에 서 있는 민호의 눈과 마주친 것이다.

민호는 이상한 흥분을 느꼈다. 여인도 당황히 눈을 돌렸다. 그러자 병실 쪽에서 모시 적삼을 입은 중늙은 여자가 달려오더니 그 젊은 여인을 나무라는 듯한 표정으로 바라보면서 병실로 데리고 가는 것이었다.

다음 날 저녁때도 여인은 연구실 앞에 와서 바람을 쐬는 것이었다. 그다음 날도 역시 여인은 나타났다. 여인은 퇴원을 하는 날까지 하루의 일정처럼 해 질 시각이면 반드시 그곳에 나타났다. 그리하여 어느 날 창변에 서 있는 민호와 말을 나누게 될 기회를 가지게 되었던 것이다. 그때부터 그들의 로맨스는 시작되었다.

민호는 글라디올러스를 바라보며 한동안 그런 회상에 잠겼다가 갑자기 생각난 일이 있는 듯 담배를 빨며 자리에 돌아와 앉는다.

시계는 아직 5시가 안 되어 있었다. 민호는 담배를 재떨이 위에 걸쳐놓고 진수와 약속한 시간까지 P시에 있는 문정규文貞奎에게 편지를 쓰리라 마음먹고 편지지를 끄집어낸다.

정규는 민호의 동기 동창이며 아주 과묵한 사나이였다. 그는 의과대학을 나온 뒤 잠시 동안 군에 가 있다가 지금은 고향인 P시에서 병원을 개업하고 있었다. 민호는 정규가 졸업했을 때에도 연구실에 같이 남아줄 것을 바랐고 군대에서 돌아왔을 때도 역시 같이 연구실에 있기를 원했다. 그만큼 정규는 민호에게 경쟁자로서 신바람이 나는 존재였고 친구로서 아껴야 할 사람이었던 것이다.

그러나 웬일인지 정규는 민호의 권고를 듣지 않았고, 또한 서울에 머물러 있기조차 꺼려하는 기색으로 그냥 시골로 내려가고 말았던 것이다.

민호는 그러한 정규의 태도가 아무래도 석연치 않았다. 그러나 정규는 언젠가 한번 자기는 문학을 하려 했었다는 고백을 한일이 있었다. 그리고 그가 가지고 있는 장서 중에 문학 서적이 퍽 많았던 것도 알고 있었다. 그래서 민호는, 얼마든지 그 재질을 뻗칠 수 있고 확고한 장래가 약속되어 있는데도 불구하고 아무런 미련도 없이 그러한 여러 가지 좋은 조건을 뿌리치고 가버린 이유를 그의 문학적인 향수로 이해하는 도리밖에 없었다.

그러던 정규로부터 뜻밖에 서울에 가고 싶다는 편지가 온 것이 며칠 전의 일이다. 굳이 가야겠다는 것이 아니라 왜 그런지 불현듯 서울에 가고 싶어진다는 것이었고, 그러나 가서는 안 된다는 말이 말미에 적혀 있었다. 민호는 정규의 편지에서 뭔지 알 수 없는 깊은 고민의 자국을 보는 듯했다. 나어린 문학청년도 아니요 이미 삼십을 넘었고, 그렇게 투철한 이성을 가진 사람이 왜 그런 감상적이며 염세적인 말을 하는지 이해하기 어려웠다.

민호는 잔소리 말고 서울로 올라오라고 편지를 쓰리라 마음먹었으나 정작 펜을 들어보니 쉽게 써지지 않는다.

창가에서 바람이 불어온다. 젊은 간호원들의 노랫소리도 들린다. 민호는 다시 담배를 들었다.

'어쩌면 그 작자가 연애를 하는지도 모르지. 만일 그렇다면 그 연애는 순조롭지 못한 모양인데……'

민호는 담배 연기를 뿜는다. 뿜으면서 민호는 진수를 생각한다. 진수는 왜 그런지 민호가 결혼하자고 말을 하기만 하면 그 명랑하던 얼굴에 그늘이 지는 것이 아니었던가?

"그저 사랑하기만 해요!"

하며 눈에 눈물이 글썽이던 일.

민호는 담배를 비벼 끄고 다시 펜을 잡았다.

여름 휴가를 이용하여 자네 집에 놀러 가겠네. 안개와 같은 막을 치는 자네 심정을 구태여 내가 알아야 할 이유는 없지만…… 연애에 한번 열중해보게. 그러면 세상은 얼마든지 아름답고 즐거운 거야.

민호가 그렇게 편지를 쓰고 있을 때였다.

문을 톡톡 두드리는 소리가 들렸다. 민호는 고개를 들고 문

쪽을 바라본다. 사동 아이가 문을 열어본다. 얼굴이 갸름한 젊은 여인이 한 사람 서 있었다. 그 여인은 민호의 눈을 피하며 문 밖에서 실내를 기웃이 들여다본다.

"누굴 찾으시죠?"

민호가 물었다. 여인은 약간 사이를 두고 생각을 하는 눈치더니,

"오 박사는 안 계시는지……."

고운 목소리였다.

"잠깐 밖에 나가셨는데요……."

민호는 시계를 들여다보며,

"곧 오실 겁니다. 들어오셔서 좀 기다리시죠."

여인은 흰 에나멜 핸드백을 고쳐 들고 물빛 나는 레이스 치맛자락을 살짝 걷어 올리며 말없이 실내로 들어온다.

의자를 여인에게 권하며 민호는 도대체 오 박사를 찾는 이 여인이 누구인가 궁금하지 않을 수가 없었다. 오랫동안 오 박사를 받들어 암 연구에 조력해온 민호였지만 이렇게 연구실로 오 박사를 찾아온 손님은 일찍이 보지 못했기 때문이다. 그를 찾아온 손님이란 으레 환자로서 부속병원의 대합실에서 기다리기 마련이다.

조용히 몸을 가누며 의자에 앉는 여인은 아직 삼십 미만인 듯 보였다. 단정한 태도와 해사한 낯빛, 아름다운 얼굴이다. 귀부인이라는 말은 이런 여성을 두고 하는 말일 거라, 민호는 그렇

게 생각한다.

여자는 아무 말없이 창을 바라보고 있었다. 향긋한 향내가 흐르는 방 안의 분위기가 묘하게 무서워진다. 생각 깊게 앉아 있는 여인의 소상塑像과 같은 옆얼굴에서 배어나는 형용할 수 없는 일종의 어둠이 방 안에 차차 깔려지기 시작한다.

얼마 동안의 시간이 흘렀다. 여인은 몸을 일으킨다.

"오래될 모양이군요. 나중에 들어오시면 서울역으로 나와달라고 그렇게 좀 전하여주실 수 있겠는지……."

여인은 민호의 눈을 바로 쳐다보며 아까보다 훨씬 더 명확한 어조로 말을 한다.

"성함이 누구신지요?"

"그렇게 말씀만 전하여주시면 알아들으실 거예요."

오뇌에 젖은 깊은 눈빛으로 민호를 쳐다보던 여인은 쌀쌀한 대답을 한다.

민호가 어리둥절한 표정을 짓고 있는데 여인은 가벼운 목례를 하고 치맛자락이 마루를 스치는 가느다란 소리만 남기며 조용히 나가버린다.

민호는 그 여인의 기품 있는 태도와 고운 목소리에 대하여 일종의 압박감 비슷한 것을 느꼈다. 도대체 누구일까? 민호는 다시 펜을 들어 편지를 끝내어 봉투 속에 넣는다.

'진수가 기다리겠지…….'

민호는 일어서서 밖에 나갈 차비를 차린다. 그리고 사동 아이

15

를 불러 아까 여인이 전하여달라던 말을 오 박사가 들어오시면 잊지 말고 전하라고 당부를 해놓고 밖으로 나왔다.

널찍한 푸른 잔디 위에는 군데군데 간호원들이 앉아 있었고 높은 목청이 울려오는 곳에서는 탁구를 치고 있다. 완만한 구릉을 내려와서 정문을 향하여 민호는 걸어간다.

막 정문 앞에 이르렀을 때 민호는 밖에서 들어오는 오 박사와 마주쳤다.

"아! 선생님, 막 조금 전에 어느 부인이 한 분 찾아오셨던데요."

"어느 부인?"

그렇게 반문하는 오 박사 눈이 불안해 보인다.

"젊은 부인인데 서울역으로 좀 나오시라고 그렇게 선생님한테 전하여달라고 하시더군요."

오 박사의 얼굴이 순간 불쾌하게 변한다. 그러더니 초조한 목소리로,

"몇 시쯤 왔다 갔는가?"

"지금 막 나가셨습니다."

오 박사는 한동안 마음속에 이는 혼란을 억누르는 듯한 표정으로 서 있다가 아무 말 없이 돌아서서 오던 길로 걸어 나간다.

오 박사 뒤를 따라 나가는 민호는 오 박사가 왜 그렇게 침착성을 잃은 태도를 취하는지 알 수가 없었다.

오 박사는 자동차를 기다리기 위하여 가로수 밑에 서면서 담

배를 꺼내 문다. 얼굴에는 여전히 불쾌한 빛과 초조한 것이 있었다.

마흔아홉 살 된 오형 박사는 그의 나이에 비하여 훨씬 젊어 보인다. 약간 굽어진 어깨가 어두운 성격을 말해주지만, 그의 뚫어보는 듯한 눈 속에는 예지가 있어 무엇인가를 알려주는 듯하다. 그 눈이 지금 흐려가고 있다.

민호는 오 박사 옆에 서서 역시 자동차를 기다리고 있었다.

'도대체 그 여인은 누구이기에⋯⋯.'

민호의 마음속에는 다시 이상한 의혹이 생긴다.

민호의 그러한 마음속의 궁금증을 풀어주듯이 뜻하지도 않은 말이 별안간 오 박사의 입에서 나왔다.

"아까 왔더라는 여자는 내 아내라는 사람이오."

묻지도 않았는데 오 박사는 스스로 내뱉듯이 그런 말을 하는 것이었다. 얼굴에는 서글픈 웃음이 있었다.

민호는 적이 놀란다. 그렇게 젊고 아름다운 여인이 오 박사의 부인이라고? 믿어지지 않는 사실이다. 그러나 무슨 뜻으로 오 박사는 묻지도 않은 그런 말을 하는 것이며, 저 서글픈 웃음은 무슨 의미를 품은 것일까?

민호는 오 박사의 얼굴을 바라보며 어떻게 말을 해야 좋을지 몰랐다.

오 박사의 가정 내막을 아는 사람은 아무도 없다. 여러 해 동안 사사師事해온 민호 역시 오 박사의 가정이나 신변에 대하여

아는 바 없었다. 다만 아이가 없다는 말을 어느 좌석에서 들었
을 뿐이다.

겨우 민호는 조심성스럽게,

"사모님은 퍽 아름다운 분이더군요."

오 박사는 민호의 얼굴을 가만히 돌아다보며,

"사람을 슬프게 하도록 고운 여자지. 그러나 고기는 물로 가
야만 사는 모양이야."

민호는 그 말이 무슨 뜻인지 역시 알 수가 없었다. 다만 그런
말을 하는 오 박사 얼굴 위에서 무수히 많은 감정의 선을 느낄
수 있었다. 외로운 얼굴이다.

후텁지근한 바람이 가로수를 흔들어주며 지나간다.

오 박사는 절반도 못 태운 담배를 버리고 머무는 자동차 앞
으로 걸어간다.

오 박사에 앞서 민호는 정지한 자동차의 문을 열었다.

오 박사는 민호를 쳐다보며,

"자네는 어딜 가나?"

"명동 쪽으로 가렵니다."

"그럼 같이 타고 가지. 도중에서 내리면 되겠군."

민호는 오 박사의 표정이 퍽 부드러워진 것을 느낀다.

오 박사는 스쳐 가는 가로수를 바라보며 거의 혼잣말처럼,

"인간의 힘으로 어떠한 것을 정복해도, 결코 사람의 마음을
정복할 수는 없는 모양이야. 고독이라는 것은 사람의 어쩔 수

없는 숙명인가……."

민호는 아연하지 않을 수 없었다.

메스를 들면 피 한 방울이 솟을 것 같지 않은 냉엄한 오 박사,
필요 이상의 말을 일찍이 입 밖에 내어본 일이 없는 오 박사가
아니었던가. 무슨 깊은 곡절이 있는 모양이구나. 민호는 그런
생각을 하면서도 왜 그런지 오 박사의 인간적인 일면에 친밀감
을 느낀다.

"사람의 한 일이란 나이 들수록 별것이 아닌 것 같아. 나도
한땐 야심이 컸지. 그래서 사십이 넘도록 독신 생활을 하고 정
열을 오직 연구에다 바쳤건만 그 결과는 서글프도록 미미하고
보잘것없는 것과 뼈저린 고독과 적막뿐이지."

"……."

"이군, 자네도 일찌감치 결혼을 하게. 협조자를 얻으라는 것
이네. 인체가 적당한 공급과 배설로써 유지되는 것같이 정신면
도 그러하네."

"저는 선생님 말씀 이해하기 곤란합니다. 그렇게 아름답고
정숙하게 보이는 사모님을 두시고 왜 그리 고독해하십니까?"

민호는 오 박사의 무거운 기분을 전환시킬 목적으로 웃었다.

"지금 그 여자는 내 곁으로부터 떠나가는 길이네. 아마 이제
돌아오지 않을걸."

민호는 그 이상 말을 거듭할 수가 없었다. 침울한 공기가 흐
른다.

"아, 운전수, 명동 앞이군그래."

오 박사의 말에 자동차가 멈춘다. 민호는 고개를 숙여,

"그럼, 선생님, 가보겠습니다."

오 박사는 대답 대신 손을 내민다. 악수를 하자는 것이다. 민호는 오 박사의 따뜻한 손을 놓고 자동차에서 내렸다.

오 박사를 태운 자동차는 서울역을 향하여 달린다.

'이상한 날이다. 정규가 그 실연자의 독백 같은 편지를 주더니만…… 우울한 일이야.'

민호가 호반다방의 문을 밀고 들어갔을 때 진수는 밝게 웃는 얼굴로 손을 들어 보였다.

진수는 저녁 늦게 돌아갈 것을 미리 생각하고, 야기가 스며들어도 썰렁하지 않게 새틴으로 만든 흰 드레스를 입고 있었다. 그리고 연한 수박색의 볼레로를 걸치고 있었다.

흰 비즈로 만든 조그마한 핸드백을 든 갸름한 손이 예술적이다.

"2분이나 지각이에요."

진수는 탁자 위에다 손을 짚으며 고개를 갸우뚱 쳐들고 민호를 바라본다. 검은 머리가 목덜미에서 흔들린다. 확실히 고혹적인 얼굴이다.

"아아, 더워."

민호는 레지에게 아이스커피를 가져오게 하고 이마의 땀을 닦으며 호들갑을 떤다. 진수의 화살을 피하자는 수작이다. 그

러고는 빙그레 웃는다. 면도 자국이 파아랗게 보이는 입언저리가 소년처럼 맑아 보인다.

"언제나 절 기다리게 하구…… 미워요."

진수는 떼를 쓰는 아이처럼 아랫입술을 앞으로 밀어낸다.

"진수는 한가히 노는 사람이지만 나는 바쁘지 않소?"

민호는 진수를 달랜다.

"아니에요. 바빠서 그런 게 아니에요. 애정에 인색해서 그래요."

"내가 인색하면, 그럼 진수는 깍쟁이지."

이러한 두 사람이 주고받는 말은 물론 행복한 밀어일 뿐이다.

진수는 민호의 면도 자국이 파아란, 소년처럼 맑은 입언저리를 물끄러미 바라보다가 민호를 부른다.

"선생님!"

민호는 레지가 날라 온 아이스커피를 마시며, 왜 또 그러느냐는 표정으로 진수를 바라본다.

"아무것도 아니에요, 그저 불러봤어요."

진수는 은은한 미소를 머금고 민호의 눈을 들여다보는 것이었다.

"묘한 사람이군."

"묘하긴 뭐가 묘해요?"

"글쎄, 왜 사람을 불러놓고 말이 없단 말이오."

민호는 공연히 짓궂게 진수를 놀려먹는다.

"전 집에서, 혼자 있을 때도 그렇게 선생님을 불러보는걸요. 선생님이 보고 싶으면……."

민호는 가슴이 뭉클했다. 무엇인지 안타까울 지경으로 진수에 대한 애정이 느껴진다. 두 사람의 눈이 한동안 말없이 서로의 눈 속에 그림자를 지어준다. 영혼과 몸이 소멸되어가는 듯 그렇게 아름다운 순간이라 느껴졌다. 민호는 자리에서 벌떡 일어서며 진수의 팔을 잡는다.

"자아, 일어나요. 일찌감치 가보는 것이 좋겠지."

민호는 다방 안의 많은 사람으로부터 뛰쳐나오고 싶었던 것이다. 진수의 마음도 그랬다. 많은 말들이, 그리고 마음들이, 미진한 것만 같았다. 그들은 지나가는 택시를 하나 잡아가지고 몸을 실었다.

"S여대까지."

민호는 뒤로 몸을 푹 기대며,

"오늘 밤 독창할 터커는 테너 가수로서는 세계에서 일급이래죠?"

"글쎄, 카루소 이후의 가장 위대한 테너 가수라고 하더군요."

진수는 피로한 듯 민호 어깨 위에 머리를 얹으며 조용히 눈을 감는다. 속눈썹이 그늘처럼 흔들린다.

"피로하오?"

진수는 눈을 감은 채 고개를 끄덕인다.

자동차는 잡다한 거리를 뚫으며 달리고 있었다.

"앗, 오 박사가!"

민호는 나직이 외친다. 진수는 놀라서 고개를 쳐든다.

"뭐예요?"

"아니, 아는 사람이야."

민호는 아무렇지 않은 표정으로 돌아가며 말을 흐려버린다. 그러나 가슴은 답답했다.

어깨를 구부리고 허공을 쳐다보며 서 있던 오 박사, 어느 외국 서적을 파는 상점으로 뚜벅뚜벅 걸어 들어가던 오 박사, 그 고독한 그림자, 그것은 영예로운 박사학위를 지닌 오형 씨도 아니요, 한국의 암 연구에 있어서 최고의 권위자인 오형 씨도 아니요, 학생들의 존경을 한몸에 받아온 대학의 교수인 오형 씨도 아니었다. 그것은 슬프고 고독한, 한 사람의 인생에 패배한 모습인 것만 같았다. 그렇다면 영, 아주 영 그 아름다운 부인은 가 버렸단 말인가.

"가엾은 선생님……."

"뭐요?"

"아니, 가엾은 사람이라고 했어. 지금 막 그런 사람을 보았단 말이오."

민호는 침울한 얼굴로 말한다.

"어째서 가엾단 말예요?"

"아마, 진수가 나를 버리고 달아나 버렸다면 나를 가엾다고 하겠지. 그러나 나보다 더 적막하고, 이미 인생의 황혼기에 든 사람으로부터 그의 사랑하는 사람이 달아났으니…….”

민호는 두서도 없는 그런 말을 뇐다. 그만큼 민호에게는 오 박사로부터 받은 충격이 컸다.

한동안의 침묵이 흐른다.

“저는 달아나지 않아요. 그렇지만 아마 선생님이 저로부터 달아날 거예요.”

진수는 눈을 감고 혼잣말처럼 중얼거린다.

“바보 같은 소리…….”

“아니에요. 미구에 오고 말 일예요.”

“신용이 아주 없구먼.”

“그렇지만, 아무래도 좋아요. 이 순간만이래도 전 행복하니까.”

“지나치게 비관적이군.”

“아니에요. 지나치게 낙관적이죠. 그래서 전 선생님을 만나기만 하면, 일종의 안정감이라 할까, 안도감이라고 할까, 그러한 저의 마음을 느낄 수 있어요. 그런 데서 이렇게 몸이 풀어지고 피로를 느끼는지 모르죠.”

“그럼, 언제나 안정될 수 있게 같이 살아야지. 가을에는 결혼을 합시다.”

진수는 민호 어깨 위에 얹었던 고개를 들고 자동차의 유리에다 볼을 가만히 비빈다. 그러는 진수는 손을 뻗쳐 민호의 손을 꼭 쥐어보며,

“그런 말씀 하지 말아주세요. 마음이 퍽 절박해지는 것 같 애요.”

유리에다 볼을 비비는 진수의 눈에 눈물이 어린다.

“참말 진수는 묘한 성미야. 무엇인지 상당히 그릇된 생각을 하고 있는 것 같아.”

진수는 다시 민호 어깨 위에 머리를 얹으며,

“좋아요. 뭐라고 말씀해도 상관없어요. 그러나저러나 전 음악회에 나가는 것만은 좋아하니까…….”

“초점이 안 맞는 말을 하는군. 화제를 그렇게 급격하게 전환시키는 진수의 의도를 모르겠어.”

서늘한 숲에 파묻혀 있는 S여대가 보이기 시작한다. 시내와 떨어진 깊숙한 곳에 S여자대학은 있었다. 전나무, 자작나무 따위의 교목들이 싱싱한 푸르름을 자아내고 있는 숲, 그 숲이 우거진 산중턱에 자리 잡고 있는 흰 건물. 벌써 청중들이 모여들고 있었다. 나무 그늘 밑에 앉아서 시간을 기다리는 남녀는 민호들뿐만이 아니었다. 쌍쌍이 모여든 남녀들은 음악보다 오히려 그들의 청춘을 즐기는 듯 보였다.

얼마 후 회장으로 들어간 민호는 지정된 좌석을 찾아 진수를 앉게 하고 자기도 그 옆에 앉는다.

진수는 핸드백 속에서 작은 부채를 꺼내어 펴서 살랑살랑 부친다. 향긋한 향내와 더불어 부드러운 바람이 민호의 볼을 스쳐 온다. 민호는 행복하다고 느꼈다. 진수만이 자기에게 구원ㅅ

邁한 여성이라 생각했다.

드디어 열광적인 박수 속에 세계적 대가수 터커는 나타났다. 고요한 물결을 타고 흐르듯 노랫소리가 흘러나온다. 그가 노래를 부르며 몸짓을 할 적마다 넥타이, 커프스버튼, 그리고 새끼손가락에서 서너 캐럿이 족히 넘을 다이아몬드가 번득인다. 청중들을 도취시킨 채 한 곡목이 끝난다. 열렬한 박수갈채가 장내에 오래도록 울리고 있었다.

진수는, 예술의 절대성이나 영원성이 이러한 일순간 속에 있는 것이라 생각한다. 영겁과 가치판단을 초월한 순간 속에 예술의 절대가 있는 것이라고.

진수는 그와 같이, 민호와의 사랑도 이 순간, 이 찰나에 있어서만이 영원하고 절대적인 것이라 생각한다. 그렇게 생각하는 진수의 눈에 눈물이 핑 돌았다. 사랑한다는 것과 무상히 아름답다는 것, 그것은 눈물 같은 것이라 헤아린다. 눈물과 같은 것, 눈물처럼 가슴 저리는 것.

휴게 시간이 되었다. 장내는 갑자기 소란스러웠다.

진수는 감히 터커의 노래가 좋다고 말할 수가 없었다. 좋다는 것은 제각기 가슴속에 간직해둘 말이라고 생각했다. 가만히 장내를 둘러본다. 외국인 남녀들도 제법 눈에 띈다.

진수는 손수건으로 콧등에 솟은 땀을 누르며,

"역시 청중이 깨끗하고 세련되어 있죠, 선생님?"

"돈푼이나 있어 보이는 축들이 대부분이군. 이 속에 몇 사람쯤 예술을 이해할까? 우선 나부터."

민호는 아무 거리낌 없이 말을 뇐다.

"뭐, 그저 좋고 아름답다고 느끼면 되는 거죠. 따지실 필요는 없어요."

진수는 조심스럽게 주변을 살피며 가벼운 어조로 민호의 무례한 언사를 비난한다.

"옷 자랑, 보석 자랑, 그런 것을 하러 온 사람이 더 많잖아요?"

이때 바로 앞 좌석에 앉았던 흑의黑衣의 여성이 고개를 뒤로 홱 돌린다.

눈부시게 빛나는 귀걸이와 목걸이, 흰 속살이 훤하게 드러나 보이는 검은 레이스의 드레스를 입은 여자의 눈이 빛난다.

"앗!"

진수 입에서 나온 낮은 울부짖음이었다.

흑의의 여성은 진수의 놀라는 얼굴은 미처 보지 못하고 민호를 잔뜩 경멸하듯 흘겨보더니, 옆에 앉은 사람에게 영어로 높다랗게 지껄인다. 앞의 말은 얼핏 알아듣지 못했지만 나중의 말은 야만스러운 인종이란 말이었다. 물론 그 여성도 한국인이었다. 그러자 흑의의 여성의 말을 듣고 있던 사람이 돌아본다. 점잖게 생긴 외국 손님이다. 민호는 모욕을 느낀 듯 얼굴을 붉혔으나 이내 그것을 묵살해버린다.

"우리 바람 쐬러 나갑시다."

진수는 얼굴이 해쓱해서 일어선다.

창밖은 어두웠다.

"아주 신경과민이군."

진수는 가만히 고개를 흔들었다. 그러고는 얼굴을 숙인 채 곧장 밖으로 나가는 것이었다. 민호는 하는 수 없이 그를 따라 나갔다. 그러나 진수는 휴게실로 가는 것도 아니요, 아주 밖으로 나가려는 기색이다.

"진수, 왜 그래? 아직 끝나지도 않았는데 나가면 어떡해?"

"머리가 몹시 아파요."

"정말 큰일 났네. 사람이 그렇게 신경이 과민해서야 어디……."

진수는 그렇지 않다는 뜻으로 고개를 심하게 저을 뿐이다. 진수는 강당 밖으로 나와서 곧장 걸어간다. 시원한 바람이 불어왔다. 진수는 풀밭에 털썩 주저앉더니, 두 손으로 머리를 안으며 무릎 위에 묻는다. 그러한 고민의 모습이 아스라한 어둠 속에 번진다.

민호는 진수 옆에 가서 앉는다.

"몹시 두통이 나오?"

진수는 대답이 없었다. 얼굴을 묻어버린 채. 바람이 진수의 긴 머리카락을 스쳐 간다. 어둠과 정적 속에 불그레한 별빛. 민호는 이상한 불안과 울분 같은 것을 느낀다. 민호는 진수를 와락 안았다. 진수의 어깨가 흔들린다. 깊고 격렬한 오열이 스며

나온다.

"왜 우는가, 진수?"

진수는 역시 아무 대답도 없었다.

"나를 왜 자꾸 이렇게 불안하게 하는지…… 진수! 자, 말 좀 해보아요."

진수는 역시 대답이 없었다. 민호는 폭력을 행사하여 진수의 얼굴을 쳐들게 했다. 아름다운 얼굴이다. 몸을 뒤트는 듯한 그 슬픔의 원인이 무엇이란 말인가? 민호는 진수의 눈물 어린 얼굴을 바라보다가, 그의 입술에다 자기의 것을 갖다 댄다.

이지러지는 하늘의 별빛, 나뭇잎을 스치는 부드러운 바람. 진수는 눈을 감으며, 그 흰 팔을 민호의 목에 감는다.

"이대로 죽고 싶어요."

"나는 영원히 살고 싶소, 진수하고."

"영원이란 일순간, 한 찰나 속에 있어요."

"나는 감상주의자는 아냐."

"말씀 마세요, 절박해져요."

"뭣이 절박……."

진수는 민호 입에 볼을 붙인다. 민호의 입에서 그 이상 말이 나오지 않게 하기 위한 진수의 수작이었다.

민호는 진수의 머리를 쓸어주면서,

"진수는 무슨 큰 아픔을 지니고 있는 사람 같아. 나에게 말해 줄 수는 없는지?"

민호의 목소리는 조용했다.

"혼자서 괴로워하는 것보다 둘이서 나누어 하면 훨씬 가벼워
질걸."

진수는 민호 어깨 위에 고개를 얹으며,

"이따 차차 말씀드리죠."

"지금 말해봐요."

한동안의 침묵이 흐른다.

"아무것도…… 그래요, 아무것도 할 말이 없어요. 이대로 전
행복해요. 제게 이러한 순간이 있었다는 것만으로도, 이런 추
억만 갖고도 충분히 전 행복할 수 있어요."

"묘한 말을 또 하는군. 추억이니 뭐니 하는 말은 우리가 장래
헤어진다는 말로밖에 해석할 수 없지 않소."

"그렇지가 않아요."

진수의 목소리는 힘이 없었다.

민호는 그 이상 말을 하지 않기로 했다. 진수를 너무 괴롭히
는 것 같았다. 그러나 진수는 다시 말한다.

"이상한 예감이 들어요. 왜 그런지, 아까 자동차를 타던 순간
부터 불안하고 슬프고, 이상스러운 예감……."

"인제 그런 말하지 말고 내 얘기나 들어요."

민호는 잠깐 말을 끊고, 나뭇잎을 스치고 지나가는 바람 소
리를 듣더니,

"진수, 우리 며칠 있다가 여행합시다. 시원한 바닷가에 가서

이 어지러운 일 모두 잊고, 우리들의 일을 차근차근 생각해보는 것
이 어떨까?"

"아주 먼 곳이에요?"

"멀다 해도 이 나라 안이니 얼마나 멀겠소."

"아주, 아주, 아무도 모르는 곳에 가고 싶어요."

"아무튼 그곳에는 내 친구가 있소."

"거기에 가요."

"가볼까?"

그러자 독창회가 끝난 모양으로 회장에서 사람들이 쏟아져
나온다.

"아! 다 끝났군. 공연히 진수 때문에 허탕 쳤지. 그럼 우리도
갑시다."

민호가 일어선다. 진수는 머뭇거리는 듯하더니 역시 일어서
기는 했다. 한길로 나왔다. 그사이에 벌써 라디오에서는 녹음
된 터커의 목소리가 라디오 상점에서 흘러나오고 있었다.

"목이 마르잖아요? 아이스크림 먹고 갈까?"

민호와 진수는 큰 거리에서 자동차를 기다리고 섰다가 길모
퉁이에 있는 밀크홀로 들어간다. 좌석이 겨우 몇 개 남아 있을
정도로 손님이 꽉 차 있었다. 모두 독창회에 왔던 사람들인 모
양이었다.

진수는 아까보다 좀 명랑해져서,

"전 아이스크림 싫어요. 레몬주스 마실래요."

어리광조로 말을 한다.

"이제 겨우 우울증이 가셔졌구먼."

그렇게 말하는 민호를 보고 진수는 쓸쓸하게 웃어버린다.

그때였다. 건너편에 자리 잡고 있던 한 패들 속에서 한 사나이가 일어서더니 민호가 앉은 자리로 뚜벅뚜벅 걸어온다. 민호는 고개를 들었다.

"아! 강군 아닌가."

민호가 반갑게 소리를 친다. 두 사나이는 서로 손을 덥석 잡는다.

"오래간만이네. 어쩌면, 같은 서울에 살면서도 그렇게 소식이 불통이야."

강이란 사나이는 민호의 손을 흔들며 몹시 다급하게 말을 건넨다.

"아아, 자네야 뭐 버젓한 병원의 원장님이신데, 누구 구속으로 친구를 좀 못 찾아본단 말인가. 돈을 버느라고 그저 여념이 없는 모양이군그래. 너무 그러지 말게. 점점 세상이 삭막해지네, 이 사람아."

민호는 무관하게 핀잔을 주는 판이다.

"말 말게. 여편네, 자식새끼 데리고 죽을 지경일세. 서울서 병원이랍시고 차려는 놨지만 제대로 밥 먹고 사는 사람이 몇이나 될꼬?"

"듣건대, 산부인과라면 대단한 번창이라지 않는가."

"그럼, 우리들 같은 돌대가리에게 돈이라도 생겨야 살지. 자네야말로 박사님의 수제자에다, 멀지 않아 교수님이 되실 게고, 쟁쟁한 앞날, 공연히 질투나 받지 않게 조심하게."

주거니 받거니 하는 말이다.

"그러지 말고 좀 앉기나 하라고."

"자네와 같이 나도 일행이 있네. 오늘 독창회에 왔더랬나?"

사나이는 유쾌하게 지껄이며 처음으로 진수에게 시선을 옮긴다. 사나이의 눈에 일순간 놀라움이 확 끼친다. 그러나 이내 아무렇지도 않은 표정으로 진수에게서 시선을 돌린다. 창백한 진수의 얼굴에서는 땀이 솟고 있었다.

"참, 강군, 소개할게. 내 약혼자야. 김진수라고 해. 그리고 여긴 대학 동창 강영구."

진수는 그 순간 자리에서 벌떡 일어서더니 테이블 위에 놓았던 핸드백을 들고 아무 말도 없이 나가버리는 것이었다. 별안간에 일어난 일에 잠시 어리둥절하던 민호는 영문 모르게 나가버린 진수를 뒤쫓아 나간다.

"앗! 저 손님들 돈두 안 내고……."

강영구가 쓰디쓴 웃음을 띠며,

"거 내가 회계하겠소. 걱정 마오."

하며, 자기의 자리로 돌아가는 것이었다.

밖으로 나온 진수는 거의 미친 사람처럼 뛰어간다. 막 앞으로 지나가는 자동차를 향하여 손을 든다.

"진수! 진수! 왜 그러우?"

뒤에서 민호가 소리친다.

진수는 멈춘 자동차에 황급히 올라탄다.

"어딜 가세요?"

운전사는 새파랗게 질린 진수의 얼굴을 돌아보며 묻는다.

"장충동까지!"

그때 민호는 자동차 앞에까지 다다랐다.

"진수! 뭐가 잘못되었소? 말을 하구 가야지."

하며 자동차 앞으로 다가서려고 하자,

"빨리 가세요!"

진수는 나직이 외친다.

자동차는 미끄러진다.

달리기 시작한 자동차 속에는 양손으로 얼굴을 푹 가린 진수의 모습이 불빛을 받고 있었다. 민호는 넋을 잃어버린 사람처럼 진수를 싣고 멀리 사라지는 자동차를 바라보고 서 있었다. 가로수 밑에 선 민호의 긴 그림자, 등허리 뒤에서 비춰주는 가등은 오렌지처럼 불그스름하다.

누가 와서 어깨를 친다. 민호는 꿈에서 깨어난 사람처럼 돌아보았다. 강영구가 담배를 물고 서 있었다.

"조용한 다방에나 가세."

영구가 앞서서 걷는다. 민호는 천천히 그의 뒤를 따르면서,

"자네 일행이 있었잖았나?"

"먼저 보냈어. 아무래도 형편이 좀 수선스러워서…… 자네 얘기도 좀 들어보아야겠고…….".

영구의 목소리는 침울했다.

두 사람은 우선 눈에 띄는 다방으로 들어갔다. 변두리에 있는 다방 안은 조용했다. 늦은 시각이기 때문에 더욱 조용했을 것이다.

자리에 앉아서 우선 커피를 시킨다. 두 사람은 서로 말이 없다. 민호는 영구를 소개하자 별안간 달아나 버린 진수의 수상쩍은 행동에 비추어, 영구하고 심상치 않은 일이 연결되어 있는 것을 눈치챌 수 있었다. 괴로운 일이 아닐 수 없다. 영구 역시 괴로웠다. 민호에게 어떻게 진실을 전할 것인가, 정말 아까 말한 것처럼 그 여자는 민호의 약혼자일까? 그냥 스틱걸일 정도라면 문제는 간단하고, 말을 할 성질도 못 되지만…….

한참 후에 영구는 재떨이에 담배를 비벼 끄고 레지가 갖다 놓은 커피를 한 모금 마신 뒤,

"자네, 아까 그 여자하고 정말 약혼을 했는가?"

민호는 적의에 가까운 눈빛으로 영구를 쏘아보며,

"구태여 형식을 찾는다면, 그는 나의 연인일 게야. 약혼식은 아직 올리지 않았으니까. 그렇지만 그가 내 아내가 될 사람인 것은 다름이 없어."

명확한 어조로 또박또박 말을 한다. 영구는 좀 압도되는 듯한 기색으로 약간 망설이다가,

"자네, 그럼 그 여자의 과거를 아나?"

"과거를 알고 싶지 않아. 만일 그에게 불행한 연애사건이 있었다고 해도 나는 현재의 그를 사랑하고 있으니까 과거는 무의미한 거야."

그렇게 민호는 말을 하면서, 이따금 고민에 뒤틀리는 듯하던 진수의 얼굴을 생각하지 않을 수 없었다.

영구는 초조하게 다시 담배를 문다.

"제발 그 여자를 중상하지 말아주게. 나는 어떤 말이 나와도 믿지 않겠네."

"……."

"설령 과거에 누구를 사랑했다 하더라도 그것은 이미 지나간 일이야."

영구는 침묵함으로써 민호의 마음을 더 혼란 속에 몰아넣는다.

다방 안에 졸리는 듯한 유행가가 흘러나온다.

"자네 생각보다 훨씬 험악한 일일세. 나로서는 과거의 누구를 사랑했다는 정도라면 입을 다물고 자네에게 축배라도 올리고 싶지만……."

민호의 얼굴이 어쩔 수 없이 긴장한다.

"그리고 내가 관계하지 않았던 일이라면……."

"……."

"또, 자네는 내가 아끼는 친구가 아닌가."

영구는 선뜻 본론에 들어가지 못하고 말을 질질 끌고 있다.

민호의 얼굴은 창백했다.

영구는 민호를 외면하고 고개를 푹 숙이며,

"부산에 피란 갔을 때 일이었다. 내가 살던 바로 이웃에 그 여자는 살고 있었다. 미국 군인하고 살고 있었더란 말이야."

민호의 얼굴이 빳빳하게 굳어진다.

"그것뿐이라면 내 머릿속에서 그 여자에 대한 인상이 사라졌을 거야. 그러나 그 여자는 비밀리에 나에게 수술을 받으러 온 일이 있었다. 그 외국인의 아이를 임신했기 때문이지. 부끄러운 얘기지만, 그때 내 생활이 말이 아니었기 때문에 학생의 신분으로 그런 아르바이트를 했지. 지금 생각하면 등허리에 땀이 솟을 지경이지만."

영구는 고개를 숙인 채 민호에게 큰 충격이 오지 않도록 하기 위하여 타성적으로 말을 이어간다.

"전쟁 때문에 빚어진 일이지. 그때도 여자는 퍽 순진해 보였고, 그런 직업의 여자들과는 다른 것이 풍기데. 그래, 사실은 나도 퍽 매력을 느꼈지. 그러나 그는 말도 잘 하지 않았고, 좀처럼 외출하는 일도 없더군."

민호는 영구의 말을 거의 듣지 않고 있었다. 담배를 문다. 라이터를 켜는 손이 부들부들 떨고 있었다.

"일시적으로 데리고 노는 여자라면 모르지만, 결혼상대로서는 포기하는 것이 좋겠어."

민호는 담배 연기를 푹푹 내뿜는다. 처음으로 민호는 영구를 바라보며,

"알았어. 그래서 그 여자는 나하고 결혼할 수 없다고 말했나 부지."

무심중에 한 말이었다.

"그렇게 정신이 썩은 여자는 아닐 게야."

영구는 생각한 것보다 민호가 훨씬 침착한 데 안심을 하고 말을 했다.

"쓸데없는 동정은 그 여자에게 금물이야."

민호는 불쾌한 어조로 말을 내뱉는다.

"그럼, 우리 일어서지. 용무는 끝났으니까."

민호는 다시 냉정한 어조로 말을 하며 일어선다. 테이블 위에 찻값을 놓아두고, 레지에게 눈짓을 하며 민호는 영구에 앞서서 다방 밖으로 나간다.

거리에 나온 민호는 손을 들어 자동차를 세우고 영구와 같이 탔다.

"명동까지."

민호는 자동차 속에서 한마디의 말도 없이 묵묵히 앉아 있었다.

명동 앞까지 온 민호는,

"자아, 그럼 자네는 집으로 가게."

자동차 조수에게 5백 환을 던져주고 혼자만 내린다.

명동 거리의 네온사인은 아름다웠다. 시간은 상당히 늦은 모양이다. 민호는 스탠드바로 쑥 들어간다. 카운터 앞에 가서,
　"술을 주시오!"

　자동차에 몸을 던지고 양손으로 얼굴을 푹 가리며 민호로부터 도망쳐 간 진수는, 얼마 후 장충동에 있는 집 앞에서 자동차를 멈추게 하고 내렸다.
　땅을 딛는 진수는 어둡고 한없는 강으로 떠밀려 내려가는 듯한 이상한 환각을 갖는다.
　바람에 등나무 꽃이 지는 집 앞에서 한동안 섰다가 식모아이가 열어주는 문으로 들어간다. 진수는 어머니 몰래 자기가 거처하는 방문을 살그머니 열었다.
　진수는 방바닥에 푹 쓰러진다.
　이러한 날이 오리라고 생각하지 않았던 진수는 아니다. 어느때고 이러한 순간이 반드시 올 것이라는 것, 그러한 순간이 오면 민호는 자기 곁으로부터 떠나게 될 것이라는 것, 미리 마음속에 각오해두었던 일이 아니었던가.
　진수는 S여대 강당에서 그 흑의의 여인 영미英美를 본 순간, 이미 민호와 헤어져야 할 시기가 온 것을 예감했다. 다행히도 영미는 진수를 알아보지 못했지만, 진수는 옛날 자기와 같은 위치에 서 있었던 그 여자를 똑똑하게 기억하고 있었다.
　'누구를 탓할 것도 없고 원망할 것도 없다. 이미 잃어버린 것

이지만, 나는 그동안 행복했었다. 그렇다면 그만이 아니냐?'

진수는 방바닥 위에 쓰러진 채 그런 말을 마음속에 뇌고 있었다. 생각하면 할수록 꿈과 같은 세월이었다. 전쟁이란 거대한 광풍이 두들기고, 부수고, 짓밟고 가버린 자국, 씻으려야 씻을 수 없는, 그것은 너무나 생생한 낙인이었다.

육이오동란이 일어난 해 진수는 아버지를 잃었다. 진수는 전쟁 중 병든 홀어머니를 모시고 무진히 고생을 했다. 피란살이를 전전한 끝에 영문과를 중퇴한 그는, 별도리 없이 미군부대에 취직을 했던 것이다.

어느 날 밤, 집으로 돌아오는 길, 인기척 없는 후미진 길이었다. 그 길에 돌연 나타난 지프차에 납치되어 갔던 것이다. 그리하여 수풀이 우거진 교외 어느 곳에서 진수는 미군 장교 제임스에게 몸을 버렸던 것이다. 물론 돌발적인 우연은 아니었다. 제임스는 오랫동안 진수를 사모하고 있었으나, 그것이 이루어지지 않을 것을 깨닫고 그러한 비상수단을 써서 진수를 자기의 것으로 만들려고 했던 것이다. 제임스는 진심으로 진수가 자기의 아내가 되어줄 것을 바랐다. 그러나 진수는 제임스에 대하여 깊은 저주와 증오 이외의 감정을 가질 수는 도저히 없었다. 그에 대한 복수심과 자포자기하는 마음에서 제임스와 동서 생활을 하면서도 진수는 무진히 그 이국의 사나이를 괴롭혔다.

그때부터 진수의 생활은 방종한 기록이었다. 지독한 술도 마시고 담배도 배웠다. 제임스는 진수를 자기 것으로 만들기 위하여 폭력을 썼지만, 진수에 대한 애정은 깊었다. 한 마리의 비둘기처럼 여자를 아꼈다. 그러나 제임스가 본국으로 돌아가는 날까지 진수는 그 사나이에게 자기의 마음의 창문을 열어주지 않았다.

제임스는 떠나면서 진수에게,

"나는 당신에게 큰 죄를 지었지만, 그러나 내 자신에 대하여 부끄럼이 없소, 나는 진정으로 당신을 좋아했소. 앞으로도 영원히 그럴 것이오. 당신은 나의 아내 될 것을 굳이 마다하지만 그것도 운명이라 생각하고 떠나겠소. 만일 이후에라도 내가 할 수 있는 일이면 아무 염려 말고 나에게 편지하시오. 친구와 같은 마음으로 도와드리겠소."

진수는 냉랭한 미소를 띠며,

"내 조국이 나를 양공주라고 쫓아낸다면 그땐 제임스 씨를 찾아가죠."

진수는 제임스 중위가 떠난 뒤 환도한 서울로 돌아왔다.

그러한 괴로운 세월 속에서 진수는 병들어 S대 부속병원에 입원을 하고, 그곳에서 민호를 만났던 것이다.

'그렇다. 미국에라도 갈까 부다. 양공주였기 때문에 이 조국은 나에게 안식처를 주지 못했고 지금도 민호로 인하여 진정 난 발붙일 곳이 없어졌다. 넓고 광활한 천지로, 아무도 나를 모르는 곳으로 가자.'

진수는 밤새도록 울었다. 자기 자신에 대한 경멸이 심하면 심하여질수록 민호에 대한 미련과 애정이 가슴에 사무친다.

'헤어진다는 것은 이미 각오하고 있는 일이다. 그렇지만 역시 못 견디겠다. 더러운 여자로서 그의 기억 속에 남는다면, 그것은 얼마나 몸서리쳐지는 일이겠는가. 차라리 죽어버리기라도 할까 봐. 좀 더 빨리 그이의 앞에서 떠났더라면…….'

진수의 번뇌는 끝이 없었다.

아침이 되었다. 뽀얀 아침 햇살이 커튼을 넘어 방 안으로 기어든다. 진수는 뽀얀 햇빛에 자기의 손을 들어 비춰본다. 프랑스의 『악의 꽃』의 시인 보들레르가 만년에 형편없이 영락된 몸을 어느 자선병원에다 두었을 때 그는 청승맞게도 손을 씻고는 아기처럼 그 손을 쳐들어 햇빛에 비춰보는 습관이 있었다는 얘기가 있지만, 진수도 슬프고 외로운 때면 왜 그런지 자기의 손을 우두커니 들여다보는 버릇이 있었다. 손끝이 뾰족하고 긴 손가락, 아름다운 손이었다.

어젯밤 진수는 이 땅을 떠나버리리라 그렇게 생각했었다. 그러나 이렇게 따사로운 햇볕이 비치고, 온 누리에는 싱싱한 푸르름이 깃들어 있다. 인간은 모두 인생의 송가를 부르고 있는 것이다.

외로운 손, 슬픈 손.

정녕코 사랑하는 민호가 숨 쉬고 있는 이 땅을 버릴 수는 없다. 한 가닥의 등불처럼 숨어서라도 민호를 지켜보자.

진수는 이마 위에 손을 얹는다. 무슨 기적이라도 일어날지 누가 알겠는가? 하느님이 내 이 마음을 불쌍히 여기셔서 꿈으로라도 그이에게 내 마음을 전하여주실지도 모르지. 어떤 돌발적인 일이 생겨서 우리들은 완전히 결합될지도 모르지. 그러다 진수는 서글프게 웃어버린다. 유치하기 짝이 없는 공상이라 생각한 때문이다.

진수는 몸을 일으켜 머리 위에 놓인 핸드백을 잡아당겨 그 속에서 하얗고 작은 수면제를 꺼내어 손에 얹는다. 진수는 손바닥 위에 놓인 흰 수면제를 쳐다보고 미소한다. 부산에 있을 때부터 몸에 간직하고 다니던 수면제였다.

'언제든지 나는 죽을 수 있다. 죽을 수 있다는 것, 이 알약을 삼킬 수 있다는 것, 그것만으로도 나는 얼마든지 강해질 수 있는 것이다.'

진수는 창백한 얼굴 위에 미소를 흘리면서 마음속으로 중얼거리고 있었다.

마루에서는 조심스러운 어머니의 발소리가 들려온다. 진수는 약을 꼭 쥐고 베개 위에 머리를 파묻어버린다.

"진수야 얘, 너 조반 먹지 않을래?"

진수는 숨을 죽인 채 대답을 하지 않는다

어머니는 살그머니 방문을 열어본다. 고독과 고민에 뒤틀린 듯한 진수의 몸이 길게 뻗어져 있다. 우는 얼굴을 보여주기 싫은 때의 자세였다. 어머니는 누구보다도 그런 자세를 취할 적의 진수의 괴로움을 잘 알고 있었다. 이러한 때는 가만히 그대로 두어두는 편이 그를 덜 괴롭히는 것이 된다는 것도 오랜 습관상 어머니는 잘 알고 있었다. 어머니는 소리가 나지 않게 살그머니 방문을 닫아주고 딸의 방 앞에서 물러간다. 어머니는 자기의 가슴을 지그시 누르며 방으로 돌아와서 쪼그리고 앉는다. 딸의 그런 모습을 보아야 한다는 것은 어머니로서 너무나 가슴 저리는 일이다. 생명이 줄어드는 것 같은 괴로운 마음이다.

'천하의 몹쓸 어미, 그 몹쓸 놈의 병 때문에 멀쩡한 자식을 병신 만들고…….'

어머니는 무릎 위에 손을 깍지 끼고 훤한 창밖을 바라본다. 평생을 그늘 속에서 살아야 하는 딸자식 생각을 하면 할수록 억울하고 울적하기만 하다.

그 몸서리쳐지는 피란 생활은 벌써 끝나고 서울에 돌아온 후 이어간 3년이라는 세월이 지나가 버렸다. 그동안 어머니는 영감이 남겨두고 간 집과 땅, 그리고 다소의 부동산을 정리하여 경기가 좋고 착실한 회사의 주株도 사고 친한 사람끼리 모여서 계도 해서 이제는 확고한 경제적 기반이 만들어졌다. 약값도, 심지어 끼닛거리도 어려웠던 피란 시절이고 비하여 본다면 현재의 생활은 그야말로 천양지간이라 하겠다. 이제는 누구에게 구구한 말을 할 필요도 없고 오히려 내 것 남 주어가며 사는 유복한 가정 형편이지만 어머니의 마음은 1년을 두고 하루도 편할 날이 없었다. 그것은 다만, 귀하고 아까운 딸을 버리고 말았다는 그 한 가지 일 때문이었다. 돈이란 생기면 저절로 새끼를

쳐서 늘어가게 마련으로, 재산은 날로 불어가건만, 이 집안에
는 언제나 스산한 냉기가 도는 것이었다. 그러하니 자연 진수와
어머니 사이에는 스스럽고 어설픈 바람이 일고, 서로의 정분이
순조로울 수가 없었다.

어머니는 무릎 위에 깍지 낀 손을 풀고 딸의 방의 기척을 살
핀다.

어머니로서는 진수가 미국이나 불란서 같은 데라도 가서 공
부나 하고, 그곳에 오래 머물고 있음으로 해서 그 가슴 저리는
과거를 잊어주었으면 하고 생각해보는 것이었으나 그것을 딸에
게 강요할 수도 없었고, 그저 딸의 마음이 스스로 기울어지는
것을 기다리는 도리밖에 없었다.

점심때가 지나도 진수는 방에서 나오지 않았다. 거의 저녁이
다 될 무렵에 진수는 식모 계집아이에게 밥을 방으로 날라다 달
라 해서 숟가락을 들었다. 모래알처럼 깔깔한 밥알을 억지로
삼킨다. 진수는 그대로 몇 숟가락 밥을 헤적이다가 상을 물려
버린다.

진수는 애를 태우고 있을 어머니 생각을 하니, 그 이상 숨이
막히는 집에 앉아 있을 수도 없었다. 막연한 생각을 하며 진수
는 간단한 옷차림을 하고 밖으로 나왔다. 물론 어디로 가야겠
다는 목적이 있어서 나온 것은 아니다.

진수는 이태원으로 빠지는 길로 곧장 나가서, 어느 산등성이
로 기어올라 간다. 바람에 머리칼이 마구 날린다. 산등성이에

서는 서울 시가의 일부분이 내려다보인다.

진수는 풀잎을 꺾어 입에 물고 우두커니 선다.

'넓고도 착잡한 서울의 시가, 저 어느 한구석에서, 지금 이 선생은 나와 같이 숨을 쉬고 계실 것이다. 무엇을 하고 계실까?'

치맛자락과 머리칼이 바람 부는 곳으로 나부낀다. 진수는 머리칼을 모아 잡는다.

'이 방대한 지구 속에 개미 떼처럼 우글거리는 많은 사람들, 그 속에서 나는 왜 하필이면 이민호라는 사람을 사랑하게 되었는가? 그것은 참말로 신비스러운 인간들의 인연이다. 그렇지만 두 사람은 끝내 맺어지지 못할 인연을 가졌으니, 그것은 무슨 전세前世의 업보란 말인가.'

눈앞에 바라다보이는 곳에 자동차들이 지나간다. 사방에 황혼이 깃들기 시작한다. 진수는 주저앉는다. 흰 얼굴이 검은 머리 속에 파묻힌다.

'왜 신은 우리를 만나게 했을까? 그리고 나는 도대체 앞으로 어떻게 살아야 하는가.'

진수는 다시 고개를 든다. 시가에 불이 깜박깜박 켜지기 시작한다.

'이 고개를 넘어 얼마를 가면 거기에 미인부대가 있고, 나와 같은 여자들이 부대 부근에 산다. 그네들의 이름은 양공주, 내일이 없는 그네들, 오직 오늘 하루를 살면 그만인 그네들이 있다. 그네들은 마치 옛날, 낙인이 찍혔던 종과도 같이 슬픈 이력을 갖고 있고, 무서운 천형天刑을 받은 문둥이와도 같은 피가 흐르고 있는 몸뚱어리를 갖고 있다. 그들은 도저히 성한 사람들 속에 끼어 살 수 없는 인종인 것이다. 그렇다! 나도 그들과 같이 성한 사람들이 사는 테두리 밖으로 밀려 나온 인간이 아니냐!'

소연한 바람이 불어온다. 어둠이 먼 바다에서처럼 묻히어 온다.

진수는 으스스 몸을 떤다.

'성한 사람들, 그들이 받는 햇빛을 나는 받을 수 없다. 그들이 하는 숭고한 사랑도 나는 할 수 없다. 문둥이의 떼거리가 저희끼리의 세상을 마련하듯, 양공주에게는 양공주의 세계가 있다. 한번 찍힌 그 더러운 낙인이 사라질 리는 없다. 어리석은 수작……. 너가 무슨 연애냐! 우스꽝스러운 피에로! 피에로야, 아아, 너 진수!'

진수는 끝없이 혼자 마음속으로 중얼거리고 앉았다가, 별안간 커다랗게 소리치며 웃어젖힌다.

"호호홋…… 너가 무슨 연애냐! 그토록 싱거운 수작이 어디 있단 말이냐? 너가 무슨 양가의 자녀냐? 순결한 처녀냐? 싱거워, 도대체가 싱거워, 싱거워. 너가 한 짓은 뭐냐? 양의 거죽을 뒤집어쓴 이리 같은 수작을 한 것이다. 이민호라는 사나이를 보기 좋게 속여먹은 것이야! 하하핫……."

진수는 또다시 사방에 울리도록 크게 소리치며 웃는 것이었다.

진수는 웃으면서도 묘한 기분이 들었다. 자기 입에서 요란스럽게 새어 나오는 웃음소리가 건너편에 가서 울려오면 진수 자신은 다른 또 한 사람의 구경꾼처럼 우뚝 서곤 한다. 진수는 만일 그러한 순간이 오래 계속된다면 그대로 미쳐버릴 것만 같은 생각이 들었다. 진수는 발길을 돌렸다. 그는 발길이 향하는 곳으로 무심히 걸어간다. 하늘에는 별이 흐르는 것 같았다.

"헬로!"

진수는 고개를 번쩍 쳐든다. 미군 한 사람이 뚜벅뚜벅 걸어오며 진수를 부른 것이다. 진수는 돌아보았다. 어슴푸레한 어둠 속에 과히 밉지 않게 생긴 미국 군인은 싱글벙글 웃고 있었다.

"왜 그러우?"

진수는 자신도 모르게, 그렇게 말상대를 해주었다. 그뿐만 아니라, 농을 품은 웃음까지도 얼굴에 띠고 있었던 것이다.

아주 지독한 알코올 기가 뼈에 저려오듯, 모든 괴로움과 슬픔을 잊어버리고자 하는 순간적인 수작이었다.

"오오, 어여쁜 아가씨! 오늘 밤을 나하고 지내지 않으려오?"

양키다운 몸짓을 하고 팔을 벌리며, 미군은 진수 옆으로 다가선다.

이미 그들의 생리를 아는 진수다. 그리고 미군 역시 사냥개처럼 진수의 체질을 살피고 든다. 진수는 아까 산에서처럼 깔깔소리를 내어 웃는다. 밤공기가 찢어지듯이 사방으로 흔들리는 것 같았다.

별안간 요란스러운 목소리를 내어 웃어젖히는 진수를 미군은 잠시 동안 어처구니가 없다는 표정으로 멍하니 바라보는 것이었다.

"여보, 당신네 나라에선 모두 연애를 그렇게 허우?"

진수는 사나이처럼 굵은 목소리로 말을 한다.

미군은 진수의 유창한 영어, 그리고 퍽 세련되어 보이는 제스처에 좀 놀라는 듯했으나, 이내 유쾌하다는 뜻으로 어깨를 으쓱하고 쳐든다.

"그렇소. 때와 경우에 따라 우리들은 직결적이오."

"아아, 유쾌한 친구로군. 그래, 내가 뭘루 당신에게 뵈오? 창부같이 그렇게 뵈나요?"

진수는 몸을 뒤로 젖히면서 미군에게 물어보는 것이었다. 그리고 다시, 그 밤을 찢는 듯한 웃음이 사방의 공기를 요란스럽게 흔들어버리는 것이었다. 그것은 미군을 보고 웃었다기보다 아무도 없는 어둠 속에서 공연히 소리를 지르고 싶은, 극히 우발적인 감정의 발로였다.

"글쎄…… 당신의 유창한 영어를 들으니 퍽 교양이 있는 여자 같지만, 일면으로는 여자가 밤에 혼자서 이런 거리를 거닐고 있다는 것은 유혹을 바라거나 혹은 유혹을 하려는……. 아무튼 우리는 습관상 우리 주변의 거리를 밤에 서성거리는 여자를 볼 때 대개 그렇게 생각하죠."

"당신의 오해를 나무라지 않겠소. 그럼 날 우리 집까지 보호해서 데려다주세요."

진수는 술을 잔뜩 마신 사나이처럼 몸을 좌우로 흔들며 미군을 상대로 씨부렁거린다. 그러나 미군은 집에까지 데려다 달라는 말에, 그들이 하는 밤의 교섭이 이루어진 것으로 해석하는 모양이다.

그는 싱글벙글 웃으며 진수의 팔을 부축한다.

"참 이상하군요. 당신의 세련된 영어회화로 미루어 상당히 수준이 높은 교육을 받은 모양인데……"

"밤거리의 여자치고는 인텔리란 말이군요."

"말하자면 그렇죠."

"인텔리면 뭘 하겠소. 양가의 자녀면 뭘 하겠소. 어느 날 새벽에 끊어진 한강철교에서 거꾸려져 죽은 수없이 많은 물귀신과도 같은 것이 되어버렸는걸. 교육이고 순결이고, 그 밖에 모든 것이."

진수는 서글픈 하소연을, 꿈에도 보지 못한 낯선 이방인에게 하는 것이었다. 물론 위로를 받기 위하여 한 말은 아니었다. 그렇지만, 이 낯선 이방인에게 하소연을 하여도 무방한 것만은 사실이다. 그러나 두들겨도 두들겨도 울려주지 않는 바위 벽 같은 것이기는 했다.

집이 가까워진다. 길모퉁이를 돌아서 또 한 번 꼬부라진 곳으로부터 집이 보이기 시작한다.

"미군 양반, 감사해요. 그럼 돌아가시죠. 집까지 왔으니. 난 창부를 폐업한 지 퍽 오래되었소."

가등을 받고 비스듬히 선 진수의 얼굴에는 독기가 서려 있는 듯싶으리만큼 요염하다. 찬 바람이 횡 하고 불어오는 듯한 얼굴.

미군은 진수의 아름다움에 압도된 모양으로 한동안 말이 없다가,

"그것은 너무 냉정한 말씀. 이국에서는 밤도 몹시 길다오. 외로운 나그네 가슴에 그 부드러운 손길을, 오늘 하룻밤만……."

진수는 미처 다 듣지도 않고 웃으며,

"당신은 시인이구려. 외로움을 안다는 것은 확실히 시인……."

진수는 갑자기 말을 끊고 한곳을 응시한다. 등나무 잎이 담을 넘어 축 늘어진 곳에 서 있는 그림자, 이민호다.

민호는 천천히 걸어 나온다. 얼굴 위에 가등 빛을 받고 가는데 흡사 하나의 가면 같다.

돌변한 진수를 이상히 여긴 미군은 진수의 시선을 쫓아 민호의 뒷모습을 바라본다. 그러나 민호의 모습이 어둠 속으로 사라지자 미군은 진수를 덥석 끌어안으려고 한다.

"총알이 머리통을 꿰뚫어요!"

진수는 그런 공갈을 남기며, 미군의 길다란 팔을 뿌리치고 달아난다.

진수는 문을 열고 자기 방으로 들어왔다. 형용할 수 없는 감

정의 비바람 속에 파묻히듯 자리에 쓰러진다.

'강렬한 알코올이 없는가? 아주 지독한 것, 나를 잊어버릴 수 있는, 그렇게 지독한 것이…….'

진수는 방 안을 헤맨다.

"아가씨!"

"들어오지 말어. 밥 안 먹을 테야!"

진수는 눈물에 엉망이 된 얼굴을 쳐들고 자기도 모르게 소리쳤다. 이 세상에서 아무도 자기의 이러한 꼬락서니를 보지 말아주기를 원했기 때문이었다. 설명 어머니일지라도.

"꼭, 오시걸랑 전하여달라던데……."

"뭐?"

식모 계집애가 살그머니 문을 열고 쪽지 하나를 내민다.

"조금 전에 남자 한 분이 오셔서 아가씨를 기다리다가 가셨어요. 가시면서 이걸 써가지고, 아가씨 오시걸랑 전하라구요……."

진수는 떨리는 손으로 쪽지를 들었다. 물론 민호의 필적이었다.

강영구에게서 들은 말이 진실이 아니기를 밤새 빌었습니다. 그러나 역시 그럴 수 있다는 것으로 결론을 내렸습니다. 전쟁이 한 죄과라 헤아립니다. 나는 진수가 정신의 순결까지 잃었다고는 믿어지지 않습니다. 나를 만나주시오. 내일 저녁 8시 장충단공원 문

앞에서 기다리겠습니다.

　진수 마음속엔 따뜻한 물이 괴었다. 그러나 그것은 일순간에 지나지 못했다. 보다 심한 절망이 엄습해온다. 오늘 밤 미군하고 서 있었던 광경을 민호가 본 때문만도 아니었다. 진수는 자리 위에 반듯이 누웠다.

　'될 대로 돼라! 내 핸드백 속엔 치사량의 수면제가 있다.'

　창밖에 비가 내린다. 비는 소나기가 되었다. 창문을 치는 소나기. 진수의 마음에도 소나기가 내리친다.

　다음 날 저녁 8시. 진수는 얼굴을 가리고 멀리서 그 약속한 장소를 지켜보고 서 있었다. 그러나 진수에게 민호를 만나볼 생각은 추호도 없었다. 숨어서나마 민호를 바라보고자 하는 것은 다만 슬픈 여자의 마음이다. 나무 그늘 밑에 숨어 서 있는 진수 어깨 위에 푸른 잎이 떨어진다. 또 한 잎 떨어진다. 또 한 잎…….

　이러한 시각에 민호는 P시로 향하는 열차 속에 있었다.

2. 여수旅愁의 창변窓邊

이민호가 P시에 도착한 것은 다음 날 아침 9시경이나 된 때였다. 문정규로부터 말로만은 많이 들었던 곳이지만 이렇게 와 보기는 처음이다. 먼 이국에 온 것처럼 낯선 거리와 집들, 그리고 아침의 고요 속에 호젓하게 묻혀 있는 시가의 기색, 민호는 일찍이 겪어보지 못했던 이상한 향수 같은 것이 가슴에 스며들어 오는 것을 느낀다.

'말끔하게 잊어버리자. 지나친 장난이었지만 잊어버리자.'

하늘은 찬란하게 푸르고, 남쪽 해풍海風이 불어오는 이 고장의 햇볕은 한결 따사롭다. 민호는 은행나무가 깊은 그늘을 드리워주고 있는 역변驛邊 광장에 서서 여행용으로 갖고 나온 작은 가방을 발밑에 내려놓고 담배를 꺼내 천천히 입에 문다. 푸른 연기가 서리는 속에, 그 고혹적이며 순결하게만 보이던 여자

진수의 얼굴이 나타나고 사라진다.

민호는 담배를 광장에 던져버리고 가방을 들고 걷기 시작한다. 정규가 경영하고 있는 공제병원共濟病院을 찾아가는 것이다.

공제병원은 P시의 중심지에 있었다. 그러나 번화한 상가는 아니었고, 관공서가 있는 비교적 조용한 거리에 있었다. 병원은 민호가 상상했던 것보다 훨씬 규모가 크고 근사했다.

민호는 현관문을 밀고 안으로 들어갔다. 현관에는 철 늦은 흰 나리꽃 두 송이가 핀 화분이 놓여 있었고, 그 꽃에서 번져 나오는 엷은 훈향이 콧가에 향긋하게 다가온다.

민호는 우선 가방을 현관 마룻바닥에 놓았다. 절망적인 기분에서 찾아온 친구의 집이었지만, 오래간만에 만날 정규의 표정을 생각하니 마음속에 여러 가지로 갈피 잡을 수 없는 복잡한 흥분이 이는 것이다.

그러자 마침 간호원이 한 사람 나타났다. 얼굴이 주근깨가 많이 솟아 있는 자그마하게 생긴 간호원은 민호를 환자로 생각한 모양으로,

"올라오셔요."

하며 인사 겸해서 말을 한다.

민호는 간호원의 얼굴을 멍하니 쳐다보며,

"문군을 만나러 왔는데요."

간호원은 의아스러운 낯빛으로 민호를 본다.

"원장 말입니다. 서울서 왔다고 그렇게 전하세요."

겨우 납득이 가는 모양으로,

"아아, 지금 아직 안 나오셨는데…….."

"어디서 안 나왔어요?"

"댁에서……. 저, 그럼 이리루 돌아 나가시면 댁으루 가는 후문이 있어요."

간호원은 바로 옆에 열어 젖혀놓은 유리문 쪽을 가리킨다.

민호가 병원에서 나와가지고 간호원이 가리켜준 후문이 있는 곳으로 막 돌아가려고 하는 찰나였다. 모시 검정 치마에, 역시 흰 모시 적삼을 입은 여인이 바로 민호 옆을 스쳐 지나가는 것이었다. 여인은 고개를 숙여 무엇을 골똘이 생각하며 걸어간다. 민호는 멈칫하고, 자기도 모르게 걸음을 멈추어버렸다. 그의 옆을 스쳐 지나간 여인은 4일 전에 연구실로 오 박사를 찾아왔던 바로 그 여인이었다. 오 박사의 부인이라던 그 아름다운 여인. 민호는 참 묘한 해후라고 생각하면서, 후문이 있다는 곳으로 발길을 옮긴다.

병원과 넓은 뜰을 하나 격한 곳에 아담한 양관羊館이 수목에 싸인 속에 있었다. 원체 정규의 집은 P시에서도 명가名家라고 했다. 그러나 사변을 겪은 뒤 부친이 별세하고 가세가 몹시 기울어져 간다는 말을 정규의 입에서 들은 적이 있었다.

민호가 초인종을 누르고 한참 서 있으려니까, 유리문을 여는 소리가 들려왔다. 발소리가 난다. 문을 배시시 열고 얼굴을 내미는 여성, 커다랗게 맑은 눈 속에 잠시 동안 혼란이 일어난다.

어디서 본 듯한 사람이라는 표정을 짓는다. 민호는 당장, 그 여인이 정규의 누이동생인 설희雪姬라는 것을 짐작한다. 그만큼 정규의 모습을 방불케 하는 얼굴이었던 것이다.

"저, 서울에 있는 이민홉니다. 문군 있습니까?"

"어마나!"

설희의 입에서 놀라는 목소리가 튀어나오면서 친밀한 미소가 흐른다.

"잠깐, 저, 오빠에게 알리겠어요."

설희는 흐트러진 발소리를 내며 뛰어간다. 그러더니 이내 유리 창문이 와르르 하고 요란스럽게 열리더니, 정규가 속셔츠 바람으로 헐레벌떡 달려 나온다. 민호의 맑고 청신한 모습에 비하면, 지적이며 선이 굵은 남성다운 용모다.

"웬일인가?"

반가움보다 오히려 놀라는 표정으로 정규는 민호의 손을 잡는다.

민호는 찌그러진 듯한 웃음을 띠고,

"편지보다 사람이 먼저 왔군그래."

"편지라니?"

"그저께 편지를 했는데 아직 못 받았군."

"그러나저러나 빨리 들어오게."

정규는 뭔지 불안스러운 표정으로 민호를 이끌면서, 그가 든 가방을 받아 들려고 한다. 그러자 설희가 먼저 다가서며 민호에게서 가방을 받으려고 한다.

"괜찮습니다. 관두세요."

민호가 굳이 사양하는 것을 본 정규는,

"참, 내 누이동생이야. 설희, 그리고 여긴 이민호 군, 벌써 잘 알고는 있겠지만……."

정규는 겨우 긴장을 푼 얼굴로 두 사람을 번갈아 보았다.

"사진에서 많이 뵈었는데……."

설희는 입속말처럼 중얼거리며 고개를 숙인다. 그와 동시에 귀뿌리가 불그레하게 물들었다. 민호는 오뇌에 찬 눈으로 그를 잠시 바라보았을 뿐 거의 무관심한 태도였었다.

집으로 들어간 민호는 항상 병약해서 자리에 누워 계신다는 정규 어머님께 간단히 인사를 치르고, 정규가 거처하는 방으로 건너왔다.

양복저고리를 벗어 걸고 자리에 앉는다. 정규는 민호에게 부채를 밀어 보내고 머리를 쓸어 넘기며,

"갑자기 웬일인가?"

정규는 의심이 가라앉지 않은 표정으로 다시 묻는 것이었다.

"갑자기는 뭐가 갑자기야? 연락이 늦어서 그렇지. 별일 아냐. 며칠간 휴가를 얻어서 바람이나 쏘이러 온 거지."

"글쎄, 놀러 온 것은 반갑지만, 하도 뜻밖의 일이라서. 나는 꿈에도 자네가 오려니 하고 생각 안 했거든."

"사람이 살아갈려면 생각지 않았던 일도 생기고, 또 생각 없

이 일을 저지르고 해야 살아가는 데 스릴을 느껴 재미가 나는 모양이야."

민호는 진수를 생각하며 그런 말을 했다.

몸을 팔아야만 살 수 있다고 할 만큼 진수의 환경은 곤핍하지 않다. 자기에게 접근해 온 이유도 역시 물질적인 혜택을 받기 위한 것은 아니었다. 그렇다면 그의 행위는 다만 스릴을 노린 것 이외에 아무것도 아닌 것이다. 민호로선 그렇게 해석할 수밖에 없었다. 민호가 그러한 생각에 멍청히 잠겨 있는데, 정규는 극히 불쾌하고 우울한 얼굴로 가만히 앉아 있었다.

한참 후 자기를 억제하는 목소리로,

"하여간 잘 왔네. 바닷바람에 실컷 구워 가면 건강에 좋을 거야."

정규는 창가로 눈을 돌린다.

뿌연 칼피스에 얼음 조각을 시원하게 띄운 유리컵을 설희가 얌전하게 가지고 들어온다. 보랏빛 조젯 손수건으로 머리를 시원하게 묶은 설희는, 그의 이름이 연상되리만큼 투명한 흰 피부와 서늘한 눈동자를 가지고 있는 여자다.

"아니, 아침은 어떻게 하구?"

정규가 묻자 민호는,

"입이 깔깔해서 못 먹겠네. 좀 있다 점심이나 먹지."

설희가 나간 뒤, 민호는 침울해진 자기의 기분을 다스릴 양으로,

"참 고운 누이동생을 두었군. 나는 전연 몰랐는걸."

"글쎄, 시집을 보내야 할 텐데……."

"저만하면 장가들려는 사람도 많을 텐데, 뭐가 걱정인가……."

"내가 이러고 있지, 어머님이 저리 밤낮 누워 계시지…… 하긴 마음에 드는 사람도 없는 모양이긴 해."

"차차 생길 테지……."

민호는 거의 무감각하게 그런 말을 했다. 그러나 정규는 그냥 민호의 말을 흘려버리지 않고,

"신랑감이라면 자네보다 더 좋은 사람이 어딨겠나."

뜻을 품은 말이다.

"난 이미 퇴물이야."

"천만에……."

"잔말 말고 자네나 결혼 빨리하게. 이만한 병원의 원장님이면 그래도 사모님이 계셔야지. 그래야 누이동생도 시집가지."

"그럼, 자네 내 누이 얻어줄래?"

정규, 농조로 싱글 웃으며 하는 말이었다.

"퇴물이라니까 그러네."

"도대체, 뭐가 어때서 퇴물인가?"

"내 걱정은 그만하고 자네나 빨리하라니까."

"퇴물이란 의미심장한 말부터 가르쳐주게."

"실연자란 말야."

민호는 나지막하게 웃는다.

"실연을 했나?"

"실연을 당했다기보다 농락을 당했는지 모르지."

민호는 쓴 것을 삼킨 듯이 얼굴을 찌푸리며 다시 나직이 웃는 것이었다.

정규는 잠시 어이가 없다는 듯 민호를 바라보고 있다가, 별안간 크게 소리를 내어 웃어젖힌다.

"무슨 못난 수작들이야. 모두 삼십이 넘은 당당한 사내들이, 글쎄, 여자 하나 못 걸머지고…… 하하핫! 도대체 무슨 꼴들이람!"

정규의 웃음은 민호에게 보내는 야유라기보다 자신에게 던지는 조소인 것이다.

"나를 비웃는 자넨, 그럼, 왜 그런 편질 내게 보냈나? 실연자의 독백 같고, 감정의 찌꺼기 같은 소릴……."

"그래, 동병상련이란 심정으로 왔구나, 응. 하하핫……."

정규는 다시 조롱에 찬 웃음을 웃는 것이었다.

"나는 자네가 포리捕吏인 줄 알았네. 올 리가 없는 자네가 뜻밖에 나타났으니 말야."

정규는 웃음을 거두며 말을 했다.

"포리라? 내가? 무슨 뜻인가."

"차차 알겠지. 구태여 지금 알지 않아도 좋아."

그러자 설희가 또 나타났다.

"오빠, 병원에 환자가 왔다는데…….."

설희는 민호에게 미안스러운 눈초리를 보내며 조심스럽게 말을 한다.

"응, 그래."

정규는 벌떡 일어서며,

"그럼, 민호, 자넨 쉬든지 시내 구경을 하든지 마음대로 하게. 불편한 것 있으면 설희에게 말하고…….."

"피곤해서 좀 누워야겠네."

정규는 가운을 입고 나가면서,

"우리 밤에 술 마시러 가. 실연 타령이나 하게…….."

짓궂게 웃으며 나간다.

방 안이 고요해진다. 민호는 어젯밤에 기차 속에서 한숨도 잠을 이루지 못한 생각을 한다.

식모아이가 들어와서 이부자릴 깔아준다. 민호는 옷을 갈아입고 자리에 들었다. 뜨락에서 식모아이에게 무엇을 시키고 있는 설희의 목소리가 아슴푸레하게 들려온다. 차차 의식이 몽롱해진다.

장미밭 같은 뜰과 하늘이 맞닿은 곳, 마차가 마구 달려간다. 들판에 드러누워 있던 민호는 부스스 몸을 일으켰다.

마차는 여전히 달리고 있는데 멀리 떠나지 않고, 바로 민호가 누워 있는 둘레를 빙빙 돌고 있는 것이다. 말이 세 길 네 길이나 뛰어오르고, 마부는 땀을 흘리며 채찍으로 말을 후려갈긴다.

그런 광경을 바라보고 있는데, 어느새 왔는지, 설희가 방그레 웃으며 칼피스를 넣은 유리컵을 들고 서 있는 것이다. 민호가 아까 마시지 않았느냐고 거절을 하니까 몹시 슬픈 얼굴로 민호를 쳐다보는 것이었다.

그러자 민호는 다시 마차를 보았다. 이번에는 그 마차 뒤에 무엇을 끌고 달리며 있는 것이 아닌가. 그러나, 그 검고 이상한 것이 들판 위에 떨어지자, 마부는 크게 소리를 치며 말을 몰고 멀리멀리 사라져버리는 것이었다. 민호는 마차가 떨어뜨려놓고 간 것을 보았다. 저도 모르게 소리를 지른다. 흙바람을 일으키며 마차는 멀리 사라져버렸는데 마차가 떨어뜨려놓고 간 검은 것, 그것은 진수였다. 얼굴을 피로 물들인 진수, 검은 드레스를 입은 가슴 위에도 불그스름한 피가 철철 흐르고 있는 것이 아닌가.

"아앗! 진수, 어째 이리됐소. 진수, 진수!"

진수를 안아 일으켜 그 새 뼈처럼 가는 목을 잡아 흔들며, 안타깝게 소리를 치는 자기의 목소리에 스스로 놀라 깨어보니 그것은 꿈이었다.

민호는, 온몸에 흠뻑 배어난 땀을 느끼며 자리에서 일어난다. 참, 몸서리가 쳐지는 꿈이다. 생생하게 가슴을 치는 꿈이다.

'무슨 흉몽이란 말인가. 진수에게 행여 변고가 생겼으면…….'

순간적으로 그런 생각이 머리에 떠올랐다. 그러나 민호는 이내, 자기가 그런 생각을 한 데 대하여 노여움과 울분을 느끼는 것이었다.

민호는 일어나서 주섬주섬 옷을 주워 입는다. 그리고 나간다는 말도 없이 휙 밖으로 나와버렸다. 울적해서 방에 그대로 앉아 있을 수가 없었다.

민호는 발길 내키는 대로 걸어간다. 얼마 동안을 그렇게 걷다 보니 해변가에 이르러 있었다.

향유香油를 부어놓은 듯 잔잔한 바다가 아스라이 보인다. 외로운 섬도 있고, 등대도 있다. 백조처럼 가는 돛단배도 있다.

민호는, 동란 때 피란 왔던 부산 바다를 생각한다.

항상 찝찔한 바닷바람이 불안스럽게 불어오던 일, 그와 더불어 절망과 불안을 주체할 수 없었던 감정, 차라리 한 공백 기간이었었다고 생각되는 그때. 그러나, 지금 이 깔끔하고 아담스러운 항구에는, 다만 평화와 정적이 있고, 구름은 끝없는 바다 건너로 흐른다.

민호는 우두커니 바다를 향하여 서 있었다. 이 고요한 풍경 앞에 선 민호 마음에 이는 불안과 절망.

'어째 하필 진수와 같은 여자를 사랑했는가?'

스스로 의문을 품어본다.

희미한 동경 같은 것을 느끼며 사귀어본 여자가 여태까지 없었던 것은 아니다. 애련한 자태를 가졌던 간호원하고도 친해보았고, 학생 시절에는 투철한 두뇌를 가졌던 같은 반의 여학생하고도 친해보았고, 그 밖에 엷은 연정 같은 것을 느낀 여성도 더러는 있었다. 그러나 그들은 모두 일시적인 호기심의 대상에 지나지 못했다. 깊이 사랑한 일도 없고, 결혼하고 싶다고 마음 먹어본 일은 한 번도 없었던 것이다.

'그렇게 순결하게 보이던 진수. 그러나, 그는 내 눈으로 확인한 그런 직업의 여자다. 그는 틀림없는 요부였다. 그렇다면, 도대체 그 샘처럼 맑고 섬세하게 솟아나던 그의 감정은? 그럼, 그것도 모두 한갓 기교였더란 말인가. 그렇게 마음을 가장할 수 있을까?'

뱃고동 소리가 부웅 하고 난다. 민호는 입항하는 기선을 멍하니 바라보았다.

항구가 가까워진 때문인지 선실에서 나온 선객들은 모두 가방 같은 것을 들고 뱃전에 나와 서 있었다. 얼마 되지 않은 시간이나마, 그들은 육지를 떠난 불안 속에 있다가 이제 다시 육지를 가까이 바라보게 되니 마음이 설레는 모양으로 해변가를 주의 깊게 바라보고 있었다.

민호는 이상한 심경에 빠져 있었던 만큼, 그러한 여행자들을 보았을 때, 그 배를 탄 사람과 이렇게 서 있는 자기 사이에 무슨 알지 못할, 보이지 않는 인연의 끈 같은 것을 느낀다.

'저 배가 지나감으로써 끊어져 버리는 사람과 사람의 인연처럼 진수와 나의 인연도 그러한 거야.'

민호는 또다시 그의 생각이 자기와 진수를 결부시키고 있는 것을 깨닫고 자기의 미련을 크게 비웃어본다.

기선은 기름이 흐르듯 고요한 바다 위에 길다란 선을 남겨놓고 항구 있는 곳으로 차차 멀어진다.

민호는 걸음을 옮기려다가, 난간처럼 만들어진 해변가의 철봉 위에 걸터앉는다.

푸른 하늘과 푸른 산과 푸른 바다, 민호는 일본의 어느 시인의 오월의 노래를 생각한다. 귤꽃이 피고 소쩍새가 운다던 그 오월의 노래, 그러나 이 고장에도 은행나무의 가로수가 있고, 동백꽃이 피고, 유자가 무르익는 목가牧歌가 있다. 그리고 한없이 아름다운 남국의 바다, 꿈과 같이 흰 배가 가고.

민호는 오랫동안 잊어버리고 있었던 담배를 뽑아 입에 물었다. 담배 연기 속에 나타나는 여인은 뜻밖에도, 아침에 잠깐 그 뒷모습을 보았던 오 박사의 부인이 아닌가. 민호는 오 박사와 자기 사이에 공통된 인간의 슬픔이 있었던 것을 새삼스러운 일처럼 생각한다.

"아저씨!"

민호는 깜짝 놀라며 돌아본다.

"거북이 사세요, 네? 싸게 팔아요."

떨어진 옷을 걸친 사내아이가 깡통을 하나 들고 서 있었다.

"뭐?"

"거북이예요. 사세요, 네?"

아이는 민호 눈앞에 깡통을 바싹 디밀었다. 과연 조그마한 거북 한 마리가 꾸물거리고 있는 것이 보인다.

"너, 어디서 이걸 잡았니? 여기서 잡았나?"

"저어기서요."

아이는 걸어온 길을 돌아보며 가리킨다.

"응? 얼마에 팔래?"

"5백 환만 주세요."

"그래, 그럼 5백 환 주마."

민호는 이상한 호기심에서 그 거북을 샀다.

아이는 돈을 몇 번이나 헤어보며 퍽 기뻐한다.

"어떻게 기르니?"

"물에 넣어두면 돼요."

"뭘 먹여?"

"글쎄요……."

실상 팔기는 했지만 그도 잘 모르는 모양이다. 민호는 아이를 쳐다보며 일어선다. 순간 몸이 좌우로 흔들린다.

"아이구!"

아이의 입에서 날카로운 비명이 튀어나왔다. 민호는 불시에 난간 밑으로 떨어진 것이다. 아이는 뛰어가서 난간 밑을 내려다본다. 다행히 썰물이 돼서 물은 없었지만, 그는 몹시 다친 모양으로 겨우 몸을 일으킨다.

민호는 겨우 일어서긴 했지만, 발목이 아파 견딜 수 없었다. 발목을 호되게 삔 모양이었다. 그러나, 그에겐 아픔보다 놀라움이 더 심했다. 간신히 몸을 가누며 그는 해변가의 돌담을 짚고 허물어진 곳까지 와서 길로 기어올라 왔다.

걱정스럽게 쳐다보고 있던 아이가 뛰어왔다. 민호는 처음으로 창피스러운 생각이 들어서 씩 웃었다. 그러나 발목이 아파서 도저히 걸어갈 수는 없었다.

"아가, 너, 저기 행길가에 가서 자동차 하나 불러다 주렴."

아이는 고개를 끄덕이더니 쏜살같이 뛰어간다. 한참 동안을 기다리고 있노라니까 자동차가 왔다. 민호는 자동차에 오르면서 얼굴을 찌푸렸다.

막 자동차가 움직이자,

"아저씨! 거북이 가져가세요, 네!"

아이는 소리를 치며 깡통을 쳐들고 따라 뛴다.

민호는 차창 밖을 내다보며,

"그만둬. 다른 데 팔아라."

"그럼 돈은……."

"너 준다."

멍하니 서 있는 아이를 두고 자동차는 공제병원으로 달린다.

민호는 병원 앞에서 운전수에게 돈을 주고 내렸다. 그러나 영 걸을 수가 없었다. 하는 수 없이 운전수가 내려와서 민호를 부축하여 병원으로 들어간다. 너무 별안간의 일이라 정규의 얼굴빛이 변한다.

"이 사람이…… 웬일인가, 이게!"

민호는 소파에 털썩 주저앉으며 쓰게 웃는다.

"아니, 말도 없이 나가버렸다고, 지금 설희가 걱정을 하던
데……."

"걱정이고 뭐고 발목을 삐었어."

"뭐? 발목을 삐었다고?"

"해변가서 떨어졌더란 말이야!"

"하하핫, 이 서울 양반이 바다가 눈에 설었던 모양이군그래."

정규는 한바탕 웃고 나서, 조수에게 약을 가져오라 하여, 엷
게 피가 배어나온 정강이를 씻어준다. 그러나 민호는 웃을 마음
이 나지 않았다.

"이 사람아, 웃을 일이 아니네. 상당히 아픈걸."

민호의 찌푸리는 얼굴을 쳐다보다가 정규는 발목을 주무
른다.

"며칠 동안 누워 있어야겠군."

그새 발목은 검붉게 부어오르고 있었다

"아주 꿈자리가 사납더니만 꿈땜을 했군."

민호는 얼굴을 찡그리며 씩 웃는다.

약을 바른 뒤, 정규는 민호를 부축하여 집으로 데리고 갔다.

민호의 그런 모습을 보고 기겁한 설희가,

"어머나! 웬일이에요?"

민호는 약간 얼굴을 붉힌다.

설희는 빠른 동작으로 방에 들어가더니, 요를 깔며 민호가
누울 자리를 마련한다. 그리고 재빨리 밖으로 나가서 대야에 냉

수를 떠가지고 오는 것이다. 나이는 아직 어리지만, 하는 품이
벌써 이 집의 주부 격이란 것을 나타내고 있다.

민호는 자리 위에 다리를 뻗었다. 정규가 비시시 웃으며,

"할 수 없게 됐네. 적어도 일주일은 꼼짝 못 할걸."

민호는 얼굴을 찌푸리며,

"못 올 데를 왔나? 아 참, 일수 고약하게 나쁘다."

"아까 뭐라더라? 아 참, 꿈땜했다고 그랬던가? 무슨 꿈
인데?"

"여자 꿈이지 뭐. 그러니 재수가 없지."

민호는 내뱉어버리듯 말을 한다.

설희의 표정이 약간 흔들린다.

"오빠, 찜질을 해야 되잖아요?"

설희는 세숫대야의 물을 내려다보며 말한다.

"관두세요. 괜찮습니다. 그 대신 우유나 한잔 주셨으면······.
아주 배가 고파요."

민호는 설희를 쳐다본다.

설희가 나간 뒤, 정규는,

"여자 생각 하느라고 발을 헛디뎠군."

"골머리 아픈 소리 그만하게. 누굴 베르테르와 같은 감상파
로 생각하나? 참 내."

민호는, 남의 아내를 사랑하다가 자살한 베르테르를 쳐든다.

"뭐? 자네 알고 하는 소린가?"

정규의 표정이 굳어진다.

"알고 하는 소리라니?"

민호는 의아스럽게 정규를 쳐다본다.

"모르면 다행이야. 알 필요도 없는 일이지."

정규는 내던져버리듯 말한다. 민호는 그러한 정규의 얼굴을 한동안 쳐다보다가,

"이 사람이 암만 해도 탈이 났군. 임자 있는 사람을 좋아하는 모양이니. 그러나 제발 그 못난 자식, 베르테르의 흉내는 내지 말게."

민호는 정규의 심각한 얼굴을 보면서 농담으로 이야기를 얼버무린다.

설희가 우유 잔을 가지고 왔다.

"그럼 나는 병원에 나가보겠네. 오자마자 무슨 변이야, 글쎄."

정규는 나가다가 설희를 돌아다보며,

"불편하지 않게 돌봐야 해."

정규가 나간 뒤 민호는 우유를 마신다.

"진지를 좀 드셔야 할 텐데…… 어떻게 할까요?"

"지금은 생각이 없습니다. 공연히 이렇게 와서 신셀 지게 돼서 죄송스럽습니다."

"뭘요, 그렇게 다치셔서 어떡해요?"

설희는 민호의 삔 발목에다 눈길을 보낸다.

"불편하지만 곧 나을 테죠."

"어쩌다 그러셨어요?"

"해변가에서 떨어졌죠. 거북 한 마리를 사가지고 일어서려다가 그만……."

"어머나! 해변가에서 떨어졌어요? 큰일 날 뻔했군요. 거북은 뭘 하시게……."

"그저 재미로."

열어놓은 창가에서 미풍이 불어온다.

"열이 나나 봐요?"

불그레하게 상기된 민호 눈을 보며 설희가 말한다.

"글쎄, 머리가 띵하군요."

민호는 그날부터 사오일 동안 몹시 앓았다. 열이 대단하고, 얕은 잠결 속에서 무어라고 자꾸 헛소리를 하는 것이었다.

정규도 은근히 근심이 되었다. 서울 집에 알릴까도 생각했으나 가족이 놀라선 안 되겠고, 또 알릴 만한 뚜렷한 병도 아니었다.

설희가 누워 있는 민호와 오빠의 눈치를 살피면, 정규는,

"괜찮아. 상사병이야."

하고 핑 하니 병원으로 나가버리는 것이다.

그 말 한마디에 설희의 가슴은 철렁 내려앉는 듯했다. 굳게 닫혀 있는 처녀의 마음에 상사병이라는 단어가 강렬하게 온 때문만도 아니었다. 실망과 슬픔 같은 것이 가슴에 치미는 것은

무슨 까닭인가.

창밖에는 간밤에 뿌린 비에 젖은 석류꽃이 한결 선명한 빛깔로 방 안을 기웃거리고 있었다.

소녀 시절부터 오빠라 부르며 따르던 윤상화尹相和가 때때로 그의 일기장을 찢어서 보내주건만 한 번도 그를 그립게 생각해 본 일은 없었다. 빨간 석류꽃을 바라보며 그런 생각을 하고 있는데,

"진수, 그럴 수가 있소? 진수."

부드러운 민호의 목소리가 나지막하게 들려온다. 설희의 가슴이 서늘해진다. 소년처럼 맑은 입매, 거기서 흘러나오는 목소리는, 마치 그의 애인이 이 방에 있기라도 하듯 그렇게 정다운 것이었다.

설희가 멍하니 그의 얼굴을 쳐다보고 앉았는데, 민호는 눈을 떴다. 불그레하게 상기된 얼굴에 복잡한 표정이 인다.

"설희 씨, 나 이 손을 꼭 좀 쥐어주시오."

설희는 병자의 말을 거역할 수가 없어서 손을 잡아준다.

"묘하게 허전해요. 사람은 몸이 허약해지면 외로움을 느끼는 모양이죠?"

전에 없이 말이 많아진다.

다음 날 열이 내린 민호의 얼굴은 해쓱해졌다. 설희가 우유에 다 계란을 넣어가지고 방으로 들어갔을 때, 민호는 창밖에 피어 있는 석류꽃을 넋을 잃은 사람처럼 바라보고 있었다. 해가 으

스름히 지려는 시각이었다. 민호 등 뒤에 우유 그릇을 내려놓고 설희가 우두커니 앉았는데 민호는 손가락 사이에 낀 담배를 창밖에 던지고 돌아앉는다.

"설희 씨!"

눈길과 눈길이 부딪친다. 절망과 절망을 담은 두 눈동자.

"이렇게 해가 지는 시각이면 못 견디게, 못 견디게 외로워집니다."

"……."

"인간이 외롭지 않고 살 수는 없는 것인지……."

"……."

"내 앞으로 다가앉아 주세요, 어머니처럼."

설희는 대답 없이 눈을 쳐든다. 민호의 손이 뻗친다. 민호는 손을 뻗더니 설희의 상체를 와락 안는다. 그것은 자기 자신도 알 수 없는 돌발적인 행동이었다. 놀란 것은 설희다.

"놔주세요, 선생님!"

설희는 나지막하게 소리친다. 그러나 민호는 설희를 놓아주는 대신, 그의 입술을 숨이 막히도록 막아버리는 것이 아닌가.

민호는 설희의 입술에다 자기의 입술을 대면서, 그것이 사랑의 행위라는 것을 잊고 있었다. 미칠 것만 같은 몸부림이라 생각했다. 고독과 절망에서 오는 못 견디게 괴로운 몸부림.

겨우 설희를 놓아주었을 때 설희는 얼굴 위에 흐트러진 머리칼을 거칠게 흔들며 방문을 열고 밖으로 뛰어나가는 것이었다.

얼굴이 창백했다.

설희가 나간 뒤 민호는 자기 자신의 머리를 양손으로 꼭 붙안는다.

'도대체 나는 무슨 짓을 했느냐 말이다. 나도 모르겠다, 모르겠어.'

방 안 가득히 안개 같은 어둠이 스며든다.

그 일이 있은 후 설희는 식모아이를 시켜 음식물을 민호 방에 나르게 했다. 민호는 식모아이가 올 적마다 이 집을 빨리 떠나야겠다고 생각한다. 그러나 좀처럼 삔 발이 낫지 않았다.

그리고 정규로부터 무슨 말이 있을 줄로 알았는데, 정규는 도무지 그런 기색을 내비치지도 않았고, 전과 다름없는 태도로 민호를 대해주었다. 민호는 우선 설희가 고마웠다. 오빠에게 그런 일을 고하지 않았음이 분명한 때문이다.

민호는 누워서 천장을 바라보며 설희가 자기를 사랑하고 있는지도 모른다고 생각해본다.

그로부터 이틀인가 지난 저녁때 식모아이 대신 설희가 우유와 빵을 갖고 왔다.

설희는 눈을 내리깔고 아무 말도 하지 않았다. 설희가 가지고 온 것을 민호 머리맡에 놓고 일어서려고 하는데 민호의 손이 설희의 치맛자락을 꼭 잡으며 그를 못 나가게 한다. 설희는 자기도 모르게 방바닥에 주저앉는다.

"설희 씨, 노했소?"

"……."

"못된 놈팡인 줄 아셨소?"

"……."

"몹시 노하셨군"

설희는 겨우 작은 목소리로,

"사랑하는 분이 계시는데, 왜 그런 무례한 짓을 하셨어요?"

민호는 쓰게 웃는다.

"글쎄, 아이들처럼 해가 지는 것이 외로웠소. 뭔지 마음이 절박하고요. 그래서, 그래서 설희 씨에게 무례한 짓을……. 설희 씨, 이렇게 외로운 사람에게 연인이 있을 것 같소?"

"꿈에도 잊지 못하는 사람을 두고 너무 모욕이 심하세요."

설희는 입술을 깨문다.

민호는 며칠 전과 같은 그런 충동을 느낀다. 설희의 어깨를 잡는다. 그러나 설희는 민호의 팔을 착 뿌리친다. 뽀얀 목덜미에 피가 모인다.

"설희 씨, 왜 그래요. 정말 날 놈팡인 줄 아시우? 사실 나는 지금 갈피를 잡을 수가 없소. 그렇지만 우리 결혼합시다. 공백이 두려워요."

민호의 말에는 두서가 없었다.

설희의 눈동자가 파아랗게 알랑알랑 흔들리더니, 크게 벌어진다.

"전 처음부터 선생님을 좋아했어요."

설희는 그렇게 불쑥 한마디 하더니 숨을 죽인다. 말소리가 한결 낮아진다.

"오빠께 말씀도 많이 들었고, 사진에서도 모습을 익혀두었어요. 그래서 처음 뵀을 때도, 오래전부터 친하게 지내온 분 같더군요."

"그래서 지금은 실망을 했다는 말씀이군요."

설희는 민호의 말은 귀담아듣지도 않는 표정으로 자기 말에만 열중한다.

"그렇지만, 저는 그렇게 생각했지만, 선생님은 절 좋아하지 않았을 뿐만 아니라, 아무런 관심도 없었어요. 선생님 눈빛 속에는 지금도 허무와 절망이 있을 뿐예요. 사람을 사랑하는 눈이 아니에요. 전 직감으로 그것을 알 수 있어요."

설희의 목소리는 낮았다. 그러나 명확하고 낭랑하다. 눈이 한결 빛나고, 입술은 이슬을 받은 꽃잎처럼 젖어 있다.

"차차 사랑하게 될 게요. 나는 의지로써 당신을 사랑하겠소."

민호의 입에서 저절로 당신이란 말이 나왔다. 그러나, 그 말은 설희의 말을 시인하는 것이 되고 말았다.

"그렇게 책임을 선생님 자신에게 강요할 필요는 없어요."

"……"

"주무세요, 흥분하시지 말고, 아직도 몸이 성하지 못하신데……"

목소리는 부드러웠지만 치마꼬리에 찬바람을 일으키며 설희는 일어선다. 민호도 그 이상 할 말이 없었다. 밖으로 나가는 설희의 뒷모습을 바라보는 민호는, 도대체 아까 자기가 무슨 말을 지껄이고 있었던가를 생각한다. 머리가 이상한 혼란 상태에 빠진다.

민호는 뻗 다리를 뻗고 돌아앉아서 창밖을 멍하니 바라본다.

'결혼을 하면 되지 않나. 어차피 사람은 혼자 살 수 없으니 형식이나마 결혼은 해야 할 게 아닌가. 그렇다면 설희 씨에 대한 예를 벗어난 행위는 충분히 합리화되는 거야.'

민호는 자기가 저지른 과오를 합리화시키기 위하여 그런 설명을 붙여보는 것이나, 본인 스스로 그 설명이 정당하고 충분한 것이라 생각지는 않았다.

'사랑이 없는 욕정, 사랑이 없는 결혼, 다 마찬가지 아닌가.'

민호는 의미 없는 그런 말도 중얼거려본다.

시간이 거듭될수록 민호는 설희와의 결혼을 현실로 생각하게 되었다. 그것은 그러나, 어디까지나 진수가 뚫어놓고 간 마음의 상처를 그냥 둘 수 없는 민호의 인간적인 약점이 그 중요한 동기였다.

'진수는 지금 무엇을 하고 있을까?'

부질없는 생각을 다시 한 것이 후회되어, 자리에서 벌떡 일어나 앉는다. 잿빛으로 흐려 있던 하늘에서 별안간 소나기가 싸아 하고 내리쏟아진다.

"아, 빨래가!"

설희의 높은 목소리가 들려오더니, 창 앞을 바삐 지나간다.

민호의 삔 발도 거진 다 나아갈 어느 저녁때, 설희는 민호 방에서 부채질을 하며 앉아 있었다. 보랏빛 나일론 원피스 속에 깨끗한 레이스 슈미즈가 내비치고 있다. 균형이 잡힌 동그스름한 어깨, 단단하게 달라붙은 유방의 선, 비너스처럼 아름다운 모습이 희끄무레한 어둠 속에서 부채질을 함에 따라 가볍게 율동한다.

창부라고 할 수밖에 없는 진수에게 청정한 애정을 느끼는 것과는 반대로 이 순진한 처녀에게 육정肉情을 느끼는 민호는 가만히 눈을 감는다. 설희는 기색 없이 민호에게 부채 바람을 보내면서 슬그머니 물어본다.

"곧 서울로 가시겠네요?"

"왜요? 설희 씬 빨리 제가 갔음 좋겠어요?"

"발이 다 나으셨잖아요."

창에 시선을 둔 채 설희가 하는 말이었다.

"설희 씨가 귀찮아하지만 않으신다면 좀 더 있다 가고 싶어요."

설희는 민호의 말이 떨어지자 고개를 돌려 그의 눈을 가만히 살핀다. 두 사람의 눈에 이상한 감정이 어리면서 잠시 동안 불이 붙는다.

"그렇지만 결국 가실 게 아니에요?"

설희는 고개를 푹 수그린다.

결혼을 하겠다던 민호의 심정이나, 언질을 따지려고 한 말은 아니었다. 그러나 그렇게 물어보는 자신에겐 역시 비참한 느낌이 있었다.

"그럼 가지 말고, 시골서 설희 씨하고 살면서 의사 선생님이나 될까요?"

민호의 얼굴에는 장난 비슷한 웃음이 있었다.

"절 놀리시는군요. 취미가 나빠요."

설희의 눈에 눈물이 가득 괸다.

설희의 눈물을 본 민호는 갑자기 가슴이 찌르르했다. 애처로운 생각이 들었다.

"왜 내가 설희를 놀리겠소."

민호는 설희의 손을 가만히 쥐었다. 설희 씨라고 부르지 않고 설희라고 부른 민호의 감정 속에는 연정 대신 연민의 정이 있었다. 오라비가 누이를 대하듯 잠잠한 애정이 솟아온다. 머리라도 쓸어주고 싶은 마음이다. 그러나 민호는 담배를 꺼내 물었다.

담배 연기를 뿜으며 민호는 설희와 같이 창변을 본다. 여수旅愁―그런 말이 혀끝에 맴돈다.

'인생은 나그네의 도정道程 같은 것, 길목마다 이렇게 여인숙이 있고, 외로움과 슬픔에 못 견디면, 꽃처럼 여자를 꺾어보는가.'

민호는 창변에서, 설희의 해사한 얼굴에서 시선을 옮긴다.

그러자 밖에서 식모아이가,

"아가씨!"

"왜 그래?"

"병원 선생님이 저녁 잡수러 못 오신대요. 그래 먼저 손님허구 잡수시래요."

"그래? 누가 왔던?"

"간호부가 와서 그래요."

"응, 알았어. 그럼 저녁 먼저 채려라. 그리구 어머님께는 미음이다, 알았니?"

설희의 얼굴이 흐려진다. 양손을 꼭 누른다.

"정규는 무슨 볼일이라도 생겼답니까?"

"네, 좀……."

설희는 희미하게 내키지 않는 듯 대답한다.

"정규는 옛날에 비해 퍽 달라진 것 같지 않아요, 설희 씨?"

"많이 변했죠."

설희는 생각 깊은 목소리로 대답한다.

"복잡한 연애를 하고 있죠?"

"……."

"암만해도 이상하던데요?"

"그런 말씀 마세요. 오빠 참 괴로워하고 계셔요. 가만히 그냥 두어두세요, 네? 선생님."

오빠에 대한 깊은 애정이 그의 얼굴 위에 흐른다.

"가만히 두나 마나 제가 뭐 알아야죠. 그냥 눈치가 이상해서 하는 말이지."

"정말 아무것도 모르셔요?"

설희는 눈을 치뜨며 민호를 본다.

"뭣 때문에 거짓말을 하겠소."

한동안 말이 없다.

"차차 아시게 될 거예요."

혼잣말처럼 중얼거리다가 더 말이 길어질 것을 두려워하듯 일어서서 밖으로 나가버린다.

설희는 오빠가 저녁 식사 자리를 비우게 된 것은 현회賢會를 만나러 가는 때문이라 생각했다. 아무런 전진도 후퇴도 없는 오빠와 현회 사이의 불행한 연애는 곁에서 보는 사람의 마음조차 우울하게 한다.

설희는 깨를 볶아서 끓인 깨미음을 가지고 어머니가 누워 계시는 방으로 들어간다.

"어머니, 오늘은 이 깨죽을 좀 들어보셔요. 밤낮 흰죽만 잡수셔서 진력이 나셨겠네. 아주 구미를 잃으시면 큰일이에요."

어머니는 몸을 일으키면서,

"그렇잖아도 흰죽은 딱 보기도 싫구나."

어머니는 깨미음을 서너 숟갈 뜨더니, 무슨 생각을 했는지,

"아직 서울 손님은 안 가셨지?"

"네."

"삐었다는 발이 여지껏 그 모양이냐?"

"이제 걸을 만하시대요."

"아주 얌전하고 착실해 보이더구나."

"……."

"너 오래비는 아직 안 왔냐?"

"좀 볼일이 있어, 아마 저녁은 다른 데서 하실 모양이에요."

"아이구, 모두 고집통이 세서 큰일이야. 삼십이 넘도록 혼자서 저러구 내 속을 태우니……."

"어머닌 공연히 또 걱정을 하셔. 오빠는 오빠대루 다 생각하는 바가 있을 거예요."

"글쎄 말이다, 내가 오래만 산다면야 뭐라 하겠니? 오늘 죽을지 내일 죽을지 모르는 내가, 너희들을, 이렇게 끈을 맺어주지 못하고, 차마 어떻게 눈을 감겠느냐……."

죽 그릇을 밀어놓고 목이 멘 말을 한다.

"어머니는 늘 그렇게 비관적인 말씀만 하시니 몸이 점점 약해지잖아요. 어머니가 오래오래 사셔야지. 그런 말씀 영 마세요."

"내 명은 내가 제일 잘 안다, 너희들이 뭐라 해도."

서로 말없이 쳐다본다. 파뿌리처럼 센 머리, 움푹 팬 눈, 설희는 가슴이 답답했다.

"설희야!"

"네?"

설희가 어머니를 쳐다본다. 어머니는 방바닥을 우두커니 내

려다보며,

"너 오래비가 저 모양이니 너라도 빨리 시집을 갔음 좋겠다. 사내야 어떻게 굴러도 허물이 없지만 여자란 것은 익은 음식 같은 거라, 시기를 놓치면 못쓰는 법이다."

설희는 그냥 고개만 떨어뜨리고 앉아 있다.

"너 오래비 말을 들으니 서울서 온 사람은 아직 장가 전이라니…… 나는 누워서 가만히 그런 것을 생각해보았다, 너에게는 좋은 배필이라고. 남자가 그만하면 너에게 과했으면 과했지……."

설희의 얼굴이 발갛게 탄다. 그러더니 이내 노오래진다.

'민호 씨에게는 사랑하는 여자가 있습니다. 어머니, 그분은 그 여자를 잊기 위하여 이곳까지 온 거예요.'

그렇게 마음속으로 중얼거리고 있으려니까 눈물이 가득 고인다.

"전 아직 멀었어요, 어머니."

설희는 일어서서 방문을 열고 밖으로 나왔다. 어머니는 그러한 설희의 태도를 처녀가 가지는 수치심이라 생각하고 자리에 눕는다.

설희는 식모아이에게 손님의 저녁을 차려드리라고 일러두고 아무렇게나 발에 걸리는 대로 흰 고무신을 끌며 밖으로 나왔다. 설희는 축축이 묻어오는 어둠을 내려다보듯, 고개를 수그리며 걸어간다.

붉은 벽돌로 지은 이곳 여학교 건물이 가까워지면서부터 사방은 한적하고 오가는 사람도 드물어진다. 설희는 자기의 고무신 소리만 들려오는 조용한 개천가를 따라 걸어간다.

여학교 교정의 플라타너스, 높이 솟은 버드나무에서는 새들이 시끄럽게 지저귀고 있었다.

하얀 박꽃이 담벽에 피어 있는 풍아風雅한 집 앞에까지 온 설희는 주춤하고 선다. 모색暮色 속에 핀 박꽃, 밤이슬 머금은 가냘픈 자태와 같이 설희의 흰 얼굴 위에도 검은 머리가 구름처럼 물결치고 있었다. 가는 허리가 바람에 휘어질 듯 보랏빛 원피스가 사뭇 나부낀다. 바람이 이는 것이다.

"숙아! 숙이 있니?"

사랑으로 드나드는 조그마한 문을 두드린다.

"누구냐?"

남자의 목소리다. 설희가 빙긋 웃는다. 뚜벅뚜벅 발소리가 들려오더니 문을 열어준다.

"아아, 설희구먼."

남자 얼굴에서 깨끗하고 흰 이빨이 차갑게 빛난다. 기름기 없는 머리가 널찍한 이마 위에 쏟아져 있고 얼굴빛은 창백했다. 윤상화다. 그는 문학청년이었다. 그리고 설희를 연모하는 사람이다.

"들어와."

상화는 신경질적으로 얼굴 근육을 움직인다.

"숙이는 어디 갔어요?"

"숙이 만나러 왔나?"

"아아니……."

"숙이는 영화 보러 갔어."

"저어……."

설희는 잠깐 동안 주저한다.

"상화 오빠한테 할 말이 있어서……."

설희는 조심스러운 표정이다.

바람에 휘말려 올라오는 치맛자락을 팔로 밀어 내리며, 설희는 자기 집처럼 서슴지 않고 상화에 앞서서 사랑방 마루 앞으로 가더니 걸터앉는다.

상화의 집은 설희에게 있어서 자기 집처럼 무관한 곳이다. 옛날부터 집안끼리 친한 탓도 있었지만 숙이와 그의 오빠인 상화는, 어린 시절 소꿉 시절부터의 동무라기보다 친동기간처럼 지내온 사이다. 설희는 어릴 때부터 정규는 오빠고, 상화는 으레 상화 오빠인 줄 알았다. 그 습관이 오늘까지도 계속이 되어, 상화 오빠라는 부름에는 변함이 없었다.

"할 말이라니, 뭐야?"

"전 상화 오빠를 지금도 친오빠처럼 생각해요."

상화는 쓰게 웃는다.

"그래서?"

"누구에게도 못 할 얘기를 상화 오빠에게만은 말하고 싶어졌어요."

상화는 마음의 기록인 일기를 찢어서 설희에게 보내고야 마는, 그런 괴로웠던 순간을 생각한다. 물론 명백한 구애求愛의 구절은 없었지만 일기를 찢어서 보낸다는 것은 마음을 보낸 것이나 다름이 없다. 그래도 설희는, 이렇게 천연스럽게 친오빠 같다는 말을 하는 것이다.

"너무 괴로워서 견딜 수가 없어요. 혼자 마음속에 그대로 삭여버릴 수가 없어요."

설희는 대사를 외듯 억양을 붙여가며 말한다. 감정을 죽이느라 무척 애를 쓰는 눈치다.

이때 누가 사랑 뜰로 들어오는 기척이 있다. 미망인인 상화의 형수 영옥이었다.

"아, 설희가 왔구먼……."

영옥은 설희하고 선후배의 관계가 있다. 설희는 친밀한 미소로 답을 대신한다.

영옥은 상화의 셔츠를 다려가지고 온 모양으로, 열어 젖혀놓은 상화 방으로 들어가서 옷걸이에 걸어준다.

"참, 현회가 왔더구만……."

"……."

"아주 얼굴이 수척해졌어."

"글쎄, 여러 가지로 괴롭겠죠."

영옥은 섬돌 위에 벗어놓은 옥색 고무신을 신으면서 광채 나는 눈으로 상화를 잠시 쳐다본다.

"그럼 놀다 가요."

영옥은 휘청휘청 걸어 나가다가, 뜰 아래 핀 화초 포기를 우지직 밟아버린다. 상화는 가만히 그러한 영옥의 뒷모습을 바라본다.

"할 얘기란 도대체 뭐이야? 연애 얘긴가?"

상화는 다시 한 번 쓰게 웃는다.

"괴로워요, 상화 오빠!"

설희 눈에 눈물이 고인다.

상화가 가벼운 전율이 전신을 관류한다고 느낀 순간, 설희의 몸도 가느다랗게 떨고 있었다.

"왜 그래? 말을 해야지. 내가 설희의 괴롬을 덜어줄 수 있겠는지 그건 모르지만, 하여간 말을 해봐."

"상화 오빠, 이미 다른 여자를 사랑하고 있는 사람을 제가 사랑한다면, 그것은 어떻게 되는 거예요?"

설희는 무척 힘을 들여서 말을 했으나 마음의 괴롬이 상화에게 전해진 것 같지 않았다.

전연 예기하지 않았던 일은 물론 아니었다. 그러나 상화는 얼굴빛이 변하는 것을 숨길 수가 없었다. 설희는 자기의 일에만 골똘해 있어 상화 표정의 변화를 거의 모르고 있다.

"역시 설희는 지금 연애를 하고 있군."

이빨과 이빨 사이로 밀어내는 듯한 낮은 목소리다.

설희는 어린아이처럼 발끝을 내려다보며 고개를 끄덕인다. 어둠이 안개처럼 밀려들어 오는 것만 같다. 성당에서 저녁 미사를 알리는 종소리가 은은히 들려온다.

상화는 이마 위에 쏟아진 머리칼을 움켜쥐듯이 쓸어 넘기며,

"설희 질문에 불행하게도 나는 답을 줄 수가 없어. 그것은 바로 내가 설희에게 물어보고 싶은 말이니까. 이미 다른 사람을 사랑하고 있는 여자를 내가 사랑한다면 어떻게 되는 거냐고 나도 그렇게 묻고 싶다."

설희는 대답이 없었다. 설희 머릿속엔 성당의 종소리가 아직도 은은히 남아 있다. 신자는 아니지만 그대로 꿇어앉아 하느님께 기도라도 드리고 싶은 이상한 슬픔이 치솟는다.

진정 상화를 좋아한 설희다. 그러나 그 애정의 종류가 달랐다. 설희가 어릴 적에, 정규는 어른이었지만, 상화는 설희보다 두 살 위였다. 참말로 오빠처럼 정을 들여 오늘에 이른 것이다.

불그레한 빛을 발하며 방에 전등이 켜졌다.

"실상은 상화 오빠가 저에게 대답을 해주려니 하고 온 건 아니에요. 그냥 답답하고 괴로웠어요. 상화 오빠에게만은 이런 얘길 해도 좋겠다고 생각한 것뿐예요. 그래서 불현듯 찾아왔어요."

"설희 마음속에, 아직 나에 대한 신뢰감이 남아 있었다는 것만으로도 나는 절망하지 말아야겠군."

신경질적으로 얼굴의 근육을 움직이며, 설희를 보고 쓸쓸히

웃는다. 상대방이 누구냐고 묻고 싶기도 했다. 그러나 그렇게 물어보는 것은 너무 자신에 대한 학대 같았다.

설희는 발끝을 내려다본 채,

"상화 오빠, 제 얘기를 가만히 들으세요, 저를 가엾게 생각하시고. 그이는 다만 그이가 사랑하는 여자를 잊기 위해서 저를 가까이하는 것 같아요."

"……."

"사랑한단 말은 결코 하지 않으면서 절더러 결혼을 하자는 거예요. 앞으로 자기의 의지로써 사랑할 수 있다고 그렇게 말하는 거예요."

"……."

"그렇지만, 전 이렇게도 생각해봤어요. 그이와 결혼한다면, 그리구 그이의 아기를 낳고 한다면……."

"그이의 아기를 낳는다고?"

상화가 반문을 하자 설희는 얼굴을 붉히고 말을 더듬는다.

"당돌하다고 생각하실 거예요. 그렇지만 전 필사적인걸요. 그래요, 그분의 아기를 낳는다면, 세상 사람들이 흔히 그러하듯이 차츰 옛일을 잊고 가정을 사랑하게 되고 저를 사랑하게 되는지도 모른다고……."

"설희가 아기를 낳는다?"

설희는 다시 얼굴을 붉히며,

"저는 그렇게까지 생각해보았어요. 여태까지 저는 정말 아무것도 모르고 살아왔어요. 그저 막연히 무엇을 바라면서 살아왔어요. 그러나, 이제 저는 갑자기 어른이 된 것 같아요. 대담해지고, 그리고 세밀해지고."

열에 떨리는 듯한 목소리를 들으며 상화는, 설희가 완전한 여자가 된 것을 생각한다. 이제 어리광을 피우던 소녀는 아니다.

"얼마 전까지만 해도 설희는 소녀였었다."

혼잣말처럼 중얼거린다.

"그러나, 언제까지 소녀일 수는 없지. 하하핫……."

자포자기한 웃음을 웃는다.

"상화 오빠!"

"……."

"저가 행복해지는 거 싫어요?"

"왜 그런 말을 할까?"

"그저 물어봤어요."

"내가, 설희가 행복해지는 것을 싫어할 리가 있나."

"그럼 저를 슬프게 하지 말아주세요. 그리고 언제까지나 오빠로 저를 도와주세요."

방에서 새어 나오는 전등불이 희미하게 마루를 비추어준다. 풀벌레가 울고 있다.

"도와줄 힘이 내게는 없지만, 그러나 내 자신을 조심하겠다. 설희가 나를 그처럼 신뢰하지만, 실상 나는 너가 생각하는 것처럼 마음이 고운 인간도 아니야. 다소라도 선량한 인상을 주었다면 그것은 박약한 내 의지 때문일 거야. 나를 주장하지 못하고, 그러면서도 일면 또 나를 억제하지도 못하는, 박약하기 짝이 없는 내 의지…… 너가 모르는, 참말 너로서는 상상하기 어려운 인간적인 과오를 범한 것도 역시 박약한 내 의지 때문이지."

"인간적인 과오요?"

"그래, 가장 약한 자의 과오야. 그것은 어떻게 보면 선량한 탓이라고도 할 수 있을 것인지. 아무튼 너가 나를 믿어주는 것은 나에게 과분한 일이야."

"그런 말씀 그만하세요, 상화 오빠. 자기를 그렇게 낮춰 말할 필요는 없어요."

"설희는 모르는 소리……."

상화는 어둠을 꿰뚫어 보듯, 앞을 가만히 노려본다.

"자, 이제 그런 정도로 하고……."

상화는 일어선다.

"늦어진 모양이군. 숙이는 왜 아직 안 와? 그럼 내가 집에까지 데려다주지."

"그만두세요. 천천히 가죠."

설희는 신돌 위에서 내려선다. 그러자 별안간 안집으로 통하는 문간에서,

"어머나! 깜짝이야. 언니 아니에요?"

95

숙이의 목소리였다.

"아, 숙이가 왔군요."

숙이는 땀을 닦으며 사랑 앞뜰에 나타났다.

"설희가 왔다기에 뛰어오다가, 깜짝 놀랐다니까. 글쎄, 영옥
언니가 서 있잖아."

아까 왔었던 상화의 형수 말이다. 당황하는 빛이 상화의 얼
굴에 완연하다.

"무슨 볼일이 있어 온 게지."

슬그머니 말머릴 돌리려고 든다.

"아녜요, 설희가 와 있으니까 일부러 엿들은 게죠, 뭐. 아주
사람이 교양이 없다니까."

숙이는 분개한 듯 말을 내뱉는다.

숙이의 말을 들은 설희도 과히 좋은 기분은 아니었다. 그
러나,

"그럴 리가 있을라구……."

가벼이 부정을 한다.

"공연한 억측을 한다는 것은 정말 못된 버릇이야. 숙이는 언
제든지 그렇게, 형수씨에게는 악의적으로 나온단 말야."

상화는 숙이를 노려본다.

"뭐예요? 오빠 또 언니의 역성이지. 정말 그 과부댁은 우울
한 존재야, 처치 곤란이라니까."

"잔소리 말어. 넌 네 운명을 어떻게 알고서 그리 큰소리야."

"그럼, 오빠 내가 과부라도 되길 원하는군요."

숙이는 화가 나서 대든다.

"어쩌면 넌 같은 여자끼리면서 그렇게 박절할 수 있느냐 말이다."

"밤낮 구석만 찾아다니며 울기만 하고, 궁상맞아요. 들어오던 복도 나가겠수."

숙이는 지지 않고 입을 놀린다.

상화는 그 이상 말하기 귀찮은 듯, 마루에 벌떡 드러누워 버린다. 깍지 낀 손에 머리를 받치며, 촉수가 얕은 전등을 멍청히 바라본다.

"어째 너는, 상화 오빠를 보기만 하면 그리 시비를 걸려구 드니?"

"몰라, 넌 몰라! 오빠 바보야."

숙이는 겨우 화를 가라앉히며 설희의 손을 이끈다.

"얘, 나 지금 오는 길에 정규 오빨 만났다, 야."

나직이 속삭인다.

설희는 숙이의 눈을 가만히 바라보고만 있다.

"현회 언니하고 가더구나, 글쎄."

"……."

"로맨스가 아직 끝이 아닌 모양이더군."

"공연한 소리 말어."

"그래두 둘이 가던데?"

"나는 오빠를 잘 알고 있어. 그리고 현회 언니도 잘 알고 있어. 그분들은 분별 없는 짓을 할 분들이 아냐. 나는 그분들을 존경하고 있어. 공연한 추측이나 상상으로 그분들을 상하게 해서는 못써요."

설희의 목소리는 낮았지만 아주 명확했고, 거기엔 숙이를 억누르는 듯 힘찬 것이 있었다.

"글쎄, 누가 그걸 모르고 하는 소리니?"

숙이는 슬그머니 자기가 품고 있던 의도를 감추어버린다.

"늦었으니 이제 가야겠어. 상화 오빠, 그럼 저 가겠어요."

상화는 훌쩍 일어나 앉으며 고개를 끄덕인다.

"얘가 왜 이러니? 좀 놀다 가려무나, 응? 내가 오자마자 가는 법이 어딨니, 글쎄."

숙이가 한사코 붙잡는 것을 뿌리치고 설희는 밖으로 나왔다. 생모시 적삼을 입은 여인이 대문 밖에 우두커니 서 있었다.

"영옥 언니 아니세요?"

어둠 속을 갸웃거리며 설희가 말을 건다.

"아아, 이제 가누만."

영옥의 가라앉은 듯한 목소리다. 그의 눈이 어둠 속에서 빛났다. 그 눈에 눈물이 맺혀 있는 것을 설희는 몰랐다.

"왜 여기 계셔요?"

"답답하고 서러워서."

흰 이빨이 어둠 속에 빛난다. 미소를 지은 모양이다. 그러나 설희는, 그 서글픈 목소리로 미루어 무척 슬픈 미소였을 거라 생각하며, 영옥의 손을 꼭 쥐어준다. 아까 엿들었다는 숙이의 말에서 느낀 불쾌감은 이미 머리에서 사라지고 없었다.

"언니, 사람들은 누구나 다아 서러워요. 그러지 말고 들어가 셔요."

"그래."

"그럼, 전 가겠어요. 안녕히 계세요, 언니."

"잘 가요."

흰 이빨이 다시 빛났다. 서글픈 미소를 지은 것이다.

설희가 멀어지는 것을 본 영옥은 사랑으로 살그머니 기어들 어 가듯 발소리를 죽이고 간다.

마루에 누워 있던 상화가 피우고 있던 담배를 던지며 벌떡 일 어나 앉는다.

"가요! 날더러 어쩌란 말이오!"

영옥은 마루 끝에 살그머니 걸터앉으며 머리를 꼭 짚는다.

상화는 약간 목소리를 낮추며,

"가시오. 이러구 있으면 끝이 없소. 책임이 누구에게 있든 이 렇게 된 건 피차의 잘못이오. 나는 설희를 사랑해요. 그러나 설 희는 다른 사람에게 시집을 갈 모양이오. 그렇다고 당신하고 결혼할 수는 없지 않소. 당신의 진실도 잘못이고, 나의 불장난 도 잘못이오."

영옥은 머리를 짚은 채 말이 없다.

"숙이도 눈치를 챈 모양이니, 이 이상 가까워지지는 말아야지. 당신이야 형을 사랑하지 않았건 했건, 아무튼 불장난 이상으로 될 처지는 못 되잖소. 나는 당신을 불행하게 생각하고 동정한 데서 실수를 했소. 제발 친정에라도 갔음 좋겠소."

상화는 설희의 고백으로 해서 머릿속이 혼란에 빠져 있었다. 우연한 기회에 저지르고 만 영옥과의 실수, 그 뉘우침이 컸기 때문에 설희에게도 소극적이었고, 그러면서 또한 영옥에게도 양심의 가책을 받아온 상화다. 그러한 괴롭이 폭발하듯 영옥에게 무참한 말이 퍼부어지는 것이다.

영옥은 울고 있었다.

"누가 결혼을 하자고 해요?"

"할 수만 있다면 하자고 하겠소. 기왕 설희도 다른 데 시집을 가니 누하구 하면 어떠우? 나이 많건 미망인이건 상관없소. 그러나, 당신은 형수가 아니오, 형수!"

상화는 바락바락 소리를 지른다.

상화 집에서 돌아온 설희는 문을 밀고 정원으로 들어갔다. 막 들어섰을 때 유리창 너머로 바라보이는 어머니의 방에서 민호가 나오고 있었다. 양복을 단정하게 입고 약간 앞으로 허리를 구부리며 나오고 있었다. 설희는 가슴이 철렁하고 내려앉는 것 같았다.

'아아! 서울로 가실 작정인가!'

민호는 주춤하고 서버린 설희를 보자 복잡하고 이해할 수 없는 웃음을 눈언저리에 띤다. 잠자코 신발을 신은 민호는 약간 쩔룩거리며 별관에 있는 자기의 처소로 걸어간다.

설희는 민호의 절룩거려지는 다리를 조심스럽게 바라본다. 그러나 마음속에는 형용하기 어려운 감정이 가득 밀려든다. 그러자 민호는 걷다 말고 돌아다보며 설희에게 오라고 손짓한다.

'그냥 이대로 가버리는군.'

설희는 굳어버린 얼굴을 들었다.

마루 앞에 가서 앉은 민호 옆에 설희도 앉는다. 민호는 양복 저고리를 벗어 방으로 후딱 던지고 와이셔츠의 단추를 끌러버린다.

"이제 가시는군요."

손톱을 가만히 쳐다본다.

"설희 씨는 내가 귀찮은가 봐? 가라면 지금 당장에라도 가죠."

슬쩍 농으로 넘겨버린다.

"그럼 왜 옷을 갈아입으셨죠? 그리구 어머니 방에 인사하러 가신 게 아니에요?"

"실은 설희 어머니가 부르셔서 갔어요."

민호 얼굴에 또 그 복잡한 미소가 깃든다.

"어머니가요?"

"그렇습니다. 설희 어머님께서 말씀이 계시다고 하셔서……."

다분히 사무적인 언사다.

"무슨 말씀을 하셨어요?"

설희는 물어보지 않을 수가 없었다.

"사위가 될 마음이 없느냐구요."

우수수 우수수 소리를 내고 있는 나무를 멍하니 바라본다.

"어머니는 이제 체면도 잃으셨나 봐?"

설희는 민호의 공허한 표정을 보며 혼잣말처럼 낮게 말한다.

"자기의 죽음을 예감한 때문이죠."

"어떻게 그리 비참한 말씀을 하세요?"

"사실대로 말한 것뿐이오."

여전히 사무적이다. 암담한 기류가 흐른다.

"아마 가을을 넘기기 어려울 게요."

설희는 얼굴을 푹 가린다.

"그래서 저는 설희 어머님께 약속을 했어요. 결혼을 하겠다구. 너무 독단적인 얘기 같았지만……."

설희는 얼굴을 감싼 채 자기의 존재를 잊어버린 듯 묵상하는 모습이다.

"설희 씨를 행복하게 할는지 그건 도무지 자신이 없소. 그렇지만 설희 씰 배반하지는 않겠소."

설희는 얼굴을 감쌌던 손을 풀고,

"어머니에 대한 동정이나 저에 대한 동정이 아니기를 바란다는 것조차 주제넘는 일 같아서 이 이상 말씀드리지 않겠어요."

민호는 설희의 말이 가슴에 찔리는 듯했다.

"동정을 받을 인간은 바로 내 자신이오. 그리구 서로 연분이
라 생각합시다."

3. 금단의 사랑

민호의 삔 발은 완전히 나아서 보행에 지장이 없게 되었다.
민호는 서울로 갈 예정을 세우는 일면 설희와의 결혼 얘길 구체
적으로 정규에게 끄집어냈다. 은근히 그렇게 되기를 바라고 있
었던 정규였던 만큼 아주 만족한 얼굴이었다.

"자네 덕택에 내가 장가 좀 늦게 가도 덜 미안하게 됐군. 밤
낮 어머니께선 성화거든. 두통이야."

빙그레 웃는다.

"뭐? 그럼 자네 날 이용한 셈으로 생각하나?"
하고 민호도 농으로 넘기며 웃어보았으나 진정 마음속에서 우
러나온 웃음은 아니었다.

"오늘 밤 우리 술이나 취해보자구, 미래의 처남 매부끼리. 하
하핫……."

"아파서 드러누웠는 나를 설희 씨에게 슬쩍 밀어놓고 자넨 밤낮 약속이니 뭐니 하고 혼자 재미 보며 날 괄시하더니 그래, 오늘 밤에는 틈이 있겠나?"

민호는 슬그머니 말을 꼬아준다.

"공연히 생트집이야? 다 매부 삼으려구 한 계략이지. 그리구 의사란 직업이 어디 밤낮을 가리나?"

정규는 변명 비슷하게 말하면서 미간에 잔주름을 모은다. 계면쩍은 웃음이다.

"술은 그만두자. 오래 누웠더니 어째 몸이 퍽 둔해진 것 같아."

혼자 생각에 잠기는 듯한 목소리다. 그러자 마침 병원에서 급한 환자가 왔다는 기별에 정규는 나가고 한참 후 민호도 밖으로 나왔다. 그때 바다에 나가서 사고를 일으킨 이후 처음으로 걸어보는 시가지였다.

시가를 거니는 민호의 눈에 소쇄한 다방 하나가 보였다. 그곳으로 가려고 발길을 돌렸을 때에 또다시 공교롭게 오 박사의 부인과 마주쳤다. 서로의 눈이 부딪쳤다.

여인의 안개가 서린 듯한 얼굴은 민호를 보아도 아무런 반응을 나타내지 않았다. 오 박사 부인은 민호에 대한 기억이 전연 없었던 모양으로 그저 행인처럼 민호 옆을 스쳐 지나가 버린다.

민호는 걸음을 멈추고 우두커니 서서 오 박사 부인의 뒷모습을 바라본다. 여전히 아름답고 소청한 모습이었다.

민호가 다방의 문을 열고 들어갔을 때 「아를의 여인」이란 곡이 새벽 안개 속에 사라지듯 아슴푸레하게 끝나고 있었다.

"커피를 주시오."

우두커니 앞에 와서 서는 레지를 보고 말하면서, 민호는 담배를 꺼내어 물었다.

창가의 테이블을 둘러싸고 있는 일군이 있다. 일견해서 이곳의 문인들인 모양이다. 카뮈가 어떻고 사르트르가 어떻고 실존주의니 부조리니 하는 말이 간간이 그들 입에서 흘러나온다.

이 일군들 속에서 상화가 중심 인물이다. 상화는 다방의 새 손님을 주의 깊게 바라본다. 세련된 옷차림이나 말소리로 보아 서울서 온 사람이 분명하다. 상화는 이상스러운 직감 같은 것으로 그가 설희네 집에서 묵고 있는 손님인 것을 느낀다.

'설희가 열을 올릴 만도 하다.'

상화는 이마 위에 쏟아진 기름기 없는 머리를 무의식중에 쓸어 넘긴다. 그만큼 민호의 청결한 낯빛과 청신한 분위기에 압도감을 느낀 것이다.

민호는 그 보기 좋은 콧날을 비스듬히 보이며 담배를 빨고 있었다.

상화도 담배를 꺼내어 물었다.

"죄송합니다만 담뱃불을 좀……."

하고 민호 옆으로 다가선다.

민호는 잠자코 피우던 담배를 상화에게 내밀었다. 상화는 담뱃불을 붙이고 자리로 돌아왔다.

왜 그렇게 했는지 자신도 알 수가 없었다. 그러나 민호는 아무런 관심도 갖고 있지 않는 양 비스듬히 몸을 의자에 기대고 있었다.

사랑하지도 않는 여자를 포용하고, 그리고 키스까지 한 민호는 일면 왜 자기가 설희와의 결혼을 서두르고 있는지조차 알 수가 없었다.

행동의 타성이라 한다면 그렇게 볼 수도 있다. 민호는 진수에 대한 연연한 그리움이 솟구칠 적마다 설희를 끌어안았고 고독을 느낄 적마다 설희에게 숨이 막히는 키스를 했다. 이렇게 몸이 성하게 되어 생각해보니 그것은 정신의 허탈 상태와 더불어 육체가 허약해진 탓이라 생각된다.

요사이에 와서는 설희가 옆에 있어도 비교적 감정은 고요하고 차갑다. 포용은 고사하고 손을 잡는 일조차 삼가고 있는 그였다.

상화의 일행들이 일어서는 것을 계기로 하여 민호도 일어섰다.

'내일은 떠나야지. 그리고 설희를 안심시켜 주어야겠다. 그 영리하고 순결한 처녀는, 벌써 내 이 진실되지 못한 애정을 알고 있다. 그러나 세월이 가면 나도 설희에게 진실해지겠지.'

민호가 마음속으로 중얼거리며 무심히 걷고 있을 때 친구들과 헤어진 상화는 민호 몰래 그의 뒤를 따라 걷고 있었다. 공제

병원 앞에까지 이른 민호는 병원 옆길로 돌아 들어간다.

"역시 그렇군."

상화는 멍청히 섰다가 병원에서 간호사 여자가 내다보는 바람에 걸음을 옮긴다.

'성실한 사내 같군. 도저히 경쟁자로 나설 자신이 없다. 그렇지만 그 사내는 설희를 사랑하지 않는다고 하지 않았나? 그러나 아아, 그러나 사랑하게 될 거야. 비둘기처럼 순하고 영리한 설희를 사랑 아니할 남자가 어디 있을라구.'

상화는 터벅터벅 걸어간다.

자기 자신에 대한 열등의식이 이때처럼 강했던 일이 일찍이 있었던가. 상화는 개울가를 따라 걸으며 자기의 몸뚱어리가 저 여학교 교정에 우뚝 서 있는 버드나무처럼 고독에 휘청거리고 있다는 것을 느낀다.

집으로 돌아와 보니 사랑방 마루에서 영옥이 울고 있었다.

"또 우는군."

상화는 얼굴을 찌푸린다. 그러나 묘한 애련의 정이 솟는다.

"울지 말아요. 우리 다 불행한 사람이오. 사는 날까지 살아봅시다."

영옥의 손을 쥐어주며 그를 일어서게 했다.

저녁을 먹고 난 뒤 민호는 설희를 데리고 밖으로 나왔다.

"어디 조용한 곳에나 갈까요?"

"조용한 곳이라면 저기 공원이 있어요."

"내일은 서울로 갈까 싶어요. 그래 설희 씨하고 조용히 애기도 하고, 서로의 의견도 교환하고……."

"내일로 꼭 가셔야 하나요?"

"꼭 가야 할 일은 없지만 여기 이 이상 더 있을 필요도 없구……."

"있을 필요도 없구……."

설희는 민호의 말을 그대로 받아 중얼거린다.

민호는 다소 뉘우친 듯 표정을 부드럽게 풀면서,

"너무 사무적으로 말을 해서 미안합니다."

"우리들의 결혼만은 사무적이 아니기를 빌겠습니다."

설희의 목소리는 어둠 속의 갈대처럼 흔들리고 있었다. 민호의 마음에 한층 심한 뉘우침이 달려든다. 어느새 공원에 이르렀다. 설희는 그 이상 말하지 않았다.

어느 벤치에 가서 두 사람은 자리를 잡고 앉는다. 민호는 앓아누웠을 때, 절망과 허무 같은 감정 속에 몸부림치며 그것을 토해버릴 듯이 설희를 남성의 폭력으로 유린한 생각을 한다. 그러나 지금 이 고요 속에서 마음은 아무런 요동도 없이 가라앉아 있는 것이다. 누이동생처럼 가련한 한 여자가, 옆에 다소곳이 앉았는 것을 의식할 뿐이다.

"설희 씨."

"네?"

"우리 결혼해서 가정을 이루고 아들딸 낳으면 저절로 행복해질 것 같소."

한동안 말이 없다.

"그것은 현재 조금도 행복하지 않다는 뜻으로 생각할 수 있군요. 가정을 갖고, 아들딸 낳으면 설희에게 조금은 마음이 기울어질지도 모른다는 막연한 기대로써 하는 말씀이군요?"

"……."

"선생님은 언젠가 의지로써 저를 사랑하겠다고 하셨어요."

"의지로써 설희를 불행하게 만들지 않겠소."

"불행할 것을 이미 각오하고 있어요. 그렇지만 전 생각했어요. 아들딸 낳고 가정을 이룩하는 동안, 선생님은 저에게 돌아오고 말 것이라고. 저는 노력하겠어요. 저의 불행을 극복하고 행복해지겠어요."

민호는 설희의 손을 잡는다.

"고맙소, 설희. 우린 어쩌면 가장 평범하게 살 수 있는 사람들일 게요. 쉬이 불타지 않지만 오래도록 식지 않는 그런 애정을 길러나갈 수 있을 게요."

설희는 민호에게 잡힌 손을 살그머니 풀어놓고 볼을 싸면서,

"이 선생님이 설령 과거에 열 사람을, 아니 그보다 더 많은 여자를 사랑했다 하더래두 저는 그 사랑하는 마지막의 여자가 되겠어요."

민호는 픽 웃는다.

"그렇게 난잡한 과거는 아니오."

사방이 어두워온다. 남쪽으로 트인 바다에 고깃불[漁火]이 반짝이기 시작한다.

"설희 씨는 과거의 내 애인이 열이라도 좋고, 더 많아도 상관없다고 말했는데, 그 점에 대해서 좀 밝혀두어야겠소."

민호는 잠깐 말을 끊는다. 진수를 생각하지 않을 수 없다.

"나이 삼십이 넘도록 나는 독신으로 있었지만, 그렇다고 해서 비즈니스만을 생각해온 것도 아닙니다. 설희 씨의 상상처럼 여러 여자와 친해온 것도 아니죠. 나는, 한 남자와 한 여자가 결합되는 것을 퍽 중대한 일로 생각했죠. 그것은 신성하기조차 한 일이라고……. 내 친구들은 이런 얘길 듣고, 아직 철이 덜 든 감상파라고 비웃어버립디다만, 나로서는 인생의 반려를 택한다는 것은 인생의 가장 엄숙한 일이라 생각했었소. 결혼이란 것을 그렇게 너무 이상화했기 때문인지, 도무지 내 앞에 내가 생각하는 여성이 나타나지 않더군요. 그것이 결혼을 못 하게한 이유였죠. 그러던 것이 우연한 기회에 한 여자를 알게 되었어요."

설희는 다음 말을 기다리며 숨을 죽인다.

민호는 깜박이는 고깃불을 멍하니 한동안 쳐다보다가 다시,

"그러나 그 여자는 하나의 장난처럼 나와 연애를 했던 모양이오. 그는 과거에도 그랬거니와 현재도 내 아닌 다른 남자, 그도 남의 나라 사람을 좋아하는 여자였었소."

"그럼, 저······."

설희는 차마 입 밖에 말이 나오지 않아서 그런지 머뭇거린다.

"구태여 이름을 붙인다면 양공준가요?"

민호는 진수의 배신에 대한 노여움이 왈칵 치솟았다.

양공준가요? 하는 어감 속에는 심한 미움이 섞여 있었다.

"간단하게 생각합시다. 그리구 상식적으로······ 이상이란 모두 하나의 허구에 지나지 못해요. 세월이 지남으로써 흘러가 버리고 없어지는 것, 또 얼마든지 세상 사람들은 과거를 잊고 삽디다. 우리도 그런 과정을 밟아가는 겁니다. 그리구 허구에 설정된 이상이 아니고 보다 현실적인 생활인이 되는 것이오."

민호는 그렇게 말을 하면서도, 자기의 말에 신념을 가질 수 없었다.

"서울 가서 결혼의 준비를 하겠소. 집에서야 뭐, 제발 결혼하기를 바라고 있으니······ 그리구 설희 씨 어머님의 병환도 그리 낙관할 것이 못 돼요. 되도록이면 빨리 결혼식을 올리는 것이 좋을 듯 생각돼요."

민호는 안전지대처럼 결혼을 자꾸 내세운다.

"그럼 저리로 해서 집으로 돌아가실까요?"

민호는 일어서면서 설희의 팔을 잡아주었다. 두 사람은 시원한 숲이 우거진 곳으로 돌아간다.

그동안 줄곧 설희는 말이 없었다. 손가락 사이에 낀 손수건을 손가락에 감았다 풀었다 하고 있을 뿐이다.

그러던 설희가 주춤하고 서버린다. 팔을 내밀며 민호를 막고 앞으로 못 나가게 하는 것이다. 민호는 설희의 갑작스러운 동작에 다소 얼떨떨해하며, 그의 옆모습을 쳐다본다. 설희는 가만히 앞을 지켜보고 섰다가, 민호의 팔을 살그머니 잡아끌면서,

"선생님, 저리로 가세요."

작은 목소리로 속삭인다.

"왜요?"

설희는 가만히 입술에다 손가락을 갖다 댄다. 말을 그 이상 하지 말라는 신호다. 점점 수상쩍은 설희의 태도에, 아까 설희가 바라보던 곳으로 눈을 옮긴다. 흰옷을 입은 여자와, 역시 흰 남방셔츠를 입은 남자의 모습이, 얼마간의 거리를 둔 곳에 희미하게 보인다.

"현회는 위선자야."

들려오는 남자의 목소리, 들은 듯한 목소리다. 민호는 순간적으로 그 사나이가 정규인 것을 알아차린다.

"위선자라 해도 헐 수 없어요."

여자의 목소리다.

설희는 우두커니 서버린 민호의 팔을 강하게 잡아끌었다. 민호는 하는 수 없이 오던 길로 도로 돌아섰다.

"정규구먼."

"……."

"그가 지금 연애하고 있는 여잔가요?"

"연애라고 할 수 있을까? 연애라고도 할 수 없고 친구라고도 할 수 없고, 참 이상하게 되어버린 일예요."

"젊은 베르테르와 같은 경운가요?"

"어떻게 아세요?"

"글쎄, 눈치로 알았죠."

"오빠는, 제삼자들이 지금 저러한 상태를 안다는 것을 몹시 불쾌하게 생각해요. 무슨 두려운 마음 때문이기보다, 자기들의 세계에 남이 간섭을 하는 것이 싫은 거죠. 그리고 현재의 상태를 타개하지 못하는 데서 오는 불안과 초조에서 오빠는 거의 병적이리만큼 그 문제에 손대는 것을 싫어해요. 그 문제를 건드리기만 해보세요, 주체 못 하는 무서운 신경질을 부리거든요. 오죽함 선생님께도 말씀 못 하시겠어요?"

"복잡하군. 그렇지만 정규 성격 해서는 좀 이상하잖아요? 어느 쪽이고 하나로 결단을 내리면 될 텐데."

"오빠의 결단이야 뭐 언제나 한결같이 내려져 있죠. 그렇지만 상대방이 응하지 않는걸요."

"그럼 상대방이 정규를 사랑하지 않는가요?"

"그렇다면 문제는 간단하지만, 죽도록 오빠를 그리워하면서 연애를 못 하니까 말예요."

"흠?"

둘은 천천히 공원에서 나왔다. 일모 후에 오는 희미한 어둠 속에 오가는 사람이 더러 있다. 어느 상점 앞을 지나치려는

순간,

"참! 선생님, 잠깐만 계셔요."

"뭘 할려구요."

"선생님 양복저고리 단추가 떨어져 있더군요. 맞는 것이 있을는지……."

설희는 수예점 비슷한 상점으로 들어간다. 민호는 설희를 기다리는 동안 무료해서 담배를 피워 물었다. 거리의 오가는 사람들을 바라보고 있는 민호의 눈에 띈 사람은……. 민호는 입속에서 놀라움을 깨문다.

민호가 서서 그들을 바라보고 있는 것을 아예 모르는 모양으로 지나가는 남녀는, 바로 조금 전 공원의 숲속에서 본 정규와 그의 연인이라 생각되는 여자였다.

그러나 민호가 놀란 것은 정규의 연인인 현회의 얼굴을 똑똑히 본 때문이다. 현회는 다른 사람 아닌 오 박사의 부인, 그 사람이었다. 며칠 전에 연구실로 오 박사를 찾아왔던 귀부인, 그리고 아까 바로 다방 앞을 지나가던 그 아름다운 여인.

민호는 아연하지 않을 수 없었다.

'온 세상에, 저런 법도 있나! 유부녀라도 유만부동이지, 은사의 부인을……. 정규는 그렇게도 모럴을 잃은 사내였던가?'

두 남녀의 멀리 사라지는 뒷모습을 바라보며 민호는 정신 나간 사람처럼 서 있는 것이었다.

'아무리 요즘의 젊은 사람들이 도덕과 윤리를 뒤집어 엎어버리고 그것을 또한 장기로 삼는 세상일망정 정규까지 그럴 줄은 몰랐다. 하필 사모님과 정을 통할 게 뭐람. 알고도 모르는 것이 사람의 마음이라더니 정말 그렇군. 선생님께서 아시면 오죽이나 괘씸해할까?'

그들의 모습이 민호 시야에서 아주 사라진다.

'얼굴은 보살, 마음은 야차라더니 그렇게 고운 얼굴을 하고서 앙큼스럽게……. 온, 여자란 다 그런 겐가. 천사같이 생각했던 진수도 나를 배반하지 않았나. 도시 여자란 믿을 수 없는 요물이야.'

"선생님, 미안해요. 자아, 가십시다."

설희의 목소리에 민호는 겨우 귀찮은 생각에서 놓여난다.

"그 단추하고 맞는 게 없었어요. 그래서 아주 다 갈아 달려구 전부 샀어요."

"……."

"내일 아침차로 기어이 가시겠어요?"

"그러겠소."

"그냥 저녁차로 가셔요, 네?"

설희는 왜 그런지 몹시 소슬한 표정을 짓고 민호를 쳐다본다. 민호는 말이 없다.

"꼭 아침차로 가셔야 하나요?"

"……."

"왜, 성나셨어요? 설희가 귀찮게 굴었나 봐……."

설희는 고개를 푹 숙인다.

"도대체 어떻게 된 영문인지 나는 모르겠소. 정규의 여자 말이오. 하필이면 존경하는 은사의 부인을……. 불의도 유만부동이지 그런 법이 어디 있어요."

민호는 상당히 흥분되어 있었다.

"어머나! 어떻게 아셨어요? 현회 언니를."

"지금 막 지나가는 걸 보았소."

"어떻게 현회 언니가 오 박사 부인인 줄 아셨어요?"

"연구실에서 한번 보았소."

"결국 아시게 되는군요."

"설희 씨는 왜 그렇게 비밀로 하는 거예요? 대단히 모두 좋지 못한 사람들인데……."

민호는 진심으로 불쾌한 듯 얼굴을 찌푸린다.

설희는 한동안 말이 없다가,

"남의 비밀은 지켜주는 것이 옳은 일이라 생각했어요. 아무리 친한 사람에게도, 우리들에 관한 일이 아닌 이상 상대방의 비밀을 지켜야 한다고 생각했어요."

"그럼 설희 씨는 무서운 범죄자로서, 살인자나 강도 같은 무리의 비밀도 지키렵니까? 혹은 자기의 육친이기 때문에 비밀을 지켜주는 것이 당연하다고 생각하십니까?"

"그들은 죄인이 아니에요."

"남의 유부녀를 탐내는 것만도 충분히 죄가 되는데, 다년간

부모와도 같이 모셔온 은사의 부인을 도둑질한 행위가 어찌하여 죄가 되지 않습니까? 그것은 인간으로서 가장 비겁한 것이오. 설희 씨는 그럼 그렇지 않다는 말씀이군요."

민호는 어지간히 흥분된 어조로 설희에게 마구 따지고 든다.

"선생님은 공연히 잘 아시지도 못하고 흥분부터 하시네."

"어떻게 더 잘 알란 말이오?"

민호의 목소리는 다소 누그러졌다.

"이제부터 이야기할게요. 아마 지금 집에 가면 오빠가 돌아와 계실 테니까, 해변가로 가십시다. 얘기해드리죠."

설희는 서두르지 않고 천천히 앞서서 걸어간다.

민호가 떨어져서 발목을 삔 바로 그곳까지 온 설희는 역시 민호가 걸터앉았던 그 난간에 앉으며,

"앉으세요."

"난 싫소. 저번에 여기서 떨어졌는데 또 떨어질려구요?"

민호는 겨우 고소苦笑를 짓는다.

"호호홋……."

설희는 우스워 못 견디겠다는 듯 입을 막고 웃는다.

민호의 심각했던 표정도 자연히 풀어지고 설희의 높고 맑은 웃음소리에 따라 낮은 웃음소리가 어둠 속에 이중창을 이룬다.

웃음을 거둔 설희는 일어선다.

"그럼, 저리로 가세요."

해송이 몇 그루 서 있는 곳을 가리킨다. 그러더니, 재빨리 그

곳으로 간 설희는, 손에 쥐고 있던 손수건을 깔아놓고 민호를 쳐다본다.

"레이디 퍼스트가 요즘의 에티켓인데 설희 씨가 앉아야죠."

"아니에요. 선생님은 병자니까, 역시 병자는 위해야죠. 발에 힘을 주시지 말고 앉으세요. 전 이 소나무에 기대겠어요."

민호는 털썩 주저앉는다.

"마치 아기 같군요."

"……"

"몸이 성하지 못할 땐 어른도 아기가 되는 법이에요."

"참 고요하군요. 고깃불이 한층 가까워 보이잖소."

"그래도 실상은 상당히 먼 곳에 있어요."

"바람도 묘하게 축축하고……"

"지금은 썰물이 돼서 그렇지만 밀물 때가 되면 물결 소리가 아주 기막혀요. 혼자 걸으면 사람이 이렇게도 고독할 수 있는가? 그것은 참말 견디기 어려운 두려움이에요. 아마 그런 감정이 절정에 달하면, 저 달빛이 부서지고 있는 바다에 뛰어들고 말 거예요."

"설희 씨도 그런 것을 느껴요?"

"너무 그것이 심해서 큰 탈 났어요. 남들은 절 보고, 부지런하고 퍽 건설적이란 말을 해요. 그것은 제가 집안의 살림을 맡아서 사니까 그렇게 보는가 부죠? 그 말 속에는 어쩌면 실리적이고 정감이 메마른 인간이란 비웃음이 있을지도 모르겠어요.

그러나, 그것은 그릇되게 본 저의 일면이에요. 저는 매일매일 참말 끝없는 공상을 하고 살아요. 그런 속에서도 마음 어느 구석이 뚫어져 버린 것처럼 자살 같은, 아까 말씀한 어쩔 수 없이 바다에 뛰어드는, 그런 충동을 빈번히 느끼거든요."

"자살의 충동을 느낀다?"

"바닷물이 쿵쿵 치는 밤, 그런 밤에 이 거릴 거닐면, 전 이상스러운 힘에 이끌려, 저 바닷속에 뛰어들어 갈 것만 같아요. 그때 자기 자신을 억제하는 힘이란 그야말로 실오라기처럼 가늘고 힘이 없는 거예요."

"설희 씨, 그만, 그만해요. 나는 설희 씨가 그만 없어질 것 같아서 갑자기 불안스럽소."

민호는 손을 내젓는다.

"아까 오빠 얘기나 허세요."

민호는 설희에 대해 이상스러운 애정을 느낀다.

"참, 잊어버렸어요, 오빠 얘길 할려다가 그만."

설희는 말을 끊고 한동안 잠자코 앉았다가 가벼이 한숨을 쉰다.

"가엾은 분들이에요."

"……."

"아까, 선생님은 은사의 부인을 도적질했다고 하셨지만 사실은 그와 반대예요. 그렇다고 해서 오형 박사가 알고 한 짓은 아니었지만."

"……."

"이야긴 퍽 오랜 옛날부터 시작되는 거예요. 오빠는 저래 봬도 낭만적인 분이거든요. 오빠의 문학적인 요소는 역시 그 낭만적인 데서 오는 것이 아니었는지……."

"그 점은 나도 알고 있어요."

설희는 한동안 바닷소리를 듣다가,

"현재 오 박사의 부인인 현회 언니는, 제가 여학교에 들어갔을 때 상급생이었어요. 그리고 저의 사랑언니였어요. 그분은 학교 때부터 문재文才를 날리고 있었고 또한 선생님이 보신 바와 같이 너무나도 아름다운 분이었어요."

"그럼 오 박사 부인의 고향은 여기던가요?"

"네, 여기였어요. 현회 언니는 얼굴이 고울 뿐만 아니라 너무 마음이 어질고, 그리고 착했어요. 그렇지만 그분은 어릴 때부터 불행했어요. 원랜 언니의 부모님이 살아 계실 적엔 서울서 사셨더랍니다. 그때 현회 언니의 아버님이 동생처럼 사랑한 사람이 바로 오늘의 오형 박사였더랍니다. 그러나 언니의 아버님은 언니가 아주 아무것도 모르는 어린 시절에 돌아가시고, 어머님이 혼자서 현회 언니를 키우며 사셨는데, 그나마도 현회 언니가 일곱 살 되던 해 어머님이 별안간 돌아가셨대요. 오 박사는 그때 현회 언니의 어머니를 대단히 존경하고, 그분을 진심으로 도와드렸는데, 그렇게 되니 올데갈데없이 고아가 된 현회 언니를 위하여 많이 우셨다고 하더군요."

설희는 손을 뻗쳐, 솔잎을 뜯는다. 설희는 솔잎을 하나씩 헤어가며 다시 말을 잇는다.

"그런데 마침 P시에 현회 언니의 고모님 한 분이 살고 계셨기 때문에 현회 언니를 데려갔는데, 사실 양육을 맡기는 했어도 양육에 관한 일체의 비용은 서울에 계신 오 박사가 부담하기로 했답니다. 오 박사는 진심으로 어린 현회 언니를 사랑했더래요. 별로 탐탁하게 여기지도 않는 고모님 댁에서 애정에 굶주려 있는 소녀는, 언제나 서울의 아저씨 생각만 하고, 그분을 그리워했다고 말하더군요. 그리하면서 언니는 아름답게 성장했어요. 여학교를 졸업할 무렵, 저하고는 사랑형제라는 관계도 있었지만, 오빠하고 서로 사모하게 되었나 봐요. 오빠가 서울의 의과 대학에 가고부터 방학에 돌아오면 그분들 사이에는 주위에서 보기에도 아름다운 애정이 자라나고 있었어요. 그분들의 사랑이 얼마나 순결한 것인가를 저는 누구보다 잘 알고 있어요."

"그 사실을 오 박사가 모르고 계셨던가요?"

"몰랐죠."

"부모처럼 그립게 생각한 분인데 왜 알리지 않았을까."

"부끄러워서 그랬다고 하더군요."

"그런 조그마한 착오가 흔히 인간의 운명을 좌우하는 모양이지."

민호는 우울하게 말한다.

"육이오사변이 나기 전이었어요. 현회 언니는 여학교를 졸업

했어요. 현회 언니는 오빠가 계시고, 또 오 박사가 계시는 서울로 가서 S여대 국문과에 입학을 했어요. 물론 오 박사가 그렇게 하기를 원했기 때문이죠. 그때까지 오 박사가 현회 언니에게 보내는 사랑은 아버지의 사랑이었고 언제나 연구에만 몰두하고 계셨대요. 그리고 자기에게는 사생활이 없다고 말씀하셨대요. 현회 언니는 자기를 길러준 은인이라는 생각보다 그분의 훌륭한 인격, 과학자로서의 진지한 정열에 대하여 깊은 숭배감을 가지고 있었더랍니다. 그러한 상태 속에서 사변이 일어나고, 전전하는 피란 생활 속에서 일시 연구 생활을 멈추게 되니 그때 누구나 다 느끼는 불안과 절망 속에 오 박사도 현회 언니도 역시 빠지게 되고, 그러한 절박한 감정 속에서 오 박사는 현회 언니를 한 여인으로 봤고, 따라서 현회란 여인 속에서 위안을 받으려 했던 모양이에요."

민호는 숨을 죽이지 않을 수가 없었다.

"그때부터 오 박사는 인생에 대하여 새로이 눈떴다고 말씀하시더래요. 오 박사가 처음으로 현회 언니에게 결혼할 것을 간청했을 때 언니는 몹시 고민했어요. 오빠와 오 박사에 대한 사랑이 그 성질은 비록 다르다 할지라도 어느 것이 더할 수 없는 비중 때문에, 그리고 또 그때 오빠는 군에 나가고 여기 안 계셨거든요. 현회 언니는 고민 끝에 기어이 오 박사하고 결혼을 했어요. 언니 마음속에야 여러 가지 생각이 있었을 테죠. 그런데 결과적으로 커다란 비극이 되고 만 것은, 오 박사가 오빠와 현회 언니의 관계를 전혀 모르고 있은 것과 일면 오빠가 언니를 단념 못 하고 저대로 기다리고 있다는 것입니다."

민호는 처음으로 정규가 연구실에 남아주기를 바라던 자기의 말을 거역하고 여기 시골로 내려와 버린 일에 생각이 미쳤다.

"현회 언니는, 오빠가 다른 사람과 결혼하여줄 것을 언제나 바라고 있었어요. 그러나 그것은 이미 불가능한 일이라는 것을 지금에사 깨달은 모양이에요. 현회 언니가 결혼을 한 지 벌써 6년이 지나도록 오빠는 저 모양이 아닙니까. 오빠 생각 같아서는 당장에라도 언니를 빼앗아 오고 싶을 거예요. 그렇지만 상대편이 은사이며 존경하는 오 박사라는 것과 언니가 결사적으로 반대하는 데서 저리 자학의 나날을 보내고 있는 거예요. 그리고 그 일에 대한 일체의 간섭은 물론 현재로서는 정신적인 면에 지나지 못하지만 그 정신적인 면까지도 남이 건드릴까 두려워한 나머지, 자기라는 주위에다 담을 높게 쌓고 지내는 거예요. 오빠하고 저하고 동기간이면서도 어쩔 수 없는 거리가 생긴 것도 그 문제 때문이에요. 그 문제에 한해서만은 두려울 지경으로 오빠는 완강한 고집을 지키는 거예요. 그러니까 오빠의 결혼 문제를 어머니는 이미 포기하고 그 대신 저의 결혼을 서두시는 모양이죠. 저는 선생님께 미리 말씀 못 드렸지만, 그것은 무섭도록 오빠가 자기의 마음속에다 현회 언니와 같이 마련된 세계를 지키려고 하는 것이 안타깝게 생각되었고, 또 어떠한 사람의 어떠한 사소한 참견도 듣지 않으려는 오빠의 신경질을 알고 있었기 때문입니다. 그리고 그들의 죄 없는 마음의 비밀을 지켜주고 싶었어요."

민호는 가만히 고개를 수그린다.

'나는 자네가 포리捕吏인 줄 알았네, 올 리가 없는 자네가 뜻밖에 나타났으니 말야.'

하던 정규의 목소리가 귓가에 쟁쟁하니 울려온다.

'그랬구나. 그래서 나를 오 박사가 보낸 포린 줄 알았던 모양이구나. 그 현회란 분을 뒤쫓아왔으니 오해받게도 됐군.'

민호는 고개를 들었다. 그들의 안타까운 사랑의 사연이 민호의 정감을 부드럽게 맑게 깨우쳐주는 것이었다. 민호는 소나무잎을 뜯어가지고 한 잎씩 두 잎씩 헤어보며 나뭇가지에 기대 섰는 설희의 나긋나긋한 작은 손을 잡아끌었다. 그리고 자기 옆에다 앉혀주면서,

"그래. 그럼 이번에 그 현회 씨는 왜 내려왔을까? 오 박사하고 헤어지고 정규하고 결혼하려구?"

설희는 강하게 고개를 흔든다.

"그렇게 현회 언니가 자기의 행복만을 생각한다면, 우리로선 오 박사에게 미안하지만 도리어 속 시원하겠어요. 그렇지만 그러지 못하니 말예요, 안타깝죠."

"그럼 왜 오 박사를 두고 여기에 왔을까?"

민호는 의심스럽게 묻는다.

"언닌 사실 갈 데가 없어요. 고모 집 이외엔. 그리고 오 박사

를 두고 온 것만 해도 결백한 언니로선 견딜 수가 없었을 거라 생각해요."

"결백하기 때문에 견딜 수가 없다? 그게 무슨 말일까?"

"그것은 언니의 성격을 말씀드린 거예요. 언닌 반드시 오 박사하고 이혼할 마음으로 이곳에 내려온 것은 아닐 거예요. 마음속으로 오빠를 사랑하면서 오 박사하고 생활을 해야 하는 그 이중성이 괴로웠을 거예요. 언니는 오빠가 결혼할 것을 기다리고 사셨으나, 그러나 그것이 불가능하다는 것을 깨닫자, 언니 역시 오빠에게 크게 못할 노릇을 자기가 하고 있다는 것을 느낀 거예요. 그렇다고 해서 오 박사 생전에 별거는 하고 있을망정 이혼을 하여 오빠에게 시집감으로써 오 박사를 절망 속에 몰아넣을 수도 없는 것이 언니의 마음이에요. 두 가지 다른 애정, 그 어느 애정에도 못을 못 박아주는 것은 언니의 약한 마음 때문이죠. 지금이라도 오빠만 다른 여자하고 결혼한다면, 언니는 오 박사에게 돌아가서 그의 봉사적인 일생을 아무 말 없이 보낼 거예요. 그런 점이 저는 불만이에요. 그렇지만 언니는 진정으로 그렇게 마음이 고운 분이에요. 불만이지만 저로서도 그런 언니를 존경 안 할 수 없어요."

"음……."

침묵이 흐른다. 물소리가 갑자기 크게 들려오는 것 같다.

"아이 참, 늦어졌어요. 이제 가십시다, 선생님!"

설희는 밤이 어지간히 깊어진 것을 깨달았다. 두 사람은 서로 꿈에서 깨어난 사람들처럼 일어섰다.

"이제 정말 괜찮으신지……."

설희는 민호의 발을 쳐다본다.

"발목 말입니까? 괜찮습니다."

민호는 발을 구르며 설희에게 보여준다. 두 사람 사이에 가로질렀던 공간이 아주 단축된 것을 서로가 느낀다. 민호는 비스듬히 설희 가까이 기대듯 걸어간다.

"현회 언니가 오고부터 오빠의 신경질은 몹시 늘었어요. 되도록 만나지 않으려는 언니를 만나려고 무척 애를 쓰거든요."

"어쩐, 전보다 마음들이 잘 합쳐지지 않는다고 느꼈는데, 알고 보니 다 이유가 있었구먼……."

"선생님!"

불러놓고 말이 없다가,

"영 오빠에게 알은체 마세요, 네?"

"그러지요."

민호와 설희가 집으로 돌아갔을 때, 정규는 우두커니 창가에 서서 어둠을 바라보고 있었다. 민호는 새삼스럽게 정규의 넓은 어깨 위에 서린 고민의 그림자를 느낀다.

"내일 정말 가려나?"

"응."

"가거든 곧 연락해주게. 그리고 내 누이 얘기 하는 건 좀 덜된 수작이지만, 자네가 설희를 얻어두어도 과히 후회하는 일은 없을 거야. 얼굴이 곱다거나 그러한 것보다, 그 애는 영리하고 진실하고, 또 겉모양으론 가냘프게 보이지만, 의지가 굳은 아이야. 그런 점 잘 헤아려서 설희를 돌봐주게. 알아주겠나?”

정규의 목소리는 전에 없이 조용하다.

“잘 알았네. 서울에 도착하는 대루 곧 연락하기로 하지.”

연락이란 물론 결혼 진행 문제다.

다음 날 아침 민호는 P시를 떠났다. 꼭 2주일 만에 서울로 돌아가는 것이다.

민호는 서울로 향하고 있는 기차 속에서 철도 연변의 풍경을 바라보며, 비록 2주일이라는 짧은 시일이었지만 자기 자신에게 퍽 중대한 운명의 계기를 만들어준 그러한 기간이었다고 생각한다. 괴롭고 절망한 마음에 들꽃처럼 가련하던 설희의 모습도 눈앞에 삼삼하게 어른거린다.

이러한 여러 가지 생각 속에 잠겨 있는데 어느새 해는 서쪽으로 기울고 있었다. 기차가 어느 강변을 지나고 있을 때, 서울서 내려오는 기차와 서로 엇갈렸다. 그 내려가는 기차 속에 상심한 진수가 도피행을 위하여 타고 있었다는 것을 신이 아닌 민호는 알 리 없다. 이와 같이 우연은 그들 운명에 복잡한 선을 그어놓을 뿐이다.

민호가 서울역에 내렸을 때는 8시가 거의 다 되어 있었다.

민호는 역 앞의 광장에 나서는 순간 지나가는 젊은 여성들의 모습 속에서 목마르도록 진수의 모습을 찾고 있는 자신을 발

견하고 스스로 놀란다. 그것은 참으로 강인한 집착이 아닐 수
없다.

민호는 자동차를 하나 잡아타고 혜화동의 집으로 향하였다.

그러나 민호는 진수가 불현듯 보고 싶었다. 헤어지더라도 좋
고 양공주라도 좋으니 그저 한 번만이라도 보고 싶었고, 만나
서 그의 입으로부터 다시 한 번 얘기를 듣고 싶었다.

민호의 마음은 걷잡을 수 없이 설레기 시작한다. 진수가 있
는 서울에 돌아왔다는 데서, 설희와 결혼할 것을 작정하고 왔
다는 데서 민호의 마음에는 더욱 갈피 잡을 수 없는 그리움이
가득 차오르는 것이었다.

'마지막으로 그를 한번 만나보자. 그리고 깨끗이 헤어지자.'

자동차는 소공로 거리를 달리고 있었다.

"운전수 양반, 혜화동 말고 장충동으로 달려주시오."

"장충동으로요?"

"그렇소. 장충공원을 지나면 돼요."

얼마 후 자동차가 진수의 집 앞에 멈추자 민호는 차에서 내
렸다.

진수의 집에서 새어 나오는 불빛, 그리움이 전신의 피를 뜨겁
게 한다. 모든 것을 용서하고 몸이 으스러지도록 껴안아 주고
싶은 충동에 발이 바르르 떨려온다. 그러나 민호는 다음 순간
온몸의 피가 식어가는 것을 느낀다.

그날 밤 등나무 밑에 서서 보았던 광경, 어두운 거리에서 미

군과 시시덕거리고 있던 진수. 지금쯤 진수는 그러한 미군 놈팡이를 방에 끌어 넣고 노닥거리고 있을지도 모른다는 생각이 별안간 머릿속을 스쳐 간다. 민호는 하마터면 돌아설 뻔했다. 그만 그날 밤의 일이 몸서리쳐지게 되살아났던 것이다. 민호는 겨우 마음을 가라앉히고 초인종을 누른다.

식모아이가 나왔다.

"아가씨는?"

"안 계신데요."

식모아이는 한 번 찾아온 일이 있는 민호의 얼굴을 기억하고 있었던 모양으로, 어디서 왔느냐는 말도 없이 그런 대답을 한다.

"언제 돌아올까?"

"글쎄, 며칠이 될는지요."

"며칠이라니?"

"여행 가셨거든요."

"어디로?"

민호는 크게 실망하며 묻는다.

"잘 모르겠어요."

민호는 밖으로 나와 한동안 우두커니 서 있었다.

민호가 집에 돌아왔을 때 온 집안 식구는 그를 맞이해주었으나 민호는 어두운 낯빛으로 자기의 방으로 들어가 버린다.

방에 들어온 민호는 사방을 둘러보았다. 아무 변함이 없는 방에는 습기 같은 것이 떠돌고 있는 것 같다.

벌떡 드러누웠다. 역시 축축한 습기 같은 것이 얼굴 위로 살랑하니 스친다.

괴로움과 고독이 일시에 가슴속으로 밀려든다.

열어 젖혀놓은 창문가에 별이 아슴푸레하게 반짝이는 듯했다.

'결혼을 해야지.'

민호는 비스듬히 몸을 꼬아보듯이 뒹굴어보며 일어난다.

어머니의 방으로 어슬렁어슬렁 들어가서 앉는다.

"아버지는 여태 안 들어오셨어요?"

"아직 안 오셨다. 그래, 재미 많이 보았니?"

부드러운 목소리가 가슴에 젖어든다.

"재미는 뭐……."

의연히 얼굴은 어둡다.

"어머니."

"왜 그러니?"

"저 결혼해야겠어요."

그런 말을 하는 표정치고는 너무 삭막했다.

어머니 얼굴이 흐려진다. 여자 특유의 민감함으로 아들이 행복하지 못한 것을 느낀다. 그러나 목소리만은 밝게,

"정말 반가운 소식이군. 그래, 어떤 처녀냐?"

어머니의 궁금증도 물론 상대편 처녀에 있는 것이다.

민호는 마음속으로, 양공주랍니다, 한다면 어머니가 얼마나 놀랄까? 그런 엉뚱한 생각을 하며,

"문정규를 아시죠, 어머니?"

"그럼, 알구말구. 이번에 넌 그 댁에 갔었잖았니?"

"바로 정규의 누이동생이죠."

어머니 얼굴 위에 낀 안개 같은 것이 걷힌다.

"그 참 좋은 연분이구나. 그 사람의 누이라면 어련하겠니."

"사람이야 뭐 나무랄 것 없죠. 마음씨도 곱구요."

"그래, 인물은 어떠냐?"

빙그레 웃으며 물어본다.

"썩 잘생겼어요."

얼굴이 비틀어지는 웃음을 웃는다.

"좋은 일은 빨라야 한다고 하는데, 어서 성사시켜야지."

다음 날 민호는 연구실에 나갔다.

그동안 다소 늙어진 듯 보이는 오 박사는 민호를 물끄러미 쳐다보면서,

"재미 많이 보았나?"

"죽도록 앓기만 했죠."

오 박사의 시선을 피하며 기운 없이 대답을 한다. 그러는 일면 정규에 대하여 말이 나올 것이 두렵고 불안했다. 아니나 다를까,

"문군은 별고 없던가?"

"네."

"거기 가본 지도 퍽 오래되는군. P시는 내게도 인연이 깊은 곳인데……."

말꼬리를 흐려버린다.

민호는 전날 같으면 인연이 깊은 이유를 물었을 것이지만, 지금은 그 인연이 깊은 사정을 잘 알고 있는 터라 가만히 입을 다물고만 있었다. 그 이상 말이 길어지지는 않았다.

오 박사는 이내 외래환자를 위하여 병원으로 나갔다.

그리고 며칠이 지났다.

어느 날 저녁때였다. 민호가 연구실에서 손을 씻고 있는데 오 박사는 나갈 준비를 하고 있다가 도로 창가에 놓인 의자에 앉아버린다. 민호는 그러한 오 박사의 모습을 봐도 마음이 언짢았다.

한참 밖을 내다보고 있던 오 박사는,

"이군, 우리 영화나 한번 보러 갈까?"

"영화를요?"

"어디 약속이라도 있는가?"

"아아뇨, 선생님이 영화 보러 가자구 하시니……."

"우습단 말이지?"

"좀 의외라 느꼈습니다."

"이래 봬두 옛날에는 말야, 나도 상당히 열렬한 영화 팬이었는데그래? 그러니까 벌써 이십오륙 년 전의 얘기구면."

"선생님이 영화 팬이었다구요?"

눈이 휘둥그레져서 오 박사를 쳐다본다.

"그럼. 그때 내가 좋아한 여배우는 가비 몰리였어. 얼굴이 잘생기지는 못했지만, 매력이 있는 여자였지."

가비 몰리라면 민호도 알고 있는 프랑스의 명배우다. 그러나 오 박사 입에서 그런 말을 들으니까 그저 신기스러운 생각이 든다.

"그런 말씀 지금 들어도 선생님께 그런 시절이 있었다고 영 생각되지 않는군요."

오 박사는 조용히 미소한다.

"참 멋없이 살아왔지. 그렇지만 젊었을 때는 상당한 로맨티시스트였지. 결혼을 못 한 것도, 거기에는 연구에 대한 정열을 가장한 다른 하나의 동기가 있었지."

오 박사는 말을 끊고 일어서더니,

"자, 그럼 우리 영화 보러 가세."

두 사람은 가로수를 따라 천천히 시가로 걸어간다.

"사람의 마음이 약해지고 연구에나 사생활에 자신이 없어지면 자연히 거기에서 오는 불안 같은 것이 입 밖에 나오게 되고, 쓸데없는 지나간 일이 생각나기도 하고, 뭔지 두뇌 속의 질서가 잃어져 가는 것을 느끼지."

민호는 침울한 채 말이 없다.

전깃줄에 낮달이 걸려 있다.

가로수 위의 뿌연 먼지를 털어주듯이 거대한 버스가 몸을 흔들고 눅눅하게 늘어진 아스팔트를 지나간다.

"젊은 시절의 불행한 연애는……"

오 박사는 잠시 말을 끊었다가,

"무서운 독소처럼 전 생애를 지배하는 것인가 부지."

민호가 고개를 들었다. 놀라움이 찬 바람처럼 스친다. 그러나 어느 사이에 극장 앞에까지 와 있었다.

표 두 장을 샀다. 이탈리아 영화로, 제목은「길」이다. 두 사람은 휴게실로 들어갔다. 아직 다음 회가 시작될 시간이 멀었다. 휴게실은 설비가 썩 잘되어 있어서, 웬만한 다방보다 편하고, 또 사람이 없기 때문에 충분한 휴식이 되었다.

오 박사는 담배를 천천히 피우면서, 최신식의 양식으로 만들어진 극장 내부에 별반 관심도 없어 보였다. 학자답게 보이는 풍모 속에 인간적인 고뇌가 소용돌이치고 있다.

"무서운 독소처럼 전 생애를 지배한다고요?"

민호는 아까 말한 오 박사의 말을 혼자서 뇌어본다.

"반드시 전부가 그렇다는 것은 아니지만, 내 경우에 있어서는 그러했다."

"……"

"그것은 누가 나에게 끼친 것도 아니요, 다만 내 마음속에 이는 것으로 해서 생애를 행복하게 보내지 못했을 뿐이야. 이것은 아무도 모르는 일이며, 죽은 그 여자도 모르는 일이었으니까……."

"죽은 여자라뇨?"

민호는 현회 아닌 어느 한 여인을 연상하며 자기도 모르게 반문한다.

"그런 사람이 있었어. 이미 20여 년 전에 죽어버린 사람이야."

"그럼 그분이 선생님의 퍼스트 러브란 말씀이군요?"

이상한 호기심이 인다.

오 박사는 고개를 끄덕인다.

"그러나 그것은 내 마음속에 있었던 일이고 결코 여자나 그의 남편은 알지 못하고 만 일이지."

"그의 남편?"

"그래, 임자가 있었던 여자였지."

"허…… 선생님께 그런 모험적인 면이 있었던가요?"

"모험심이 없었기 때문에 아무에게도 알리지 못했지."

"……."

"그들이 죽은 지도 벌써 20여 년이 지났지만, 이런 얘기를 입밖에 내기란 오늘이 처음일세. 요즘의 내 신상이 정상이 아니라서 그런가 자꾸 옛일이 생각나는군."

"나이 들면 자연히 잊어버린다고들 하던데요?"

"그야 결혼 생활이 정상적으로 되어가고, 아이들이라도 생기면, 자연히 옛일을 잊기도 하겠지만, 나는 잊을 수 없는 묘한 인연에 얽혀서……."

한동안 말이 없다.

"옛날에 죽어버린 그 여자는 내가 숭배하던 선배의 아내였어. 그리고 나보다 나이 서넛이나 위였다고 생각되는데, 그 당시 참말로 나는 침식을 잊을 정도로 그를 사랑했다. 나는 그렇게 숭배한 선배를 얼마나 질투하고 저주했는지…… 그러던 차, 참말 우연한 사고로 그 선배가 죽어버렸을 때, 그들 사이에는 딸아이가 하나 남아 있었지."

민호는 눈빛을 한곳에 모은다. 이상한 예감에 가슴이 뛰었다.

"그래, 그 미망인은 딸아이를 데리고 3년을 더 살았지. 그동안 나는 몇 번이나 그 여자를 내 것으로 만들려구 야수적인 생각을 품었는지…… 그러나 그 여자는 죽은 남편을 깊이 사모하고 있었을 뿐만 아니라, 나를 친동생처럼 생각하는 것이었다. 그 여자가 나를 동생으로 대할 적마다 내 사랑의 표현이 위축되고, 내 고민은 심해졌다. 어디까지나 그 여자는 내게 금단의 열매였지. 그러다가 그 여자는 죽어버렸어."

민호의 마음은 다시 떨리기 시작한다. 그렇다면, 죽었다는 그 여자는 현회의 어머니가 아닌가?

오 박사는 담뱃재를 재떨이에 떨며,

"그때 남겨놓고 간 딸아이를 나는 기르다시피 했어. 그 딸아이가 오늘날의 내 아내라면 자네는 놀랄 거야."

안개처럼 어두운 것이 오 박사 얼굴에 서려든다.

현회와 정규의 불안한 사랑, 그리고 기구한 오 박사의 사랑의 역정. 헝클어진 실뭉치처럼 인생이란 이러한 것인가.

"죽은 여자가 그러했지만, 내가 아내를 삼은 사람도 내 사람은 아니었어. 나를 존경하긴 하지만, 그것은 사랑이 아니고 의리적인 것이었나 봐."

"……."

"이렇게 사랑을 위한 내 인생은 처참한 패배 이외 아무것도 아니었어."

민호도 묵묵히 앉아 있었다.

'왜 인생살이는 이렇게 외로운가? 오 박사도 정규도, 그리고 나도…….'

오 박사는 뒤로 몸을 푹 기대며,

"인간이란, 사랑에 대한 집착은 어쩔 수 없는 모양이지……. 자존심이나 명예심이나 그 밖의 모든 것도, 그러한 집착을 막아낼 수는 없는 모양이야."

민호는 진수에 대한 자기의 집착을 생각해보았다. 어젯밤의 슬픔이 뼈에 저려오는 듯하다. 휴게실의 형광등이 눈앞에 몹시 흔들리는 것 같았다.

"남이 비웃을 거야. 그리고 내 자신도 나를 비웃고 있어. 그러면서도 나는 나를 사랑하지 않는 아내가 돌아올 것을 기다리고만 있다. 기다리는 그 마음이 괴로워서 나는 밖에서 시간을 보내고 싶었어. 그래 자네를 이렇게 흥겹지도 않은 영화관으로 데리고 왔지."

"……."

"늙는다는 것은 참 비참한 일이야."

말을 잔둥 끊어버리듯이 한다.

"별말씀을 다 하십니다. 오십이 아직 못 되셨는데 이제부터
예요, 남자는……."

"내일모레 오십이 되는걸……. 그러나 자네 말은 고맙네."

"그리 절박감을 느끼시면 초조해지고, 쉬 늙습니다."

"그런가 보더군."

"하긴 저도 요즘 마음이 몹시 절박해져서 늙는 것 같습니다,
하하핫……."

소리를 울리며 웃는다. 오 박사를 위로할 겸 자기 감정의 일
부를 표시하는 것이기도 했다.

"안 될 말이지, 자네가 늙어서는……."

오 박사는 처음으로 따라 웃는다.

벨이 요란하게 울린다.

오 박사와 민호는 지정석을 찾아 앉았다.

"참 오래간만이군, 이렇게 영화관에 와서 앉아보는 게 말야."

"좋은 영화라고 합디다. 이태리 영화죠. 전후 이태리 영화는
거의 타작이 없기는 합디다만 「길」이란 이 영화는 문학을 넘어
선 분위기의 영화라고 하더군요."

영화하고 오랫동안 등져온 오 박사를 위하여 아는 범위 내의

설명을 붙인다.

장내는 어수선했다. 연방 휴게실에 앉아 기다리던 사람들이 밀려들어 오는 것이었다. 황황히 밝은 불 밑에 비치는 가지각색의 옷차림의 여성들이 꽃밭처럼 다채롭고 화려하다.

그러한 사람들을 바라보고 있던 민호가 별안간 자리에서 풀쑥 일어섰다가 도로 주저앉는다. 화려한 장미색 원피스를 입은 여성이 지나갔기 때문이다. 그의 옆얼굴과 천천히 몸을 좌우로 흔들며 지나가는 뒷모습은 분명히 진수다. 그의 뒤로, 연한 하늘빛 하복을 입은 사나이가 따라가는데, 진수와 동행인 모양으로, 약 5미터가량 떨어져 있는 좌석에 가서 나란히 정답게 앉는다.

자리에 도로 주저앉기는 했으나, 민호의 얼굴에서 핏기가 차차 가시어지는 것을 느낀다.

불이 꺼지고 영화가 시작된다. 그러나 민호의 눈에는 영화 장면이 그냥 회색으로 획획 지나갈 뿐이다.

영화는 거의 끝에 가까워오는 모양이다.

어느 낯선 마을에서, 남자 주인공인 잔파노가, 빨래를 널고 있는 마을 여인이 부르는 노래 곡조에서 버리고 간 여자의 죽음을 비로소 안다.

이러한 화면을 보고 있는 민호의 눈에 눈물이 고이기 시작한다.

'이런 꼴이 있나!'

스스로 꾸짖는다.

영화가 끝나고 자리에서 일어섰다.

민호는 하늘빛 양복과 장미색 드레스의 남녀가 가까운 곳의 복도로 먼저 나가는 것을 얼핏 보았다. 분노와 질투로 가슴이 지글지글 타는 것 같다.

민호는 사람들 속에 밀려 나가면서, 아까 그 하늘빛 양복과 장미색의 드레스를 입은 두 사람의 뒷모습만 눈앞에 따갑게 남아 있다.

"참 좋은 영화군."

"참 좋습니다."

민호는 오 박사의 말을 그대로 되풀이했다. 머릿속에는 여전히 하늘빛 양복과 장미색 드레스만이 가득 차 있었다.

민호는 2층에서 아래층으로 내려오는 계단 모퉁이를 막 돌아 내려가고 있었다. 바로 그때 약 오륙 미터의 거리를 둔 아래 계단을 진수와 그 사내가 내려가고 있었다. 민호의 눈에 불이 번쩍 인다. 이성도 교양도 이미 잃은, 다만 광포한 비바람이 치고 있을 뿐이다.

민호는 사람들을 헤쳐나갔다. 이미 오 박사의 존재는 눈에 없었다. 아래층의 복도 가까이 가서 사람을 헤치고 뛰어 내려온 민호는 진수의 드레스 자락을 와락 잡았다.

"진수!"

배 속에서 밀어내는 듯한 굵은 목소리였다.

"어머! 당신은 누구세요?"

여자는 사람들을 비비고 돌아섰다.

아, 무슨 망신인가. 여자는 진수가 아니었다. 진수를 극히 닮았을 뿐 진수는 아니었다.

"아! 실례, 실례가 되었습니다."

"뭐예요! 남의 옷을 잡아젖히고……."

여자는 불쾌한 듯 얼굴을 찌푸리고 민호를 노려보면서 앙칼지게 한마디 했다.

"잘못 보았습니다. 죄송합니다."

"여보 거, 앞으론 눈을 똑똑히 뜨고 다니슈."

사나이는 민호의 무례를 나무라며 여자의 팔을 이끌고 나간다. 주위의 사람들이 모두 민호를 흘끗흘끗 쳐다보며 비웃는 얼굴로 지나간다.

민호는 바보처럼, 그야말로 모든 의식을 잃은 사람처럼 한동안 서 있었다. 민호 옆으로 오 박사가 다가왔다. 얼굴빛이 변해 가지고 뛰어 내려가던 민호의 심상치 않은 행동에 놀란 것이다.

"이군, 무슨 일인가?"

민호의 어깨를 친다.

겨우 오 박사를 의식한 민호는 차디찬 웃음을 띠며,

"사람을 잘못 보았습니다. 큰 봉변이군요."

"흐흠?"

"가십시다, 선생님."

거리에 나왔다. 무수히 많은 자동차가 질주하고 있었다. 야시夜市를 펴놓은 곳에 황황한 불빛이 있고, 도시의 소음들이 어두운 하늘 밑에 사라지곤 다시 일어난다.

한편 보도를 따라 꽃 가게가 있고 쇼윈도에는 화려한 외래품들이 만발이다.

오 박사는 인형을 눈여겨보며,

"저런 인형을 사다 줄 아이라도 하나 있었음 좋겠어. 자네도 벌써 늦은 감이 있으니 빨리 결혼을 하고 자손을 보도록 하게."

"그러잖아도 곧 결혼할랍니다."

민호는 설희보다 의연히 진수를 생각한다.

"어디 작정이 되었는가?"

"네."

"거 참, 잘되었네. 서울 색신가?"

"아니에요. 시골에……."

민호는 쉽게 정규의 이름이 입 밖에 나오지 않았다.

"시골에 있는, 저, 정규의 누이동생입니다."

"아아, 거 참 반가운 소식인데. 그럼 이번 여행은 허행이 아니었구면."

"글쎄……."

"정규의 누이동생이라면 보지 않아도 알겠네. 그런데 정규는 아직 결혼했다는 말을 못 들었는데."

"아직 미혼이죠."

'그야말로 금단의 사랑을 하고 있습니다, 선생님.'

마음속의 말이었다.

"왜 그리 모두들 늦는가?"

"선생님으로부터 하나의 전통이 된 모양이지요. 하하하……."

허황하게 웃는다.

"하하하, 공연한 소리. 제발 그런 나쁜 전통일랑 아예 세우지 말게."

오 박사도 허황하게 웃어본다.

오 박사와 헤어진 민호는 밤거리의 어느 주점에 들어가서 술을 진탕 마셨다. 그래도 별로 취하는 것 같지 않았다.

주점의 접대부가 민호의 시원하게 생긴 얼굴에 호기심을 갖고 교태를 부리는 것을 상대로 한참 노닥거리다가 자리에서 비실거리며 일어섰다.

회계를 하고 밖으로 나오는데, 아까 교태를 부리던 계집이 쪼르르 따라 나오더니 민호의 팔에다 자기의 팔을 감는다.

민호는 이상한 욕정을 느꼈다.

"우리 집에 가세요, 네?"

여자는 팔에다 힘을 준다.

"놔!"

민호는 순간 이상한 혐오가 욕정 속에 섞여드는 것을 느끼며 소리를 바락 지르고 팔을 뿌리쳤다.

"어머나! 왜 이러세요? 몹시 괴로우신 것 같아서 그러는

데……."

여자의 목소리가 묘하게 마음속으로 흘러든다.

"세월이 흘러가면, 더러는 잊어버려요. 하루를 그냥 재미나게 보내세요."

여자는 다시 팔을 감는다.

그 순간 민호의 손이 여자의 뺨을 갈기고 있었다.

"하룰 재미나게 살자고? 그랬다, 그랬어!"

여자는 어이가 없다는 듯이 뺨을 싸며 민호를 바라본다.

"진수 그년도 그랬어. 나쁜 년들!"

민호는 어둠 속에서 외치는 것이었다.

여자는 볼을 싼 채,

"지독하게 실연을 했나 보군…… 흐흐흐……."

소릴 죽이며 웃는다.

민호는 밤길을 헤매듯이 걸어간다.

"진수! 어딜 갔어. 어떤 놈팡이하고 여행을 갔어!"

그렇게 소리를 지르니 눈에 불덩어리가 쏟아지는 것 같다.

민호는 겨우 자동차를 하나 집어타고 집에까지 왔다. 퍽 조심스럽게 방문을 열고 방으로 들어갔다. 좀 술이 깨는 것 같다. 담배를 피워 문다. 그러나 여전히 진수에 대한 야릇한 공상이 하나의 강박관념처럼 머릿속에서 떠나지 않는다.

"마력을 가진 요부다!"

민호는 담배를 재떨이에 내던지고 일어선다. 다소 비실거리며 잠옷을 끄집어낸다.

마루를 삐적삐적 누르며 걸어오는 발소리, 아버지의 무거운 체중에 기우는 듯한 마루.

민호는 가만히 귀를 기울인다.

방 앞에까지 와서,

"민호야."

"네."

"방에 좀 건너오너라."

삐적삐적 마루가 기우는 듯한 발소리가 멀어진다.

민호는 시계를 들여다본다. 11시가 지나고 12시가 거의 되려고 한다. 아버지가 자기를 기다리고 계셨음이 분명하다. 민호는 설희와의 혼사 얘기거니 그렇게 생각했다.

민호는 밖으로 나가서 찬물로 얼굴을 씻는다. 아버지 앞에 술 냄새를 피우는 것이 싫었다. 정신이 돌아오니 아까 여자를 때린 것이 미안하게 생각된다. 진수에 대한 화풀이, 그리고 극장에서 한 실수를 그 여자에게 풀어버린 것이라 생각하니 뭔지 참 못난 짓을 한 것 같았다.

민호는 얼굴을 문지르고 아버지 방으로 들어갔다. 여행을 갔다 온 이후 처음의 대면이다. 민호는 되도록 얼굴을 수그렸다, 술 냄새가 나지 않게. 그렇지 않아도 평소 부자간의 사이가 스스럽다.

민호는 다 늙어 정당이니 뭐니 하고 정치 바람에 휩쓸려 다니는 아버지[李壽祐]를 못마땅하게 생각하고 있었다. 아버지의 기능이 전연 그런 곳에 적당치 않을뿐더러 무슨 주의 주장이 없고, 신념도 없는 한낱 유행병 같은 아버지의 정치 바람을 민호는 경멸하고 은근히 경원하고 있는 터이다.

민호처럼 풍신이 좋은 아버지는 한참 후,

"너 어미에게 한 혼삿말 그게 진담이냐?"

"그런 말 했습니다."

"그래…… 그러면 나는 공연한 걱정을 했구나……."

"……."

"좋지 못한 소문이 떠돌아서 은근히 근심을 했지……."

"좋지 못한 소문이라고요?"

민호가 고개를 쳐든다.

"일전에 영구를 만났더니, 뭐 양부인인가 하는 여자를 너 약혼자라 하더라는데?"

쏘아본다.

"그렇게 말했습니다."

반항적인 어조다.

"이제 지나간 일이니 상관없지만, 여자가 없어 그런 따위를 갖고 바람을 피워? 애비 체면도 생각해야지."

"아버지 체면을요?"

"그러잖아도 정계인사에 대한 중상모략이 심한데…… 영구의 부친도 겉으론 친한 척하지만 경우에 따라서는 상당한 모사

가야."

"아들의 사생활까지 감시를 받아야 하는 민주주의란 정말 두통거린데요."

민호는 그 얇삭얇삭한 영구의 입술과, 헛기염을 토하고 다니는 이 사이비 정치인들에 대한 반감을 함께 포함하여 그런 야유를 던진다.

"그럼 양부인 따위를 계집이라고 걸머지고 다닌 것은 잘한 노릇이냐!"

바락 소리를 지른다.

"못한 것은 또 뭡니까? 그런 사회악이 아버지 같은 정치 풍월객 때문에 생기는 거예요."

"뭣이 어쩌구 어째?"

"저는 그 여자가 좋아만 했다면 결혼을 할 용의가 있었습니다. 그러나 그 여자는 달아났어요."

민호는 이 일 저 일에 울분이 차고, 술기도 거들어서 아버지에게 대들었다.

어이가 없이 앉아 있던 아버지는,

"이놈! 후레자식 같으니, 애비 앞에서 못 할 말이 없구나."
하고 벌떡 일어선다.

부자간의 언쟁으로 어수선해진 사랑의 기색을 알고 어머니가 뛰어온다.

"왜 이러슈? 여보."

민호의 멱살을 잡는 영감을 뜯어말린다.

"후, 후레자식이야, 양년하고 결혼하겠다구, 응?"

이기우 씨는 주먹을 쥐고 부들부들 떤다.

"응? 애비를 뭐라구? 풍월정객?"

"가만 계세요. 그 애가 언제 양년하고 결혼을 하겠다고 합디까? 당치도 않는 말씀을……."

어머니는 아버지를 막아 선다.

"바로 그 녀석이 말하지 않나."

"그럴 리가 있겠어요? 정규라고…… 왜 당신도 아시잖아요? 집에 밤낮 놀러 오던 그 애의 누이동생인데, 어째서 양년이에요?"

영문을 모르는 어머니는 엉겁결에 양년이라고 한 말을 정말로 곧이 듣고 아들을 위한 변명에 안절부절이었다.

그러나 몹시 흥분이 되어 있는 이기우 씨는 차근차근 설명을 할 겨를도 없이 그냥 민호에게 소리소리 지르며 야단법석이다.

"이 녀석이, 이 천하의 후레자식 같으니, 감히 애비 앞에서 하는 말버릇이 그따위냐?"

"제가 뭐라고 했어요? 바른대로 말씀 올렸지요."

"뭣이 어째?"

이기우 씨는 마누라를 뿌리치고 아들에게 덤벼들려고 했으나, 마누라는 이기우 씨의 팔을 힘껏 잡는다.

지금껏 마음속으로는 어떻게 생각하든 간에, 아버지 면전에

서 이렇게 반항해보기란 생후 처음이다.

민호는 알지 못할 울분에 자기 자신을 가눌 수가 없었다. 민호는 어머니에게 등을 떠밀려 밖으로 나왔다. 뒤에서 연신 아버지의 고함 소리가 들려온다.

"후레자식! 이놈!"

넓은 마루를 지나서 방 앞에까지 온다.

달빛이 유리창 살을 넘어 마루를 환하게 비추어주고 있다.

얼굴 위에 뜨거운 것이 왈칵왈칵 쏟아진다.

'아아, 무슨 망발인가, 이것은. 사내대장부가 이게 무슨 꼴인가……'

민호는 주먹으로 굵은 눈물방울을 닦는다.

뜰의 수목이 이리저리 흔들린다.

얼마 후 아버지의 방에서도 아버지의 고함 소리가 멎었다.

밤은 달과 구름과 바람의 조용한 소용돌이 속에 묻혀간다.

자박자박 발소리가 들린다. 흰 잠옷을 입은 어머니였다.

"민호야, 웬일이니? 글쎄."

달빛 아래 민호의 얼굴이 한층 창백하다.

"도대체 양년이라는 말은 뭐냐?"

"……"

"말을 좀 해봐라."

"어머니!"

"그래, 말해봐요."

"어머니는 절 좋아하시죠?"

"애가……. 물론이지……."

"저도 어머니가 좋아요. 어른이 되어도 어머니에겐 아직도, 아직도 어린아이예요. 저는 어느 여잘 좋아했죠. 그러나 알고 보니 그 여잔 양공주였어요. 그래서 저는 정규 누이한테 장갈 들려고 마음먹었죠. 그만이에요. 아무것도 아닙니다. 공연히 걱정 마세요."

달빛이 한결 밝아온다.

어머니의 얼굴에 그늘이 진다.

4. 연정戀情과 연정憐情

여름이 다 가고 가을이 왔다.

소슬한 바람이 거리거리마다 불어오고, 가로의 은행나무에도 노오랗게 단풍이 들었다.

민호는 설희와 결혼하기 위하여 P시로 내려가는 바로 전야, 마지막을 기하고 진수를 찾아갔다.

그러나 진수는 그곳에 있지 않았다. 있지 않을 뿐만 아니라, 집도 다른 곳으로 옮겨지고 없었으므로 진수의 행방을 알 길이 없었다.

민호는 P시로 내려가는 일정을 갑자기 변경하여, 그날 밤으로 P시행 기차를 탔다. 결혼식에 참석할 가족들은 내일 아침차로 출발할 것을 정하고. 민호는 진수를 만나보지 못한 것으로 해서 마음의 정리가 다 된 것 같지는 않았다. 그러나, 그것은 하나의 변명이고, 역시 진수에게 남은 미련을 어쩔 수 없었다는 것이 솔직한 고백이었는지도 모른다.

P시에 내린 민호는 그곳 여관에다 숙소를 정하고, 다음에 내려올 가족들을 위하여 미리 방을 마련해두었다. 하긴 가족이라야 어머니와 아버지, 그리고 들러리를 서줄 사촌 동생 세 사람 뿐이지만…….

민호는 애초부터 이 결혼에 대하여 행동과는 반대로 극히 소극적이었고, 따라서 결혼식 역시 될 수 있는 한 간소하게 하기 위하여 누구에게도 알리지 않았던 것이다. 심지어 몹시 오고파한 누이동생과 형님까지도 못 오게 군이 거절했던 것이다. 가족들로선 불평이 적지 않았지만, 원체 성질이 이상하고, 또 좀처럼 결혼을 하지 않고 고집을 피워오던 차라 그의 의견을 용납하지 않을 수 없었다.

민호는 기차 속에서 뒤집어쓴 먼지를 씻어버리고 옷을 갈아입었다.

그는 여러 가지 감회에 잠기며 정규의 집으로 찾아간다. 혼례식을 앞둔 정규의 집에는 벌써 들어서기도 전에 웅성거리는 사람들의 기색이 먼저 느껴진다. 마침 정규가 있어서 맞이한다.

"어, 신랑 왔군! 그런데 왜 혼자만 오는 거야? 부모님은 안 오시나?"

정규는 누이의 결혼 때문에 상당히 마음을 쓰는 모양으로 눈에 열기를 갖고 있다.

"저녁쯤 도착하겠지."

정규의 등 뒤에 설희는 서 있었다. 수척해진 얼굴에 부끄러움과 원망이 있다. 민호는 설희 앞에 고개를 숙인다.

오늘에 이르기까지 편지 한 장을 보내지 않았다는 일이 뉘우쳐졌다. 편지를 보내지 않았다는 것뿐만 아니다. 그동안 거의 설희를 잊어버리고 있었던 것이다. 심지어 P시로 오는 순간까지 진수에 대한 미련을 뿌리칠 수 없었던 자기 자신이 아니었던가. 미안함과 자기에 대한 미움이 가슴에 강하게 온다.

설희는 흰 이마를 앞으로 수그리며 가늘게 한숨을 쉰다. 얼마나 보고 싶던 사람인가. 밤이면 밤마다 꿈에서 보았던 사람, 그 사람이 지금 눈앞에 와서 서 있다.

"소식을 전하여드리지 못해서 미안하게 되었습니다."

울림이 큰 목소리와 함께 서로의 눈이 마주친다.

한동안 말이 없었다.

눈에서 눈으로 전해지는 수없이 많은 설희의 말, 민호는 진정 이런 설희를 배반하지 않으리라 생각한다.

눈물을 글썽거리던 설희는 입을 배시시 열고 조용히 미소한다.

"그럼 나는 나가겠네."

정규는 두 사람을 남겨두고 나간다.

정규가 나간 뒤에도 여전히 말없이 앉아 있었다.

여름철이 와서, 묵었던 밤의 창변에, 이제 잎이 떨어진 석류

나무 한 그루.

"얼굴이 몹시 야위었군요."

"야위었어요?"

설희는 살그머니 손을 들어 볼을 만져본다. 한 떨기의 들꽃 같은 풍정이 서린다. 연자주 저고리에 파르스름하게 피어나는 가련스러운 얼굴.

민호는 일어선다.

"어머님께 인사드려야겠는데⋯⋯."

"참, 어머니가 몹시 기다리고 계셔요."

신랑이 왔다는 말에, 벌써 설희 어머니는 자리에서 일어나 민호를 기다리고 있었다.

민호가 절을 하고 자리에 앉는다.

설희의 어머니는 마냥 기쁘기만 한 모양으로, 사위 될 민호를 눈이 부신 듯 바라본다. 여름보다 한결 초췌한 얼굴이다.

"아무것도 모르는 걸 데리고 가서 고생이 되겠소. 잘 가르쳐 주시오. 그러나 내 딸이라 하는 말이 아니라, 심성이 고와서 과히 속 썩이지는 않을 게요."

민호는 빙그레 웃는다.

"도무지 호강을 시켜줄 자신이 없어서 걱정입니다."

머리를 긁는다.

설희 얼굴 위에 분홍빛이 피어난다.

"마음먹기에 달렸지. 어디 부자는 밥 두 그릇 먹는답디까?"

어머니가 귀여운 듯 설희를 바라보며 하는 말이다.

방 안에 화기가 돈다.

민호의 누그러진 마음속에 새로운 인생에 대한 희망 비슷한 것이 일어난다.

얼마간 그곳에 머물러 있던 민호는, 신랑 될 사람의 예의를 차리고 여관으로 돌아왔다.

간단한 식사를 마치고 거리로 나온다. 안식을 느끼게 하는 조용한 거리, 사방에 가을이 있고, 여인旅人의 향수가 있는 아름다운 소도시. 민호는 언젠가 한번 간 일이 있는 소쇄한 다방을 찾았다.

커피를 시켜놓고 가만히 생각에 잠긴다.

그러한 민호의 뒷모습을 바라보는 상화……. 공교로운 해후다.

문학이니 시니 하고 떠들고 있는 속에서 상화는 침묵과 고도孤島를 느낀다.

상화는 간다 온다 말도 없이 일행으로부터 뛰쳐나왔다.

문학을 한답시고, 날이면 날마다 다방에 모여 앉아 설익은 이론을 전개시키고 있는 게으름뱅이들, 그러한 풍토 속에서 행동을 잃은 자기 자신. 그러한 것들에 싫증이 났기 때문이다. 그것은 민호에 대한 깊은 패배감이기도 했다.

'내일은 설희의 결혼 날이다.'

상화는 다시 발길을 돌렸다.

어느 백화점으로 상화는 들어간다. 삥 둘러보아도 별로 신통한 것이 보이지 않는다. 자개품 앞에 가보아도 도무지 마땅한 것이 없었다. 그것은 마음이 불안한 데서 오는 것인 줄로 상화는 알았다.

어느 금은상점 앞을 지나려다가 상화는 걸음을 멈춘다. 까만 공단 치마에 연한 옥색 저고리를 입은 여인의 뒷모습을 본다. 상화는 뚜벅뚜벅 여인 옆으로 간다.

"안녕하세요?"

여인이 돌아다보았다. 강현회였다.

"뭘 사세요?"

"설희가 내일 시집가지 않아요?"

"아아, 네……."

상화는 진열장 위에 늘어놓은 은잔을 바라보며 숨을 마신다. 사실 자기 자신도 설희에게 보낼 선물을 사러 왔는데도, 이렇게 현회로부터 그런 말을 들으니, 무슨 새로운 사실처럼 가슴이 뛰었다.

"저도 실상 뭐가 적당한가 하고 나왔죠."

"그래 사셨어요?"

"아니에요. 지금부터 고르려던 참인데 뭐가 좋겠습니까?"

"저는 이 은잔하고 주전자로 결정했어요. 꽃병으로 할까 말까 한참 망설였습니다만……."

은으로 만든 작은 꽃병을 가리킨다.

"그럼 제가 그걸 살까요?"

"그러세요. 설희가 퍽 좋아할 거예요."

상화는 무거운 기분을 일부러 가장하며,

"내일 나가시나요?"

"글쎄……."

"나가시죠. 저도 나갈 작정입니다."

"참, 영옥은 잘 있어요? 저번에 한번 만나기는 했지만서 두……. 어째 얼굴이 못쓰게 되었더군요."

상화의 얼굴이 암담해진다.

"퍽 마음고생이 되나 봐요."

상화는 마음이 찔끔했다.

"심성이 퍽 고운 아인데……. 상화 씨야 어렵하겠어요? 그렇지만 형수를 잘 위로해주세요, 네?"

현회는 점잖은 말투로 누이처럼 타이른다. 사실 영옥하고 현회는 여학교의 동창이며, 상화는 그들보다 두서너 살 떨어진다.

상화는 현회가 알고 하는 소리는 아니라고 생각하면서도 불안했다. 상화는 물건을 사서 현회 앞을 얼른 떠났다.

상화는 갑자기 세상이 좁아진 것을 느낀다.

생각하면 지나간 봄의 일이다. 구름이 낀 달이 어슴푸레하던 밤, 술이 취하여 돌아왔을 때, 집 안은 텅 비어 있는 듯 고요했다. 상화는 이상하게 생각하며 사랑으로 돌아오는데, 훌쩍훌쩍

우는 여자의 울음소리에 움찔하며 서버렸다.

영옥이가 사철나무 밑에 쪼그리고 앉아서 울고 있는 것이었다.

"왜 그러세요? 모두 어딜 갔어요?"

영옥은 울면서 겨우 하는 말이, 모두 극장에 구경하러 가고, 자기만 혼자 집을 보게 되었노라 하며, 왜 우는지를 말하지는 않았다.

"왜 그렇게 우세요?"

상화는 거듭 물었다.

"나도 모르겠어요, 왜 울었는지……."

영옥은 다시 얼굴을 싸는 것이었다.

상화는 술김에 영옥의 팔을 잡아끌었다.

"형수씨, 그러지 맙시다. 우신다고 죽은 형이 다시 살아 오겠소?"

영옥은 울다가 상화를 빤히 쳐다보았다. 눈이 이글이글 타는 것 같았다.

영옥은 손을 획 뿌리치며,

"누가 형님 생각을 한다오?"

날카롭게 부르짖는다.

상화는 다시 영옥의 어깨를 흔든다.

"형수, 이러지 맙시다. 일어나시오."

영옥의 어깨가 와들와들 떨고 있다.

"난, 난, 도련님 때문에 못 살겠어요!"

울음이 푹 터진다.

어깨 위에 손을 얹었던 상화의 마음이 움찔한다.

"난, 난, 못 살겠수. 그냥 죽어버릴까 봐요……."

영옥은 열에 뜬 사람처럼 울부짖는다. 상화는 이상한 충격을 느낀다. 관능에 뒤틀린 듯한 여자의 슬픈 모습, 그것은 이미 형수가 아니라 정복의 대상인 한 여자일 뿐이다.

그로부터 두 사람의 과오는 저주스러운 쾌락 속에서 거듭되어갔다.

상화는 자기를 죄의 구렁텅이에다 넣고 만 영옥을 잔인하게 학대하고 괴롭혔다. 그러나 상화는 진심으로 영옥을 불쌍히 여겼다. 아름답지도 못하고 총명하지도 못한 그 여자의 동물적인 애정이 자기에게 한결같이 쏟아질 때, 상화는 그를 한없이 미워하다가도 도리어 그를 미워한 자신이 더욱 미워지곤 했다.

상화가 설희의 결혼을 기념하기 위하여 산 꽃병을 들고 집으로 갔을 때 영옥은 마루 끝에 넋 잃은 사람처럼 멍하니 앉았다가 상화를 보자 사랑으로 쪼르르 따라 들어왔다.

"상화!"

영옥은 남이 없을 때 그렇게 부른다.

"왜 그래요?"

상화는 차가운 대답을 한다.

"나 어떡허면 좋아?"

"뭘 그래요?"

"숙이가 아는 모양인데……."

상화는 얼굴을 돌린다.

"언니 때문에 설희를 그만 뺏겼다구 하지 않아요."

둘은 한참 동안 말이 없이 그대로 앉아 있었다.

벌이 날아와서 상화 얼굴 앞에서 잉잉거린다. 상화는 손으로 자기의 뺨을 치고, 벌을 잡아 발밑에 지끈 밟으며 괴로운 신음 소리를 냈다.

"될 대로 되라지!"

드디어 상화는 소리를 지르며 일어섰다가, 도로 푹 주저앉으며,

"그러나 당신도 불쌍해."

힘없이 중얼거린다.

"우리 어디로 멀리 도망가서 살아요. 난 상화만 같이 가준다면 뭐든지 하고 살 것 같아. 저 강원도 탄광 같은 데라도……."

"처음부터 말하잖았소, 당신을 사랑하지 않는다고. 그러나 나도 내가 저지른 과오 때문에 무진히 괴로워요. 제발 영옥이, 다른 데로 시집가요. 그래야만 우리는 서로 구원되는 거요. 악몽이라 생각하고…… 너무나 죄 깊은 일이야."

그러자 식모 계집아이가 사랑으로 왔다.

"누가 아주머니를 찾아왔는데……."

영옥은 당황하며 일어선다.

166

"어떤 사람이든?"

"여자분예요."

영옥이 계집아이를 따라 부리나케 나간다.

"아아, 현회구먼. 어쩐 일이야!"

영옥의 반색을 하는 목소리가 들려온다.

"지나는 길에, 애기도 있고 해서 왔지."

"그래, 방으로 가자."

영옥은 조금 전의 슬픔을 잊은 듯 밝은 목소리다.

현회는 보시시 자리에 앉는다.

원체 갸름한 얼굴인 데다 야위어서 한층 얼굴이 길어 보이고, 눈은 광채를 강하게 발산하고 있다. 마음의 괴로움이 그대로 나타나 있는 얼굴이다.

"내일이 설희의 결혼 날 아니니? 너도 알지?"

"참, 그렇군."

"내가 아무래도 참석해야잖아? 늘 그 애 혼자서 집안을 돌보아왔는데, 어머니도 누워 계시고, 누가 그 애를 돌보아주겠니……."

"그럼, 넌 가봐야지."

"나는 그냥 선물만 보낼까 하고 망설였는데…… 글쎄 마침 너의 시동생을 만나지 않았겠니? 그랬더니 가자구 권하더군. 그래서 너도 같이 가자구 왔지."

너 시동생이라는 말에 잠시 주춤한 영옥은, 도대체 상화가 설희에게 무슨 선물을 사가지고 왔을까? 하는 궁금증과 질투를 느낀다. 아까 본 꾸러미가 바로 그것인가.

"가자, 안 갈래?"

"글쎄……."

"갑갑하잖니? 이렇게 있음……."

"그럼, 가볼까……."

영옥은 숙이의 의심을 풀기 위해서라도 가는 것이 좋겠다는 생각이 들어 그렇게 대답을 했다.

현회는 겨우 안심을 하는 모양으로, 무릎을 세우고 그 위에 깍지 낀 손을 얹는다.

"그래, 영옥은 이렇게 살 만하나?"

"살 만한 게 다 뭐야, 지금이라도 죽었으면 좋겠다."

"죽고 싶은 사람 많기도 하구나."

"그러나저러나, 설희는 시집 잘 가는 모양이더군. 서울 S대학병원 의사라지? 그리고 오빠의 친구라메?"

"그렇게 말들 하더라……."

현회는 그 이상 알지 못했다.

그때—연구실로 처음 찾아갔을 때, 자기를 맞이한 청년이 바로 설희의 남편 될 사람이라는 것도, 그 청년이 자기를 기억하고 있다는 것도 전연 알지 못하고 있는 것이다.

"설희는 잘 살 거야. 워낙 얼굴이 아름답기도 하지만, 마음씨가 그만이고, 벌써 살림살이에 관해서는 우리보다 훨씬 알뜰한 솜씨거든."

"그래, 참 예쁘고 마음씨 곱고, 어디 한 군데 빠지는 곳이 없는 색싯감이지."

영옥은 가느다랗게 한숨을 짓는다.

상화가 사랑하던 여자, 시집을 가버려도 언제까지나 사나이 가슴속에 남아 있을 여자.

"행복한 사람이야……."

현회가 가만히 영옥을 본다.

"설희 말이야……."

영옥은 혼잣말처럼 중얼거린다.

날이 밝았다. 화창한 아침 속에 해가 솟아오른다.

설희가 가만히 쪼그리고 앉아 있는 방의 창에도, 민호가 누워서 담배를 빨고 있는 여관방 창가에도, 밤새도록 몸부림치며 괴로워하다가 날이 밝아올 무렵에 겨우 잠이 들어버린 상화의 사랑방 창에도 옥색빛 아침이 서리기 시작한다.

10시 전에 민호는, 아버지와 어머니, 그리고 사촌 동생과 같이 식장으로 나갔다. 그리하여 신부를 기다리며 휴게실에 앉아 있는 동안, 미장원에서 신부를 실은 자동차가 나타났다. 들러리가 자동차의 문을 열어주며 설희를 부축해서 내리게 한다.

와르르 사람들이 모여든다. 눈빛처럼 빛나는 얼굴에 내려진 면사포, 내리깐 눈이 꿈결처럼 곱다. 주위에서 모여든 사람들은, 아무런 시샘도 없이 아름다운 신부에게 축복의 마음을 보낸다.

그때 사람 속을 헤치며 현회가 다가오더니 설희의 손을 잡아준다. 현회의 눈에 눈물이 돌았다. 형용할 수 없는 감정이다.

"예쁘다, 설희!"

설희의 눈에도 순간 눈물이 빛났다. 그러나 고요히 미소하며 고개를 숙인다.

"고마워요, 언니, 와주셔서."

설희는 신부 휴게실로 안내되어 가면서 현회에게 속삭인다.

휴게실로 들어간 설희는 피로한 듯이 의자에 몸을 가라앉힌다. 그러자 곧 집안 사람들과 동무들이 모여 들어왔다.

"백설공주처럼 곱다!"

누군가가 그런 말을 했다.

기념품, 꽃다발이 연방연방 들어온다.

현회가 설희 옆에 서서 머리를 고쳐주고, 숙이는 빙글빙글 웃고 있었다. 그러나 설희는 그렇게 많은 동무들과 친척들이 모여 있건만 허전하고 슬펐다. 아버지와 어머니가 참석하지 못한 결혼식은 그에게 쓸쓸하기 그지없는 것이었다.

'아버지가 살아 계셨음 얼마나 좋아하셨을까……'

설희는 현회의 손을 쥐어본다.

"언니, 고마워요, 와주셔서."

"설희야, 정말로 행복하라고……."

그러자, 여자들을 헤쳐가며 상화가 들어온다. 상화의 모습을 재빨리 알아본 설희는 의자에서 발딱 일어선다.

"상화 오빠!"

손을 내밀었다. 상화는 설희의 작은 손을 오래도록 쥐고, 오늘을 위하여 설희의 목숨이 있었다고 느껴지리만큼 곱게 단장한 얼굴을 말없이 쳐다본다.

'이 천사가 영원히, 영원히 나에게서 떠난다.'

실내가 이상한 고요 속에 묻힌다.

여러 사람들 속에 어울려 있던 영옥이 얼굴을 숙인다. 숙이가 영옥을 숨어 본다.

"자, 이거 오빠의 선물이다."

상자를 설희 팔에 안겨준다.

"상화 오빠도 행복하세요, 네?"

설희의 맑은 눈 속에 그늘이 진다.

상화는 돌아섰다. 터벅터벅 걸어 나오면서 상화는 영옥의 얼굴을 보았다.

상화가 나간 뒤, 실내는 한동안 어수선했다.

흰 장갑을 낀 손을 꽉 쥐고, 설희는 가만히 고개를 숙인다. 면사포 속에 어린 얼굴이 그림 같다. 흰 이마 밑에 그려진 눈썹, 그리고 그늘을 지어주고 있는 긴 속눈썹이 가늘게, 가늘게 떨리고 있다.

한참 후 들러리의 부축을 받아 설희는 일어섰다. 신랑이 기다리고 있는 식장으로 나가는 것이다.

하얀 천으로 깔려진 길을 가는 설희의 몸이 웨딩 마치를 따라 흔들린다.

설희는 진정 민호의 사랑이 자기의 것이기를 신에게 빌면서 한 걸음, 한 걸음, 또 한 걸음.

식장에는 검은 식복을 입은 민호가 기다리고 있다. 파아란 면도 자국이 시원하게 보이는 목덜미, 꽃향기도 훈훈히 풍겨난다.

주례는 P시의 시장으로서, 돌아간 설희 아버지와 다정했던 친구다.

민호의 가족으로는 아버지와 어머니, 그리고 사촌 동생이 와 있을 뿐이지만, 설희 편에서 온 집안 사람과 친지 들이 많아 성황을 이루고 있었다.

식장에 모인 사람들은 모두, 인생에 있어서 가장 엄숙하고 슬기로운 일이 지금 진행되고 있다는 것을 잠시 잊은 듯, 신부의 아름다움을 즐기고 있었다. 일시 장내에는 가벼운 물결처럼 동요가 일었다. 그들 중에서도 민호의 아버지인 이기우 씨와 어머니인 김씨 부인은 대단히 만족스러운 표정이었다.

"여보, 저 애가 저런 색시 고르느라고 여태 장가를 못 갔었구려."

김씨 부인은 영감에게 귓속말로 속삭인다. 이기우 씨는 빙그레 웃으며,

"그런 말 마오. 그래도 내 아들만 못한걸."

"아이, 욕심두……."

그들이 이런 말을 속삭이고 있는데, 정규와 현회의 눈길이 부딪쳤다가 떨어졌다. 상화는 설희를 쏘듯이 바라보고 있었으며, 그 오뇌에 찬 모습을 숨어 보는 사람은 영옥이었다. 그리고 또 그러한 영옥의 동정을 살피는 사람은 숙이었다.

"아아, 우리들의 태양이 이제 지는군."

"글쎄, 얼마나 못났음, 타방 사람한테 뺏기누."

상화의 친구들인 이곳 문학청년들이 익살을 피운다. 사실, 그들 중에 설희에게 화살을 겨누어보지 않은 사람은 없었다. 그러나 그들 역시 상화처럼 민호하고는 경쟁할 수 없었음을 깨끗이 자인하고 있다.

아이 들러리가 신부의 면사포 자락을 잡아주고, 신부는 신랑 옆으로 인도되었다.

사회의 정중한 진행사가 끝나자, 주례가 한 쌍의 원앙을 내려다보며 선서식이 시작되었다.

"영원히 고락을 같이하여 서로 섬기고……."

민호와 설희는 마주 보았다.

'저의 생명은 오직 당신을 위하여 생겨난 것입니다.'

설희의 눈은 그렇게 말하고 있었다.

그때였다. 누가 정규 앞으로 다가왔다. 그러고는 귓속말을 한다. 정규는 황황히 밖으로 나가버린다.

"서울서 손님이 오셨는데, 선생님을 찾으십니다."

하는 전갈의 말은 정규를 심히 불안하게 했다.

‘누구일까? 동창생일까? 그렇지 않으면…….’

정규가 식장 복도 앞으로 나갔을 때, 그는 자기도 모르게 발이 땅에 붙어버린 듯 우뚝 섰다.

그레이의 싱글 양복에다, 역시 그레이의 낙타 모자를 손에 든 오 박사가 점잖게 서 있었다.

오 박사는 얼굴에 미소를 띠며 정규에게 손을 내밀었다.

“참, 오래간만일세, 문군.”

정규는 기계적으로 오 박사의 손을 쥐었다.

“도무지 엽서 한 장이 없으니 자네 동정을 알 수가 있어야지.”

“황송합니다, 선생님.”

정규는 의미 있는 눈초리로 오 박사를 쳐다보며 중얼거린다.

“이곳에 볼일도 있고 해서…… 이왕이면 이군의 결혼식에 참석하는 것이 좋겠고…… 그래서 불각처 어제 밤차를 탔지.”

정규의 표정이 다시 굳어진다.

‘이곳에 볼일이 있다고?’

“하여간 식장으로 들어가시지요. 벌써 결혼식이 시작되었습니다.”

정규는 오 박사에 앞서 식장으로 들어간다.

오 박사는 친면이 있는 이기우 씨에게 목례를 보내고 자리에 앉는다. 그동안 정규는 얼굴빛이 창백했지만, 태도는 침착했다. 그러나 뒤늦게 오 박사를 본 현회의 놀라움이 감염된 듯 이따금 정규의 얼굴 근육은 파르르 떨린다.

자리에 앉은 오 박사는 사람들의 눈에 띄지 않을 정도로 조심스럽게 사방을 두리번거리며 현회를 찾는다. 식장에 오기 바로 전에 오 박사는 현회의 고모 댁에 들렀기 때문에 현회가 이 결혼식장에 참석한 것을 알고 있었다.

일부러 사람의 눈에 띄지 않게 회색 새틴 치마 저고리를 질소하게 입은 현회의 모습을 사람 틈에서 찾았을 때, 오 박사의 가슴은 늙은이답지 않게 뛰었다. 스스로를 감추어버리려고 입은 회색의 의상, 그러나 그의 우아한 모습은 질소한 대로 남의 눈을 끌었다.

현회는 오 박사와 눈이 마주치기를 두려워한 나머지 고개를 들지 않고 있었다.

결혼식은 식순에 따라 진행되고 있었다. 기념품 교환도 끝났다. 이제 쌍방 간의 축사가 있어야 했다.

신랑 측의 참석자가 없어 축사가 문제였는데 마침 오 박사가 왔기에 축사를 부탁한다. 응당 축사를 해야 할 사람이다.

오 박사는 점잖은 풍모에 위엄 있는 목소리로 축사를 시작한다.

고개를 수그리고 있던 신랑과 신부는 적지 않게 놀라는 것이었다.

"지금 내 앞에 서 있는 신랑 이민호 군은 내가 가장 아끼고 사랑하는 나의 제자요 동시에 이 나라의 의학계를 짊어지고 나갈 유능한 청년 의학돕니다. 그리고 역시 지금 내 앞에 서 있는 오늘의 신부로 말하면 내가 가장 아끼고 소중히 여겨오던 제자 문정규 군의 영매인 것입니다. 따라서 이 두 신랑, 신부가 내게는 다 같이 귀중하고 사랑스러운 사람이 아닐 수 없습니다."

오 박사는 잠깐 말을 끊는다.

그런 서두로부터 듣기 좋은 억양을 붙여가며 천천히 흘러나오는 오 박사의 목소리가 현회 귀에는 거의 들려오지 않았다. 다만 머릿속이 뱅뱅 도는 것 같고, 눈앞이 아찔아찔하고 때때로 불꽃 같은 것이 교차하는 것을 의식할 뿐이다.

"……무엇보다도 위대한 일은 사랑의 창조라고 생각합니다……."

그런 말이 아슴푸레하게 들려오는 듯하다.

이러한 현회를 지켜보고 있는 사람은 정규였다. 그는 지금 누이동생의 결혼식장에 있다는 것을 잊고 있었다. 한결같은 눈초리로 현회를 지켜보고 있다.

축사를 듣고 있는 신랑과 신부의 마음도 결코 평온하지는 못했다. 난데없이 나타난 오 박사의 축사는 신랑, 신부로 하여금 고마움보다 놀라움과 불안을 느끼게 했다.

"……사랑이 따르지 못하는 곳에 인생이 진실할 수 없고 참된 의미에 있어서 올바른 창조가 있을 수 없습니다……."

열어놓은 창에서 일진의 바람이 불어온다. 커튼이 휘날리고 촛불이 깜박인다.

축사가 끝나고, 오 박사가 자리에 돌아오는 순간, 현회는 자리에 쓰러진다. 정규가 날듯이 뛰어간다. 오 박사도 무의식중에 일어섰다. 그리하여 오 박사도 현회에게 달려간다. 모진 비바람을 맞은 가을꽃같이 쓰러진 현회를 정규는 들쳐 안는다. 정규는 주위에서 놀라며 모여드는 사람들에게 손을 친다. 조용하게 해달라는 몸짓이다. 정규는 현회를 안은 채 복도로 나간다. 그러자 오 박사가 뒤따라 나오면서 정규의 팔을 잡는다.

"자네는 가보게. 내가 있으니……."

현회를 받아 안으려고 한다.

정규의 눈이 이글이글 탄다고 느낀 순간 오 박사의 팔을 탁 뿌리치고 복도 밖으로 뛰어나간다. 그것은 여지없는 도전이었다.

밖으로 뛰어나온 정규는 대기하고 있는 자동차를 타더니,

"빨리 공제병원으로!"

오 박사가 어처구니없다는 듯 멍청히 섰는 모습에는 일별도 주지 않고 자동차는 미끄러져 간다.

'현회는 내 것이야! 내 것이고말고!'

정규는 오늘의 자기의 위치를 완전히 잊고 다만 맹목적인 감정에 사로잡혀 실신한 현회의 옷을 끌러주며 그를 흔들었다.

일면 현회가 졸도하는 바람에 결혼식장이 일시 소란해졌으나 이내 식은 끝이 났다.

민호의 주장으로 피로연은 없었고, 신혼부부는 곧 여행을 떠

나기로 되어 있었다.

설희는 연둣빛 양단 치마저고리로 갈아입고, 미리 준비되어 있던 자동차 앞으로 민호와 같이 갔다.

"신부, 잘 갔다 오우."

이제 시아버지가 된 이기우 씨가 설희를 바라보며 미소한다.

"편히 갔다 와요."

김씨 부인이 귀여운 듯 새 며느리의 손을 쥐어준다. 오 박사도 다가와서 민호에게 악수를 청하면서,

"이군, 축하하네. 행복하게."

이때 멀찌감치 서 있던 상화가 터벅터벅 설희 옆으로 걸어온다.

설희가 가만히 손을 내민다. 서로의 눈이 마주친다.

상화는 설희의 손을 놓아주고 민호에게 악수를 청한다. 민호는 알지 못하는 청년을 위하여 그의 손을 잡았다.

"누일 부탁합니다."

민호는 설희의 친척 오빠쯤으로 알았다.

여러 사람들의 환송리에 자동차는 시가를 멀리했다. 서로 잠시 동안은 오 박사와, 현회를 싣고 이미 결혼식은 안중에도 없다는 듯 나가버린 정규를 생각했다.

촌락이 보이기 시작한다. 높은 버드나무가 보일 적마다 새로운 마을이 나타나곤 한다.

"피로하지 않소?"

민호는 처음으로 설희를 위로한다. 설희는 고개를 흔든다.

"참, 아까 나에게 악수를 청한 분은 설희의 친척 오빠 되오?"

이상한 열이 있었다고 느껴지는 사나이의 눈을 생각하며 묻는다.

"아아뇨."

"그럼?"

"어릴 때부터 같이 자랐어요. 어쩌면 정규 오빠보다 더 정이 들었는지도 몰라요."

"응?"

"나이는 저보다 두 살이나 위예요. 스물여섯, 정규 오빠보다 훨씬 후배죠. 그리고 그분은 시인이에요."

"시인이라?"

"참 고운 시를 쓰셔요."

"설희는 시가 좋은가요?"

"행복할 적에는 그것이 바로 시니까, 저는 시를 잊어버려요. 그렇지만 슬플 적에는 시를 읊어요."

"행복할 때는 그것이 바로 시라……."

민호는 우두커니 설희를 쳐다본다. 마음속에 애처로움이 솟아난다. 가만히 설희의 손을 든다. 나긋나긋한 손가락에 한 캐럿은 못 되어도 육칠 푼은 되어 보이는 다이아몬드의 반지가 번득 빛을 발한다. 민호는 그 나긋나긋한 작은 손 위에 키스를 해주려다가, 그만 자그시 깨물어버린다. 어린아이에게 하는 애무다.

"이젠 시를 읊지 말아요."

이제는 슬퍼하지 말라는 뜻이다. 설희는 연한 볼 위에 홍조를 띠며 손을 오므린다. 그리고 운전수를 힐끗 쳐다본다. 부끄러웠던 것이다. 그러나, 어쩔 줄 모르게 당황하는 설희의 모습을 바라보는 민호 혈맥에 쾌감이 흐른다.

"괜찮아, 신부."

밝게 웃으면서 설희의 빨개진 볼을 손가락으로 튀겨준다.

K온천장에 도착한 것은 마침 알맞은 저녁때였다.

설희는 난생처음으로 들어가 보는 여관 분위기가 몸에 선 모양이다.

"여관에 묵어본 일이 없소?"

민호는 여행용 가방을 보이에게 맡기고, 보이가 안내해주는 2층 방으로 올라가면서 설희에게 묻는다.

"없어요."

민호는 긴 치마를 입었기 때문에 걸음이 서툴러 보이는 설희의 팔을 잡아준다.

바다 쪽으로 창문이 나 있는 방은 전망이 아주 훌륭했다.

민호는 양복저고리를 벗어 걸고 창문가에 서서 바다를 바라본다. 해송海松이 여러 그루 서 있는 바닷가에 흰 물결이 치고 있다.

"설희, 이리로 와요. 바다가 보여서 마음이 후련해지는데……."

민호 옆으로 다가서면서 설희는,

"아주 먼 곳으로 와버린 것 같아요."

"잘 왔지 뭐요. 그 따분한 피로연을…… 누가 견딜라고. 결혼식만도 겨우 참고 했는데."

"왜 그럴까요? 우리들의 가장 엄숙한 일 아녜요?"

설희는 불안한 눈으로 민호를 쳐다본다.

"한 남자가 한 여자를 만나 죽는 날까지 결합이 된다는 것은, 나도 엄숙한 일로 알고 있소. 그렇지만 그 형식이 따분하단 말이오."

설희는 한동안 말이 없다가,

"어머니가 퍽 서운했을 것 같아요."

"설희가 시집간 것만도 만족하고 계실 테니 공연히 걱정 말아요."

민호는 설희를 위로하며 설희의 뽀얀 목덜미를 눈으로 더듬는다. 민호의 눈길을 느낀 설희는 얼굴을 붉히며 바다 있는 곳으로 시선을 보낸다.

민호는 살며시 설희를 안았다.

"참 곱게 생겼어."

목덜미에 부드러운 키스를 한다.

"참 예쁘게 생겼어요."

민호는 심한 정감을 느끼며 설희의 가느다란 허리를 눌러 잡는다.

이때 밖에서 노크하는 소리가 들려왔다. 여관의 보이가 숙박계를 적으러 왔던 것이다.

이때, 여관 앞에 자동차가 한 대 와서 머물렀다.

바바리코트를 입기에는 아직 좀 이른 시기인데도, 키가 훌쩍 큰 여자는 바바리코트를 입은 모습으로 자동차에서 내린다. 외국 사람을 연상하리만큼 바바리코트가 썩 잘 어울린다. 뒤에서 조수 아이가 트렁크를 들고 따라 들어왔다. 창백하게 야윈 얼굴에 아무 표정도 없이 여자는 방이 있느냐고 묻는다.

여관 주인이 혼자 온 여자의 행색을 맞잡는다.

"예, 방이 있다마다요. 아주 전망이 훌륭한 방이 있습죠."

여관 주인의 눈에는, 여자의 행색이 바로 그 좋은 방을 요구하고 있는 것으로 보였기 때문이다.

여자가 가만히 눈짓을 함으로써 조수 아이가 든 트렁크가 보이 손으로 옮겨졌다.

보이를 따라 돌아보지도 않고 올라가는 여자의 뒷모습을 보다가 여관 주인은,

"뒤에 오실 손님은 안 계시우?"

말을 걸었다.

여자는 돌아서서 주인 사나이를 한동안 우두커니 쳐다보다가, 고개를 흔들며 부인하는 뜻을 남기고 사라진다.

짐을 날라다 주고 돌아온 보이는 주인한테,

"방의 공기 유통이 나쁘겠다고 얼굴을 찌푸리더군요. 좀 더

나은 방이 없느냐구요."

주인은 그 말에는 대답하지 않고,

"여자 혼자서 온천장을 온다아?"

혼잣말처럼 중얼거린다.

"얼굴이 병자 같은데요. 그런데 아까 신혼부부 같은 손님이 든 방은 아주 좋은데……."

보이는 혼자 온 여자 손님에게 어쩐지 호의가 가는 모양이다.

"잔말 말고 숙박계나 빨리 해 와!"

보이가 숙박계를 갖고 여자가 든 방문을 두드렸을 때 여자는 옷을 갈아입고 담배를 피우고 있었다.

"숙박계를 해야겠는뎁쇼."

"아아……."

여자는 늘어진 듯한 목소리로 대답을 하며 담배를 던지고 펜을 잡는다. 숙박계 앞에 엎드린 여자는 펜을 쥔 채 한곳을 지켜본다.

이민호, 32세, 직업 의사, 주소 서울시 종로구 혜화동 12번지, 문설희, 24세, 직업 무, 처. 처, 처, 처…….

여자의 눈앞에는 처라는 글자가 수십 개나 합쳐져서 돌았다.

그대로 펜을 쥔 채 움직이지 않고 있는 여자를 수상쩍게 여긴 보이가,

"쓰시죠."

여자는 얼굴을 들어 보이를 멍하니 쳐다보다가, 펜을 고쳐 쥐

고 기입을 하기 시작한다.

김진수, 28세, 직업 무······.

펜을 놓고 창밖을 바라본다.

얼핏 못 알아보게끔 야윈 얼굴, 그러나 진수였다. 마음을 앓아온 그는 드디어 몸을 앓는 것이다.

보이가 아래층에 내려와서 주인하고 얘기를 하고 있는데, 진수는 아까 올 때처럼 바바리코트를 걸치고 아래층으로 내려오는 것이었다.

위층에서 내려온 진수는 보이를 보자,

"저, 자동차 하나 불러주세요."

보이가 지금 막 왔는데 웬일인가 하는 눈으로 진수를 보자, 진수는 빨리 해달라는 듯 손을 흔들었다.

보이가 나간 뒤 진수는 주인에게,

"갑자기 계획이 글러버렸어요. 그래서 도로 떠나야겠어요."

진수는 주인이야 귀담아듣든 말든 그런 말을 해놓고 가만히 창밖을 바라보면서 담배를 꺼내어 입에 물더니, 익숙한 솜씨로 라이터를 켜 불을 붙인다. 불을 붙이면서 찌푸린 양미간에 처절한 슬픔이 있다.

주인 사나이는 까칠하나마 멋있게 생긴 진수를 음미하듯 살펴본다.

"방이 나빠 그러시우?"

"아니······."

"조금만 일찍 오셨으면 좋은 방이 있었는데…… 막 신혼부부가 들었군요."

진수는 담배 연기를 뿜다 말고 주인 사나이의 눈을 쳐다본다. 그러더니 도로 창밖으로 눈을 돌려버린다.

보이가 자동차를 불러왔다.

진수는 보이를 시켜 2층에서 짐을 날라다 자동차에 싣게 했다.

그리고 잊어버릴 수 없는—그렇게 인상적인 미소를 남기며 보이에게 팁을 주고, 복도를 거쳐 밖으로 나가는 것이었다.

진수가 자동차에 오르고 운전수가 시동을 걸자, 민호는 욕실로 가기 위하여 수건을 들고 내려왔다.

민호는 시동을 거는 자동차의 소란스러운 소리에 무심코 그곳으로 시선이 갔다.

똑바로 앞을 지켜보고 앉아 있는 옆얼굴이 자동차의 창유리에 선명하게 비쳐 있다. 민호의 시선이 얼어붙는다.

민호가 앞으로 한 발 내밀려고 하는 찰나, 자동차는 미끄러지듯이 시야 밖으로 사라지는 것이었다.

민호는 거의 자실自失한 채 서 있었다.

'진수는 아닐 거야. 진수는 저렇게 야윈 여자는 아니었어. 내가 잘못 본 게지. 언젠가 극장에서처럼…….'

마음속으로 중얼거리며 돌아서는데, 수상하게 쳐다보고 있던 여관 주인과 눈이 부딪쳤다.

"지금 나간 여자는 여기 오래 묵고 있었던가요?"

자기도 모르게 그런 말을 묻고 있었다.

"아니, 막 왔어요. 뒤에 바로 왔죠. 숙박계까지 써놓고……
참 이상하군요."

"숙박계까지 써놓고 가버렸다? 어디 그 숙박계를 좀 보여주
시오."

시비라도 거는 듯 어조가 퍽 강하다. 여관 주인은 그 기색에
눌리는 모양인지 얼른 숙박계를 내밀었다.

이름은 김진수, 나이는 스물여덟.

민호는 숙박계를 놓고 말았다. 진수가 여관에 들자마자 떠나
버린 이유를 민호는 알았다. 자기들 부부의 이름을 본 것이 분
명하다. 민호의 눈에 소상처럼 진수의 야윈 옆얼굴이 뚜렷이 나
타난다.

"저, 왜 그러세요?"

민호는 꿈을 꾸는 사람처럼 뒤를 돌아보았다. 목욕을 마치고
돌아오는 설희가 서 있었다. 민호는 등허리에 찬물을 끼얹은 듯
무엇이 전신을 타고 내려가는 것을 느낀다.

"아, 아무것도 아니오."

민호는 혼자서 고개를 흔들며 말했다. 그리고 목욕탕을 향하
여 뚜벅뚜벅 걸어간다.

마침 설희가 왔기에 참 다행이었다고 생각을 하며 걷는 민호
였으나, 돌변한 표정과 냉랭하게 식어버린 태도에 가슴을 태우

고 서서 그의 뒷모습을 지켜보고 있는 설희를 한 번도 돌아보지
않았다.

쓸쓸하고 덧없는 초야가 밝아왔다.

민호는 자기의 신혼 감정을 흐려놓고 가버린 진수를 무슨 운
명의 검은 그림자처럼 생각하고, 그에 대한 환상을 버리려고 했
으나, 그것은 도리가 없는 일이라는 것을 깨달았다. 자기의 감
정을 가장하면 할수록 어색하기 짝이 없고, 동작의 하나하나가
생각 없는 나무토막처럼 감각되며, 끝없는 괴로움 속으로 파묻
혀 들어가는 것만 같았다.

설희와 같이 바닷가를 거닐 적에도, 옆에 걷고 있는 설희의
존재를 잊고 진수의 그 소상과도 같았던 야윈 옆얼굴을 쫓고 있
는 자신을 발견할 때, 민호는 스스로 놀라서 걸음을 멈추곤 한
다. 민호는, 가을의 청명한 하늘 아래, 수만 년을 변함없이 지
키며 돌아가는 바다의 물결과 그리고 모래알 하나하나에 골똘
한 시선을 내리며 한숨짓는다.

"왜 그러세요? 무슨 걱정이라도……."

설희는 참다 못해 물어보는 것이었다.

민호가 연연해하던 여자가 이곳에 왔다 갔다는 것도, 그로
해서 자기의 행복해야 할 신혼여행이 짓밟혀지고 있다는 것도
설희는 알 턱이 없다. 다만 어찌하여 그렇게 다정하던 민호의
태도가 저렇게도 갑자기 차갑게 식어버린 것인지, 그것은 견디
기 어려운 슬픔과 외로움이었다.

민호는 잔잔하게 감동 없는 목소리로,

"좀 몸이 고단한 것 같소."

민호는 자기의 태도를 무어라 설명할 수 없는 데서 그렇게 말을 하고 얼굴을 찌푸렸다.

한참 동안 물결치는 소리만 들려온다.

"제가 싫으신가 봐요……."

먼 바다를 타고 오는 바람 소리처럼 가늘게 떨리는 목소리가 민호 귓가에 울렸다. 민호의 마음이 뭉클해진다.

"왜 그런 말을 해요? 자, 들어갑시다. 바람이 차요."

민호는 설희의 어깨를 안아주며 여관으로 돌아온다. 돌아오는 길에서,

"암만해도 이 해변의 공기가 탁해진 것 같소. 내일은 서울로 갑시다."

바람에 설희의 머리칼이 나부낀다.

"이 맑은 공기가 어째서 탁해졌다는 걸까?"

혼잣말이었다. 그러나 민호는 거기에 대하여 아무 대답이 없었다.

다음 날로 그들은 P시를 들러서 서울에, 그들 신혼부부를 위하여 마련된 집으로 갔다.

일면, P시에서는 여러 사람들과 오 박사의 의혹을 전연 도외시하고, 정규는 식장에서 졸도한 현회를 데리고 병원으로 갔던 것이었다. 그러한 행위 자체는 오 박사에 대한 엄연한 도전일

뿐만 아니라, 이번에야말로 자기의 입장을 선명히 하고 목적을 관철시키고야 말겠다는 굳은 의지를 나타낸 것이었다.

이미 정규의 눈앞에는 설희의 결혼 같은 예식에는 아무런 관심도 없었던 것이다.

그러나 자동차 속에서 정신을 차린 현회는 몹시 괴로워했다. 오 박사가 제자의 결혼식에 참석하기 위하여 내려왔다고 생각되지 않았기 때문이다.

병원에 와서 강심제를 맞고 몸을 가눌 수 있게 되자 현회는 자리에서 벌떡 일어나 앉는다.

"가야겠어요, 집으로……."

정규는 현회의 낯빛을 살피며,

"오 박사가 데리러 왔나 보군."

전연 딴 얘기다.

"가자면 따라가겠어요?"

다시 되잡아 묻는다.

현회는 집으로 가야겠다고 서두르며 일어나 앉았으나, 정규의 강인한 말투에 뭔지 자기 자신을 막연하게 잃어가는 것을 느낀다.

현회는 흰 벽에 걸어둔 인체 해부도를 멍하니 바라본다. 바람이 자꾸 마음속을 휩쓴다. 모래를 자꾸만 심장에다 끼얹는다.

"이번에는 오 박사한테 이야기하고 말겠어요, 우리들의 일을……. 그분도 신사니까 이해하고 귀결을 지어줄 거요."

방심한 사람처럼 앉아 있던 현회는,

"그렇게는 못 해요, 절대로!"

배 속에서 밀어내는 힘 있는 목소리였다.

"도대체 이 미적지근한 상태를 언제까지나 계속할 작정이오?"

"저도 모르겠어요."

"현회 혼자만 착한 사람이 될려구…… 이렇게 끝없는 괴로움 속에 나를 몰아넣는구려."

정규의 목소리는 울분에 찬 것이었다.

"너무해요."

마침 간호원이 들어왔기 때문에 두 사람의 대화는 중단되었다.

정규의 심장을 꿰뚫어주는 듯한 원망의 말에 새로운 괴로움이 현회의 아픈 상처 위에 다시 겹쳐진다. 현기증이 일어난다. 현회는 도로 침대 위에 쓰러지고 말았다.

얼마 후에 오 박사가 병원에 나타났다. 굳어진 정규의 표정을 대하는 오 박사는, 알지 못할 압박감을 느끼며 얼굴을 돌리지 않을 수 없었다.

벌써 여러 해 동안 정규의 무뚝뚝하고 암류暗流 속에 가로누운 듯한 어둡고 고민에 찬 눈을 대하여온 오 박사였다. 전쟁이 나기 전만 해도 명랑하고, 그러면서도 어딘지 소년다운 감상이 담겨져 있던 그 눈동자. 그러나, 오 박사는 전쟁터에서 돌아온 젊은이들 속에서 흔히 볼 수 있는 인생과 생명의 가치를 부정하는 허무, 그런 데에서 오는 인간성의 변질이라 생각했었다. 차마 자기 자신이 변질된 그의 인간성의 중대한 원인이었다고 꿈에도 생각해본 일이 없었다. 그러나 이번만은 오 박사도, 정규의 그 적의에 찬 얼굴에 의아를 품지 않을 수 없었다. 오 박사는 정규를 거의 묵살해버리고, 현회 옆으로 뚜벅뚜벅 걸어간다.

"좀 어떤가?"

이마를 짚어본다.

정규의 눈이 한층 강하게 된다.

현회는 비스듬히 몸을 일으키며,

"오래 긴장하고 서 있어서 그런가 봐요."

현회는 무엇인지 폭발되고 말 것 같은 무거운 실내의 분위기를 어떻게 해야겠다는 생각에서 억지로 입을 열었던 것이나, 그것은 공허한 울림을 남겼을 뿐으로, 정규는 시종 한마디의 말도 하지 않았다.

"집에 가서 편히 쉬어야지."

오 박사는 현회의 안색을 살핀다. 살피기보다 현회의 시선을 찾는 것이었다.

'서울로 꼭 데리고 가야지.'

오 박사는 자신에게 굳게 다짐을 하고, 간호원을 불러 자동차를 잡아 오라고 부탁한다.

그러는 중에도 정규는 목석같이 서서 폭풍과 같이 미쳐 날뛰는 감정을 누르는 것이었다.

"자네 안색이 좋지 못하군. 공연히 집사람 때문에 걱정을 시키고 식장을 소란하게 해서 미안하네."

"미안할 것 없습니다."

뚝 잘라버리는 말투다. 오 박사의 얼굴에 또다시 깊은 안개 같은 것이 모여든다. 오 박사가 좀 더 세정世情에 능했던들 젊은 사람들의 눈치를 알아차릴 수 있었을 터이지만, 워낙 그러한 일에 등한한 성격으로 해 스스로의 비극의 정체를 잡지 못하고 있는 것이다.

현회만은 양 사이에 끼인 나무처럼 되어 견디기 어려운 괴로움 속에서 다만 자동차가 빨리 와줄 것을 기다리는 것이었다.

얼마 후 자동차가 왔을 때, 현회는 누구의 손도 빌리지 않고 먼저 밖으로 나갔다.

그들이 실린 자동차가 멀어지자, 정규는 집으로 들어갔다.

식모아이가 가만가만 걸어온다.

"마나님께서 몹시 고통을 하시더니, 이제 겨우 잠이 드셨습니다."

목소리를 낮추면서 말을 한다. 정규는 고개를 끄덕인다.

방으로 들어왔다. 집 안은 괴괴하니 소리 하나 없다. 어머니의 여명이 얼마 남지 않은 것을 누구보다 잘 알고 있는 정규다.

'어쩌면, 어머니는, 큰 짐을 풀어놓은 안심에서 병세가 악화되었는지……'

정규는 그런 생각을 하며, 인생의 명암을 느낀다. 화려한 인생 출발이 있고, 어두운 방 속에는 죽음이 서려 있는 것이다. 정규는 가벼운 전율을 느낀다. 진정, 인생이란 이러한 것이라면, 사는 날에 있어서 왜 내 의욕을 꺾어야 하는가?

'도로 뺏어버리자. 이 기회를 놓치면 현회를 영원히 잃어버린다.'

외쳐보는 것이었으나, 그것이 이루어지리라 생각되지는 않았다.

'왜, 내 것을 내가 찾지 못해!'

벌떡 자리에서 일어섰다. 밖이 어수선하다. 결혼식을 마친 친척들이 오는 모양이다. 한동안 밖에서 높고 낮은 목소리들이 들려오더니, 정규 방 앞으로 다가오는 발소리가 들린다.

"형님, 계십니까?"

상화의 목소리였다.

"들어오게."

방문을 여는 상화의 눈알이 빨갰다. 오면서 모두 어우러져 술을 마셨다는 것이다. 그는 대뜸,

"뭡니까, 형님? 결혼식도 시시하게…… 피로연은 왜 안 하는 거요? 설희에게 마지막 고별로 진탕 마실려구 했는데……."

"신랑이 싫다는 걸 어떻게……."

"신랑이 싫다구요? 흥! 귀족 티를 내느라고…… 점잖은 척하느라고…… 우리네 시골 친구는 상대가 안 된단 말이죠?"

"이 사람이, 왜 이리 주정이야? 자네 결혼인가, 자네 본위로 하게……? 아무러면 어때."

정규는 자기도 모르게 역정을 부린다.

"형님도 변했군요! 그리고 나도 변했소. 뭐, 외로운 사람끼리 역정 낼 필요는 없어요."

상화는 자리에 벌렁 나자빠진다. 일찍이 이렇게 버릇없는 상화는 아니었다, 비록 술을 마셨을지언정.

정규는, 그 말에 이상하게 가슴이 찔렸다. 설희가 시집간 날 상화가 내 방에 와서 술주정을 한다? 단순히 피로연을 하지 않았다는 이유뿐일까?

"여보게, 상화, 일어나게. 대낮에 무슨 주정이야?"

어깨를 흔들어본다. 지독한 술 냄새가 얼굴에 푹 끼친다.

상화는 도로 벌떡 일어난다. 시뻘건 눈에 눈물이 핑 돌더니, 자기를 비웃는 웃음이 얼굴 가득히 고인다.

정규는 상화의 어깨를 흔들어주며,

"자네, 설희에게 마음이 있었구나."

상화는 다시 한 번, 그 자기를 비웃는 웃음을 얼굴 가득히 피운다.

"자, 일어나게. 우리 둘이 오늘 밤엔 진탕으로 마시자구. 자, 나가지."

정규는 상화의 어깨를 밀다시피 하며 밖으로 나갔다.

요리점 밖에는 낮달이 나무 위에 걸려 있었다.

"우리에게는 다행히 술이 있어, 잠시나마 잊어버릴 수 있는 술이 있단 말이야!"

술기가 오른 정규는 이렇게 소리치며, 상화와 더불어 술상을 두들겼다. 소처럼 평소에 말이 없는 정규도 술을 빌려 말이 많아진다.

"상화! 자네 그럴 것 없어. 장가가란 말이야. 그까짓 계집 하나 못 잊는단 말이냐? 제기, 못난 자식들!"

못난 자식들이란 복수를 붙이는 것은 두말할 것도 없이 자기를 가리키는 것이었다.

"흥! 형님이나 가슈."

"응, 갈 테다! 가고말고. 발에 걸리기만 해봐라!"

알코올이 창자를 비틀듯이 돌아감과 동시에 고래고래 소리를 지르는 것이었다.

밤이 깊어져서 정규와 상화는 어깨동무를 하며 길로 헤매어 나왔다.

"형님, 큰일 났소."

"뭐야? 이 자식, 말해봐!"

"형수가 내 아이를 뱄단 말이오!"

정규는 취중에도 눈이 번쩍 뜨였다.

상화는 그런 말을 해놓고, 아이처럼 길바닥에 주저앉아 엉엉 운다. 정규는 무조건 상화를 차고 때렸다.

다음 날 아침에 정규가 눈을 떴을 때 맨 먼저 머릿속에 떠오르는 일은, 상화가 길바닥에 주저앉아서 엉엉 울던 모습이었다. 그리고 사정없이 치고 밟고 때리는데도 아무 반항을 하지 않던 상화의 모습이었다.

어릴 때부터 동생처럼 사랑해온 그가 그런 배륜背倫의 짓을 했다는 것은 괘씸하기 짝이 없는 일이다.

그러나 정규는 가슴에다 베개를 받치고 담배에다 불을 붙이면서, 자기 자신이 퍽 낡은 도덕관념에 사로잡혀 있었다는 것을 깨닫는다. 그와 동시에 어쨌든 간에 빼앗고야 말겠다고 어제까지 굳은 결심을 하고 있었던 사실에 생각이 미친다. 인간이란 도시 자기 본위의 동물이며, 모순 덩어리라는 것을 생각해본다.

'그래서 어쨌단 말이냐! 상화는 사내고 영옥은 계집이야. 서로가 다 임자 없는 인간들이 아니냐. 단지 거기에는, 과거, 형의 여편네였다는 형식이 남아 있을 뿐이지.'

정규는 인간 생활 속에 수없이 얽어매어 놓은 보이지 않는 사슬을 느끼며 몸을 부르르 떨었다. 자기 역시 그런 사슬에 얽매인 채 살고 있는 것이 아닌가.

정규는 그런 어지러운 생각을 털어버릴 듯이 자리에서 일어났다. 간밤에 진탕으로 마신 술 때문에 머리가 어찔어찔했다. 병원에 나가지 말까 싶었지만, 어제 하루 설희의 결혼 때문에 쉬었고, 매일 다녀야 하는 환자들도 있어서, 가운을 아무렇게나 걸치고 병원에 나가 의자에 몸을 푹 묻는다.

그러나 이내 환자들이 나타나고, 정규는 그 소沼와 같은 침묵

속에서 기계적으로 손을 움직인다. 선이 굵고 굴곡이 깊은 얼굴에는 아무런 표정이 없다.

오늘따라 한층 삼엄한 정규의 침묵에 환자들은 일종의 위압을 느끼며, 병세조차 물어보지 못하고 나가버린다. 그러나 환자들은 정규의 경력과 실력을 믿고 그를 신뢰한다.

정규는 기계적으로 움직이면서도 단편적으로 현회의 일을 생각했고, 오 박사를 생각했고, 그리고 현회와 친한 친구인 상화의 형수 영옥을 생각했고, 마지막에 신혼여행을 떠난 설희를 생각한다.

그러한 날이 이틀인가 지났다. 현회와 오 박사로부터는 아무런 소식도 없었다.

정규가 새벽에 들이닥친 맹장염 환자의 수술을 끝내고 집으로 들어가서 조반을 먹고 나오자, 병원의 대합실 의자에 현회의 고모 댁 식모아이가 오똑 혼자 앉아서 정규를 기다리고 있었다. 정규는 이상한 예감을 느끼며 식모아이 옆에 말없이 섰다.

"아주머니가 이거 갖다주라 캅디더."

아이는 심한 사투리를 쓰며 봉투 하나를 내밀었다.

정규는 봉투를 뜯었다.

여러 가지 말씀 줄이옵고 떠나는 인사를 드립니다. 모든 것 운명이라 생각하시고 저를 용서하세요.

현회 올림

흰 편지지에는 여백이 많았다. 정규는 편지를 구겨 쥐고 노여움 대신 차가운 미소를 띤다. 그러나 입술이 파아랗게 질려 떨리고 있었다. 식모아이의 눈이 둥그레진다.

"아지매가 어짓밤에 기차 타고 가믄서 온 아침에 갖다주라 캅디더."

정규가 편지를 구겨 쥐는 기세에 질린 듯 한층 심한 사투리로 더듬는다. 정규는 이렇다 저렇다는 말 한마디 없이 진찰실로 들어가 버린다.

"참 얄궂다아……."

입안에서 중얼거리며 식모아이가 나간 뒤, 정규는 의자에 몸을 털썩 던진다.

'나도 이제는 결혼을 해야지. 호박도 좋고 절구통도 좋단 말이야!'

정규는 책상 위에 놓인 청진기를 내동댕이치며 마음속으로 소리친다.

'마치 천사나 된 것처럼, 그렇게 자신을 곱게 가꾸는 천하의 허영녀다! 어디 두고 보자, 행복해지는가!'

밖에서 들어온 간호원이 험악해진 정규의 표정을 보고 주춤거린다.

"알코올을 가져와!"

정규는 알코올을 물에 타서 들이켠다.

그러나 하루의 해는 무난히 지나갔다. 가로에서는 낙엽이 지는 소리가 바람결에 따라 우수우수 들려온다.

정규는 눈앞에 과거의 여자들을 그려본다. 그러나 그러한 얼굴들을 여지없이 지워버리고 나타나는 얼굴은 강현회였다.

라디오에서 조용한 왈츠 곡이 흘러나온다. 어느 바람난 유부녀하고 춤을 추던 기억이 살아온다. 고양이처럼 집요한 여자였다. 그러나 정규는 그 여자의 육체를 정복하고 난 뒤 심한 구토를 느꼈다. 그리하여 의식적인 자기 정열의 발산을 시도한 육체적인 행위는 무서운 자기 염오의 감정을 남겼을 뿐 두 번 다시 여자와의 교섭을 갖지 못하게 하는 것이었다.

정규는 라디오를 꺼버린다.

그 밖에도 여자는 많았다.

정규는 가운을 벗으며 의자에서 일어섰다.

"미스 리!"

"네?"

얼굴에 주근깨가 많이 솟아 있는 얼굴을 든다.

"나는 집에 들어갈 테니, 이제부터 환자가 와도 날 부르러 오지 말어."

고개를 끄덕이는 간호원을 남겨놓고, 정규는 집으로 들어왔다. 잠깐 동안 어머니 방에 들렀다가 자기 방으로 돌아온다.

설희로부터 엽서가 한 장 와 있었다. 민호로부터는 아무 말도 없었고, 설희는 어머니의 병환을 물었을 뿐, 그들의 소식에는 언급이 없었다. 다만 마지막에 파도치는 소리가 싫다는 구절이 있었다.

정규는 담배를 피워 물고 비스듬히 드러누웠다.

그러자 밖에서 간호원인 미스 리의 높은 목소리가 들려온다.

"급한 환자가 왔어요, 선생님!"

정규는 신경질이 나서 담배를 던지고 일어서며,

"데리러 오지 말랬는데 왜 왔어!"

얼굴을 잔뜩 찌푸리고 바락 소리를 지른다.

"아니에요, 선생님! 윤상화 씨 형수님이…… 저…… 저……."

"뭐? 상화의 형수가?"

정규는 이상한 예감에서 되묻는다.

"키니네를 자셨대요. 지금 병원에 오셨는데, 빨리 오시래요."

정규는 병원으로 달려갔다.

종잇장처럼 창백한 얼굴로 영옥이 침대에 누워 있고 상화는 무서운 형벌을 기다리는 수인처럼 서 있었다. 그리고 영옥의 시어머니인 동시에 상화 어머니인 염씨 부인은 며느리의 생명이 위독하다는 데 대한 근심은 제쳐놓고,

"독살스러운 년 같으니라구. 누굴 못살게 하노라고, 집안 망신을 시켜도 유만부동이지, 응!"

욕설과 한탄을 되풀이하고 있을 뿐이다.

정규는 직감적으로 영옥이 자살을 기도한 것이 아니라 다만 배 속에 든 아이를 유산시켜 버릴 목적이었으리라 생각했다.

정규는 우선 위를 씻어낼 준비부터 한다. 백지장처럼 창백한

얼굴이 희미한 불빛 아래 소리 없이 놓여 있다. 정규는 의사로서 최선을 다했다.

얼마 후 영옥의 의식이 돌아왔을 때 모두의 얼굴에는 안도의 빛이 돌았다. 며느리를 악담하던 시어머니도 그제사 비로소 탄식조로,

"아무리 귀찮아도 살고 봐야지, 왜 죽는담? 이제 죽으려거든 내 집 밖에 나가서 죽어."

상화와의 관계를 모르는 시어머니는 항상 물 위의 기름처럼 떠 있는 영옥이 집안에서의 존재를 비관한 나머지 저지른 일인 줄만 알고 있다.

정규는 의사로서의 입장에서 영옥이 홀몸이 아니며, 또 이러한 일이 모체에 어떠한 영향을 줄 것인지, 그런 얘기를 할 필요가 있었다. 그러나 정규는 상화의 핏기 없는 얼굴에 눈을 보내며,

"자살을 할려는 심정을 이해하셔야 됩니다. 대수롭지 않은 일에도 며느님과 같은 환경에 있으면, 퍽 심하게 정신적인 충격을 받게 됩니다. 웬만하시면 친정 같은 곳에라도 보내셔서 마음의 안정을 갖도록 하십시오."

"보낸대두 어디 그냥 보낼 수 있어야지요."

정규는 상화의 구겨진 셔츠를 바라보며, 그가 얼마나 놀라고 괴로워했는가를 생각했다.

"아직 완전치 못하니까 오늘 밤엔 입원하는 게 좋을 겁니다.

아주머니께서는 돌아가시죠."

정규는 상화에게 얘기하고 싶었다. 그리고 정규의 생각 같아서는, 언젠가 밤에 술을 마시고 돌아오다가 상화를 때린 것처럼 그렇게 마구 때려주고도 싶었다.

상화 어머니가 가고 난 뒤 간호원과 상화가 입원실로 영옥을 데리고 갔다.

한참 후 입원실에서 상화를 불러낸 정규는 어둑한 낭하 구석으로 끌고 간다.

"유서가 있었나?"

"없었습니다."

상화의 목소리가 떨린다.

"이 자식아! 너가 뿌린 죄의 값을 그 여자 혼자서 당하고 있는 것을 알겠냐?"

정규는 주먹을 쥐었지만 때리지는 않았다. 그리고 혼잣말처럼,

"키니네를 먹으면 유산되는 줄만 알았지, 목숨이 떨어지는 줄은 몰랐구먼."

뿌연 전등을 바라보며 서글프게 뇐다.

5. 산장의 재회

세월이 흘렀다.

설희와 민호 사이에 영瑛이란 예쁜 계집아이가 생기고 가정은 평화로웠다.

그동안에 변한 일이라곤, 설희의 어머니가 세상을 떠났다는 것과, 정규가 그곳 다방의 마담하고 좋아지낸다는 소문이 있었던 일이다. 그러나 정규는 끝내 소문으로 그쳤을 뿐 아직 정한 여자도 없이 P시를 떠나 어느 무의촌으로 들어갔다는 것이다. 무의촌으로 들어간 정신적인 동기가 어디에 있었는지 그것은 아무도 알지 못했다.

그리고 죽을 고생 속에서 소생한 영옥이, 어느 시골의 장사꾼에게 재가를 하고, 거기서 어린것이 하나 생겼다는 것과, 상화는 여전히 정신적인 방황 속에서, 이제는 서울에 그 자태를 나타냈다는 것이다.

현회는 그림 속의 인형처럼 살고 있었다.

서울 거리의 가로수에는 6월의 그늘이 짙었다.

민호는 연구실에서 돌아오는 길에 화신백화점으로 들어갔다. 간단한 여행용 도구를 사기 위하여 들어간 것이다. 그동안 꾸준히 연구해온 결과를 발표하기 위하여 논문을 작성해야 했던 민호는 어느 조용한 장소를 마음속으로 궁리해오던 터이다.

그러던 것이, 마침 며칠 전에 서울서도 얼마 떨어지지 않은 곳에 있는 Y산장에 묵고 있던 친구로부터 엽서 한 장이 왔다.

내용인즉, 자기가 지금 묵고 있는 Y산장의 풍치가 너무 아름답고 또한 조용할 뿐만 아니라 차지하고 있는 방의 전망이나 분위기가 하도 좋아서 그냥 내버리고 떠나기가 어려우니 민호에게 물려주고 싶다는 것이다. 마침 논문을 써야 하는 민호에게는 안성맞춤이 아니냐는 것이다.

은근히 마음속으로 그러한 곳을 물색하고 있었던 민호에게는 하여간 반가운 소식이 아닐 수 없었다. 그래서 생각이 난 김에 떠나려고 마음먹고 백화점에 여행용 도구를 사러 들어온 것이다.

민호는 대강 필요한 것을 사고, 장난감 가게 앞에서 영이의 인형도 하나 사서 들었다.

집에 돌아갔을 때는 해가 지려는 무렵이다.

어린 티가 완전히 가시어지고 한창 윤기가 도는 눈매에는 복잡한 그늘이 져서 설희를 한층 아름답게 만들고 있었다.

"영아! 아빠가 딸래딸래를 사 오셨어!"

설희는 뜰에서 모래 장난을 하고 노는 영을 부른다.

식모아이가 영을 안고 왔다. 민호는 식모아이로부터 영을 받아 안아 입을 맞추면서 얼굴을 비빈다.

"아파! 아빠 얼굴 싫어!"

영은 작은 손으로 민호의 얼굴을 밀어낸다. 아침에 수염을 깎지 않았기 때문이다.

"하하하! 이 자식아, 아빨 싫다고? 그럼 영이 딸래 안 줄래."

영은 설희가 들고 있는 인형에 그만 넋이 나간 듯 좋아서,

"아빠, 예뻐."

민호의 귀를 잡고 뽀뽀를 하는 것이었다.

민호는 영을 안고 앞서 방으로 들어간다. 설희는 민호가 사 가지고 온 꾸러미를 들고 뒤따라가면서,

"내일 가실래요?"

"응."

"그럼, 오늘 밤에 준비해두어야겠네요?"

"뭐, 내일 느지막이 떠나지."

"얼마 동안이나 묵으실래요?"

"글쎄, 가봐야지."

"영이 아빠 보고 싶어하겠어요."

민호는 잠자코 영의 뺨을 쓸어준다.

저녁을 마주 앉아 오손도손 먹고, 이런저런 얘기도 끝났을 때 영은 벌써 나동그라져 잠이 들었다.

설희는 영을 침대에다 옮겨 눕히고 민호의 자리도 마련해준 뒤, 밤이 깊도록 여행을 떠날 민호를 위하여 의복이랑 책이랑, 그 밖의 일상생활에 필요한 것을 챙겨서 가방 속에 차곡차곡 넣는다. 설희는 짐을 다 챙겨놓고도 무엇이 빠지지나 않았나 싶어 곰곰이 생각해본다.

12시가 거의 지난 뒤 설희는 불을 끄고 자리에 들었다. 달이 밝았다. 마루를 건너서 방에까지 스며들어 온 달빛이 고요히 잠든 영의 얼굴을 비춰주고 있다. 건강한 숨결 소리가 들려오는 남편의 얼굴에다 시선을 돌린다.

잔잔한 물결처럼 지내온 결혼 생활이 어느덧 3년, 고요한 세월 속에는 평화가 있었다.

설희는 잠을 들이려고 눈을 감았다. 그러나 좀처럼 잠이 오지 않는다. 남편의 여행은 이번이 처음은 아니다. 그러나 오늘 밤따라 묘하게 불안함이 따르는 것이 웬 까닭인가?

설희는 벌떡 일어나서 달빛이 새어드는 창을 커튼으로 가리고 도로 자리에 누웠다.

그래도 잠이 오지 않았다. 그러자 아무런 생각의 연관도 없이 윤상화의 모습이 눈앞에 떠올랐다.

정한 직업도 없이 서울 거리를 헤매 다니던, 거의 타락자에 가까운 상화의 모습이다. 이따금 찾아와서 담뱃값을 요구하는 그런 상화가 되어버린 것이다. 그래도 이따금 신문이나 잡지 나부랭이에 시가 실려 있곤 했다.

"상화 오빠! 왜 그래요? 일정한 직업을 가지세요, 네?"

설희가 슬프게 바라보면 상화 역시 대답 없이 슬프게 바라보곤 했다.

어떤 때는,

"난 이제 폐물이야……. 할 수 없어."

하며 서글프게 담뱃재를 떨구는 것이었다. 그러면서도 상화는 민호가 있을 때는 절대로 나타나지 않았다. 아무리 저녁 대접을 하겠노라 해도, 민호와의 합석을 꺼려한 나머지 그냥 돌아가 버리는 상화였다.

그런 생각을 하다가 설희는 잠이 들었다.

날이 밝아 아침이 되었다.

설희보다 먼저 깬 민호가,

"여보, 일어나요."

하며 어깨를 흔드는 바람에 깜짝 놀라서 설희는 눈을 떴다.

"당신도 늦잠을 자는구려."

"늦게까지, 글쎄, 잠이 안 와서요……."

설희는 눈을 비비며 남편을 눈여겨보듯이 가만히 쳐다본다.

아무래도 이상한 꿈이 아닐 수 없다. 어느 여자하고 나란히 뒷모습을 보이며 밤나무 숲속을 걸어가던 남편…….

설희는 다시 남편의 눈을 가만히 쳐다본다. 그것은 가슴 저리게 슬픈·일이다.

"왜 그리 나를 보오?"

'꿈자리가 사나워서요……'

그러나 그 말을 설희는 마음속으로 삼켜버린다. 떠나는 사람을 보고 불쾌한 말을 하기가 주저스러웠던 것이다. 그러나 일면, 가지 말라고 붙잡을까 하는 생각도 강한 것이었다. 그러나 설희는 남편으로부터 눈길을 돌리면서,

"오래 못 뵐 텐데…… 그래 보았죠."

민호는 픽 웃으며 설희를 안아 가벼운 키스를 해주고 일어섰다.

11시쯤 해서 민호는 Y산장으로 떠났다.

Y산장으로 가기 전에 벌써 엽서 한 장을 띄워놓았기 때문에 친구인 김병우는 민호를 기다리고 있었다.

"정말 왔구먼."

김병우는 빙글빙글 웃으며 방과 잇닿아 있는 베란다의 등의자가 놓인 곳으로 민호를 데리고 간다.

"정말 좋은 곳이군. 아주 한적한데……. 잊어버려진 나라 같구먼."

"아주 시적인 표현을 하는군그래. 환경이 참 좋잖아. 그리고 이 방의 위치가 아주 묘하단 말이야. 여기서는 정원이 훤하게 다 보이는데, 여기 있는 사람은 정원에서 용이하게 볼 수 없단 말이야."

김병우는 민호를 이곳에 오게 한 공이 대단한 것처럼 코를 벌름거리며 방 자랑이다. 민호는 그런 병우의 무심한 표정이 좋았다.

　　병우는 보이를 오게 하여 커피를 시킨다.

　　"그런데, 오늘 밤은 나, 하루 더 묵고 가야겠어. 내일 아침에 떠나려구 해."

　　병우는 담배를 피우며 말을 한다.

　　"그럼 오늘 밤 나는 어쩌라구?"

　　"아따, 오늘 밤엔 다른 방을 달라지 뭘 그래……."

　　커피를 날라다 주고 보이가 나간다.

　　"자넨 얼마 동안이나 있었나?"

　　"열흘이나 되었는가?"

　　민호는 정원 쪽을 가만히 바라본다. 한적한 정원의 라일락나무 옆에 검정 드레스를 입은 여자가 이쪽에 등을 보이며 서 있었다.

　　민호의 눈을 좇아 병우도 라일락나무 밑에 선 여자의 뒷모습을 본다.

　　"참 이상한 여자야. 저 여자 말이야, 도무지 신분이 이상하단 말이야. 혼자서 저러구 있는데, 아마 저녁이면 손님을 받는 모양이야. 아주 잘생겼어."

　　"자네, 그 여자에게 꽤 관심이 있는 모양인데……."

　　민호는 놀려주듯이 웃었다.

"물론 관심이 있지, 그야 미인이니까. 미인이 아니래두 이런 산장에 와 있다 보면 여자가 그리워지는데그래."

"흥, 그래? 그럼, 왜 모션을 걸어보지 않았나."

"그런데 아주 새침하게 군단 말이야. 아니, 새침하다기보다 냉소적인 태도라는 게 옳을 거야. 그 냉소적인 표정을 보면 그만 난 지쳐버린다니까……."

"흥, 재미 있는 이야기군그래."

민호는 다시 여자 있는 쪽으로 시선을 옮겼다. 여자는 이쪽에 등을 보이며 천천히 걸어간다. 그러더니 정원을 빠져 문밖으로 나가서 숲이 있는 곳으로 사라지는 것이었다. 놀이 여자가 사라진 곳으로 흘러간다.

두 사나이는 동시에 재떨이에 담뱃재를 떨었다.

"대관절 뭐 하러 여자 혼자 이런 곳에 와 있는지."

병우는 다시 생각이 난 듯 중얼거린다.

"자네, 그 여자한테 어지간히 관심이 있는 모양이군. 그래서 이곳을 버리고 가기가 아까운 게 아닌가?"

민호가 핀잔을 주니 병우는,

"내가 관심이 있어도 그 여잔 안하무인인걸. 정말 저런 여잔 명동 같은 데 가도 좀처럼 없을걸."

"그렇게 미인인가? 여자가 궁해서 하는 소린 아니겠지."

"이제 보게 될 테니 공연히 자네 유혹이나 당하지 말게. 자넨 나하고 달라 여자들이 좋아하는 얼굴이니."

"미친 소리 말어. 소원을 못 이루어, 그래 내게 핀잔인가?"

병우는 씩 하고 웃는다.

보이가 와서 커피잔을 들고 나갔다.

"우리도 밖에 나가서 바람이나 쏘일까?"

병우가 권하는 대로 민호도 일어서서 밖으로 나갔다.

개울에서 물이 흐르는 소리가 맑게 들려온다.

"며칠이나 여기 있을 작정인가?

병우는 소년처럼 돌을 주워 개울가에 팔매질을 하며 묻는다.

"글쎄, 있어봐야지."

병우는 여전히 돌을 주워서 개울가에 팔매질을 하며 걸어 간다.

"참, 정규 말이야, 자네 처남이지? 그 작자는 왜 그리 얼빠진 짓을 하는지 몰라. 뭐, 무의촌으로 귀양 갔다메?"

민호의 얼굴이 흐려진다.

"장가도 안 가고 어쩔 셈인지……."

"다 사정이 있고 생각이 있을 테니, 남의 걱정할 필요는 없어."

민호는 냉정히 병우의 말을 가로막아 버린다.

"그렇지만……."

"그렇지만이고 뭐고 자네 일이나 생각하게."

민호는 냉정하게 말머리를 돌리며 건너편 숲으로 시선을 돌렸다.

아까 검은 드레스를 입은 여인이 여전히 등을 보이며 담배를 피우고 있었다.

"저 여자 담배 피우는 포즈가 그만인데!"

"담배뿐인가, 술은 또 얼마나 멋있게 마시는데. 주량으로 말하면 우리네들보다 셀걸. 밤이면 호텔 안에 있는 바에 내려와서 아주 지독한 놈을 연거푸 마시고는 태연자약하게 침실로 올라가거든. 그것이 거의 매일이야. 아무튼 굉장한 여자야."

"흥?"

"우리 저기 가볼까? 가서 슬그머니 말이나 한번 걸어보게."

"그만두어. 위험한 곳은 피하는 것이 군자라. 자넨 암만해도 위태로워. 아주머니가 비관하시면 안 될 테니까……."

민호는 병우의 팔을 끌고 돌아섰다.

민호와 병우는 호텔 안에 있는 스탠드바에 들어가서 진탕 술을 마셨다. 모처럼 만난 친한 친구끼리라 주거니 받거니 말도 많았다.

그렇게 술을 마시고 각기 거처할 방으로 돌아가는데 아까 화제의 주인공인 검은 드레스의 여자가 천천히 층계를 밟고 2층으로 올라가는 것이었다. 날씬한 종아리가 희미한 불빛 아래 대리석으로 만든 비너스의 그것처럼 아름답다. 얼근하게 취한 두 사나이 눈에도 그것은 아름다운 것이었다. 여자는, 밑에서 바라보고 서 있는 술 취한 사나이들의 눈을 거의 의식하지 않고 2층으로 사라지는 것이었다.

다음 날 아침에 병우는 산장을 떠났다.

병우가 떠나고 나니 민호는 묘하게 마음이 어수선해졌다. 당분간 이곳의 분위기에 젖을 때까지 논문 생각은 잊고 쉬어야겠다고 마음먹는다.

민호는 심심한 나머지 산장 둘레를 돌아다니며 모처럼 느껴지는 고독을 바라본다. 풀 한 포기, 개울가의 돌 하나하나가 무슨 새로운 뜻을 지닌 듯, 푸른 하늘 아래 그들의 존재를 나타내고 있었다.

이제는 인생에 대하여 침착해진 민호다. 좋은 아버지고 충실한 남편이다. 진수가 남겨놓고 간 마음의 상처가 이제 가셔졌는지도 모른다.

민호는 개울가에 송사리 떼가 몰려가는 것을 가만히 내려다본다. 하늘에 떠 있는 구름과, 그리고 이마에는 이미 주름이 진 자기의 얼굴을 그곳에서 본다. 민호는 이를 데 없이 허망한 세월을 느낀다. 민호는 어제 병우가 한 것처럼 길가의 돌을 주워서 소년처럼 몰려가는 송사리 떼를 향하여 던졌다.

정규, 현회, 오 박사, 그리고 가끔 집으로 찾아온다는 윤상화의 얼굴들이 개울가에 번져나는 파문 속에 명멸한다.

민호는 발길을 돌렸다.

어제 본 바로 그 장소에, 역시 어제 본 그 여자가 서 있었다. 무엇을 하는지, 그 뽀오얀 목덜미가 햇볕에 타고 있었다. 그러나 바람은 쌀쌀하니 피부에 차가웠다. 검은 드레스 대신 흰 원피스에 연보랏빛 카디건을 걸치고 있다.

민호는 야릇한 호기심을 느꼈으나, 그 여자가 있는 길을 피하여 다른 길로 돌아서 호텔로 돌아왔다.

민호는 방으로 들어가서 엽서에다 이곳 소식을 간단히 적어 설희에게 부치고, 대강 책 같은 것을 정리하여 기분을 다스려보려고 했으나 여전히 머릿속은 어수선했다.

낮잠을 자고 나서 저녁을 먹었다.

밤이 되어도 일이 손에 잡히지 않았다. 그리고 낮잠을 잔 때문인지 잠도 오지 않는다.

민호는 하는 수 없이 술을 마시러 나갔다.

한산한 이 산속의 호텔엔 그래도 체류한 손님이 더러 있었던 모양으로, 서너 명이 카운터에 기대 서서 술을 마시고 있었다. 그중에 섞여 있는 여자 한 사람은 문제의 그 여자였다. 그는 얼마간 떨어진 곳에 자리 잡고 술을 마시고 있는 것이었다.

민호는 다른 주객들과 마찬가지로 카운터 옆에 기대 서면서,

"맥줄 마실까요?"

그 목소리에 주객들하고 떨어진 곳에서 술을 마시고 있던 여자가 돌아본다.

여자 얼굴에, 순간 두려움과 놀라움이 스친다. 그러나 여자는 그 자리에서 뜨지 않고 연거푸 술을 들이켜는 것이었으나, 날씬한 그 종아리와 글라스를 든 손이 사시나무 떨듯이 떨리고 있었다. 그리고 여자의 눈은 새빨갛게 타고 있었다.

민호는 그러한 여자를 보지 못했다. 공연히 이유 없이 마음이 울적해서 자꾸 술을 들이켜기만 한다.

그때였다. 여자의 꽁무니를 쫓아다니는, 이곳에 머무르고 있는 사나이 한 사람이 슬그머니 여자 앞으로 다가온다.

"미스 김, 또 혼자 술이오? 나하고 같이합시다."

여자는 싸늘하게 웃어 보이며,

"그렇게 할까요?"

여자는 평소와 달리 사나이에게 말대꾸를 하며 고개를 뽑는다. 여태까지 퍽 다정했던 사이처럼.

그래도 민호는 혼자 뭔지 골똘히 생각하며 술을 마신다.

어지간히 술기가 돈 후였다.

사나이는 횡설수설 씨부렁거리고 있었다.

"미스 김, 내가 얼마나 당신을 좋아하는데 그러우?"

사나이의 목소리가 민호 귀에 들어왔다. 사나이가 여자 허리에 팔을 감으려고 할 때, 민호는 그곳을 쳐다보았다.

그것은 한 찰나였다. 여자의 눈과 민호의 눈이 격렬하게 부딪쳤다.

"진수다!"

민호 입에서 깨물어버린 듯한 낮은 신음 소리가 나왔다. 그리고 지금까지 들어간 알코올과 전신을 감돌고 있는 피가 얼굴로 마구 역류하는 것을 느낀 순간, 손에 든 커다란 맥주컵이 진수의 면상으로 날아갔다.

"아앗!"

진수가 비명을 지르며 쓰러졌을 때, 민호는 시야 앞이 아득하게 멀어지는 것을 느꼈다.

왜 그에게 맥주컵을 던졌는지 알 수가 없었다. 불빛 아래 유리컵이 산산이 바스러져서, 그 파편으로부터 발하는 빛이 눈에 어지럽다.

농을 걸고 치근치근히 따라다니던 사나이는 기겁을 하고 물러섰다. 다른 손님이 달려가서 진수를 안아 일으킨다. 이마 위에서 피가 주르르 흐르고 있었다. 창백한 얼굴에는 머리칼이 마구 흩어져 있었다.

그것을 본 민호는 처음으로 사람들을 헤치고 진수 옆으로 갔다. 그때는 벌써 술기도 달아났고, 의사로서의 본능이 그의 이성을 불러일으켰다.

진수를 안아 머리를 들여다보았다. 상처가 대단한 것은 아니었지만, 심적 충격이 심했던 모양으로 진수는 실신 상태에 빠져 있었다.

주위의 사람들은 어떠한 사정인지 알 수는 없었지만 아무튼 무슨 사유가 있는 것만은 확실하다고 생각하면서도, 그의 난폭한 행위에는 호감을 갖지 못하는 모양이었다.

뜻하지 않았던 불상사가 일순간에 벌어진 것에 놀라서 달려오는 보이를 본 민호는 핏기 잃은 얼굴로 한 발 다가서며,

"여보, 이 여자를 침실로 데려갑시다. 나는 의사고, 이 여자

는 내 사람이니 염려할 것 없소.”

민호의 태도와 목소리는 침착했다. 그러나 자기 입에서 그런 말이 나왔다는 사실에 대해서 민호는 스스로 놀란다.

험악했던 공기가 다소 누그러진다. 주위에 모였던 사람과 호텔의 종업원 들은, 민호의 내 사람이라는 말에 더 할 말이 없었고, 응급치료가 필요하다고 서두르는 민호를 위하여 협력하는 행동을 취하지 않을 수 없었다.

보이가 민호를 도와서 진수를 2층에 있는 그의 방에까지 데리고 와서 침대에 눕혔다. 진수는 쓰러지면서 가벼운 뇌진탕을 일으킨 모양으로 혼수상태에 빠져 있었다.

민호는 의사로서 다소 준비되어 있던 의료기구를 가지고 와서, 터진 이마 위에 약을 바르고 강심제를 놔주는 동시에, 보이에게는 찬물을 떠 오라 하며, 진수의 머리를 식혀준다. 그러고는 진수의 얼굴을 가만히 지켜보는 것이었다.

그 모습을 뒤에서 바라보고 있던 보이는 어떻게 생각했던지 진수를 옹호하는 태도로,

“저녁마다 술을 엄청나게 마시기는 합디다만, 한 번도 실수를 하는 일은 없더군요. 선생님께서 오해를 하시잖았는지……사정을 잘 모르기는 합니다만…….”

민호는 가만히 보이를 돌아다보면서 그의 눈을 응시한다.

“아까 그 작자가 항상 치근치근하게 굴어도 눈 한 번 거들떠보는 일이 없었어요. 퍽 점잖은 분인데, 왜 그렇게 날이면 날마

다 술을 마시는지 참 이상하다고들 모두 말했죠."

"잘 알았소."

민호는 고개를 돌려 진수의 얼굴을 쳐다보며 중얼거렸다. 보이는 다소 안심이 된 듯, 밖으로 나가버린다.

민호는 야윈 진수의 손을 비로소 꼭 쥐어본다. 이 촉감! 가슴이 무섭게 뛰논다. 새로운 피가 폭풍우처럼, 또는 자장가처럼 슬프도록 전신을 맴도는 것이었다.

그동안, 3년이란 세월이 흐르는 동안 모든 것을 잊으려고 무한히 괴로워했던 민호였었다. 이제는 잊었을 것이라고 생각했던 진수가 아니었던가? 그러나 지금 눈앞에 눈을 감고 누운 진수의 하얀 얼굴은 오히려 설희와 영이, 그리고 자기 사이에 이루어졌던 3년이란 세월을 부정하고, 엄연히 이 순간의 현실만을 제시하고 있는 것이 아닌가. 그리움, 그리움, 한결같은 그리움이 있을 뿐이다. 창부라도 좋고 마녀라도 좋았다. 그러나 한층 그늘이 깊어진 진수의 얼굴에는 슬픔에 처해본 사람만이 가질 수 있는 청정한 것이 있었다.

진수는 눈을 떴다. 민호를 허망하게 쳐다본다.

"진수!"

진수의 눈은 민호의 부르는 소리에도 움직일 줄 모른다.

"진수! 내가 보이오? 나 민호요."

민호는 진수의 어깨를 흔들었다. 순간 진수의 입술과 양미간에 가벼운 경련이 일어난다. 그것은 퍽 오랜 시간을 두고 얼굴을 뒤흔드는 것 같았다. 그러나 드디어 얼굴은 찌그러지고, 격렬한 오열로 변하면서, 진수의 볼이 눈물에 젖어간다.

민호는 어린아이를 대하듯 진수의 눈물을 씻어준다.

"그동안 어디 있었소?"

진수는 대답 없이 마냥 울고만 있었다.

어둠이 칠빛처럼 자욱이 내리쏟아진 창밖에서는, 나뭇가지를 스쳐 가는 바람 소리, 개울을 흘러가는 물소리.

민호는 나뭇잎처럼 떨고 있는 진수의 어깨를 내려다보며 담배를 꺼내어 물었다. 가슴속에 뭉크러져 있는 감정을 가라앉히기 위하여.

라이터를 켜 담배에 불을 붙일 적에, 설희와 영의 얼굴이 겹쳐졌다.

한동안 그렇게 울고 난 진수는 돌아눕더니, 흰 벽을 쳐다보고, 또 자기의 갸름한 손을 들여다보면서,

"결혼을 하시구…… 행복하세요?"

"……."

"자녀를 보셨어요?"

"……."

"저와 같은 인간을 어떻게 그리 기억을 하셨어요?"

진수의 목소리는 조용하고 낮았다. 지금까지 그렇게 슬프게 울었던 사람의 목소리 같지 않았다.

"행복하지도 불행하지도 않게, 그렇게 살아왔소."

민호의 목소리는 퍽 평면적인 것이었다.

"왜 저를 때리셨어요?"

"분해서 때렸소."

"왜 분했을까?"

"내 눈앞에서 남의 사내와 노닥거리는 게 분했소."

"저는 이 선생님의 애인도 아내도 아니잖아요?"

민호의 눈에 불이 붙는다. 민호는 담배를 집어던지고 진수를 거세게 안았다.

"진순 내 것이야!"

진수는 몸을 흔들었다.

"선생님에게는 부인이, 부인이 있잖아요?"

"부인이 있으니 어쨌단 말이야. 나는 진수를 죽여버리고 싶다."

민호는 아까 진수에게 컵을 던질 때처럼 주체할 수 없는 노여움에서 진수의 목을 눌러 잡았다.

"나를 배반한 무서운 독부다! 나를 희롱한 여자였다. 그러나 잊어버릴 수 없었다."

민호는 진수의 목을 눌러 잡던 팔의 힘을 풀며 땀을 흘린다. 진수의 입술이 파아랗게 질려 있었다. 입가에는 미소가 흐르고 있었다. 민호는 두 번째나 닥쳐온 살의에 가까운 격정에서 다시 돌아섰다. 사랑과 미움이 이렇게 갈피 잡을 수 없이 뒤섞이는 속에서 민호는 기진해버린다.

"이 선생을 사랑한 후 저는 그 사랑을 배반한 일은 없었어요, 오늘날까지……."

"배반을 하지 않았다고?"

"먼 옛날, 악몽과 같은 날이 있었죠."

진수는 대답이 될 수 없는 혼잣말을 중얼거린다.

"그렇지만, 그건 누구를 배반한 그런 일은 아니었어요. 비록 그것은, 당신네들이 미워하고 천대하는 양공주일지라도……."

진수의 눈은 돌아누운 채 흰 벽을 쳐다보고 있었다. 민호는 진수의 말뜻을 알 수 없었다.

"그럼, 말해봐요. 나를 사랑한다고 하면서 미국 남자를 상대한 것은 무엇 때문이었소? 진수는, 그런 사내를 상대하지 않으면 안 될 만치, 그렇게 생활이 핍박했단 말이오?"

"저는 부산서 이미 선생님이 아시고 계시는 바와 같이, 미군하고 동서 생활까지 했어요. 그렇지만 그 사내가 떠난 후, 저는 그들을 상대할 필요가 없어졌어요. 그야말로 양공주를 폐업했죠. 선생님을 만난 때문에 폐업한 것은 아니었어요."

진수의 마음은 과거 부산서의 생활의 아픔으로 가득 차 있고, 민호는 피란 때의 진수의 생활보다 자기를 사랑하던 사이에 자기를 배반했다는 생각에만 집착하여 서로의 감정이나 대화는 전연 각도가 다른 방향으로만 흐르고 있었다. 서로가 상대의 말을 의식하지 않고, 하나의 사실만을 단정 지으려고 마음이 바쁜 것이다.

"길게 얘기하고 싶지 않아요. 저의 과거를 말하지 않았던 것이 배반이라면 배반일 수도 있지만, 그것은 너무 억울한 일이에요. 저는 진정 누구도 배반해본 일이 없어요."

진수는 괴로운 듯 눈을 감아버린다.

"그건 거짓말이다! 남녀간의 관계를 유희로 생각하는 한에 있어서는 배반이란 말이 있을 수 없는지도 모르지."

민호는 언제인가 미군하고 밤거리에 서 있던 진수의 모습을 잊지 않았고, 그 기억이 생생하게 되살아오는 것을 느꼈기 때문에, 자기도 모르게 소리를 질렀던 것이다.

"거짓말이건 참말이건 소용 있어요? 아무튼 저는 천한 여자니까 선한 사람들 속에 낄 수 없는 것만은 사실이에요. 그러나 어설픈 희망 때문에 괴로운 세월이었어요."

진수는 돌아누우며 민호를 쳐다본다. 눈동자가 알랑알랑 흔들리더니 눈물이 주르르 쏟아진다.

민호는 처음으로 자기를 돌아다보았다. 밉고 괘씸한 진수였었다. 그를 짓밟아 주고 싶었다. 그러나 눈앞에 있는 진수, 진수에게서 느껴지는 것, 그것은 뭇 사나이에게서 향락을 취하는 그런 여자의 것은 아니었다. 그의 얼굴은 처절하고, 그리고 너무나 맑았다. 눈물이 오히려 엄숙하게 보이는 것이다.

"저는 부산서 제임스란 미군에게 폭력으로 몸이 더럽혀지고, 그 사내에게 보복을 하기 위해서 동서 생활을 하고, 그리고 그에게 무진한 괴롬을 주었어요. 그는 저를 사랑하긴 했나 봐요.

그래서 양공주란 이름까지 얻었지만, 돈을 위해서 몸을 판 일은 없었어요. 향락을 위해서 몸을 바친 일은 더욱 없었어요. 해석이야 선생님 자유지만, 저를 고문하지 마세요. 이 이상, 그리고 모욕도 하지 마세요."

진수는 머리를 쓸어 넘기며 다시 말을 잇는다.

"하긴 우리 같은 사람을 비웃고 모욕하는 것은 사회의 오랜 풍습이고 공인된 자유니, 이 선생님에 한해서 그런 자유를 행사 못 하랄 수도 없고, 자비심 많은 군자가 되랄 수도 없는 노릇이죠."

진수는 차갑게 웃으며 반발하는 것이었다.

민호는 가만히 주먹을 쥐고 턱을 괸다. 진수가 사는 세계와 자기가 살아온 세계가 진수의 반발적인 말로 말미암아 확연한 선이 그어졌음을 느낀다. 그것은 확실히 일종의 거리라고도 볼 수 있다. 그러면 그것은 선과 악이 대좌하는 그런 거리란 말인가?

민호는 그렇지 않다고 생각했다. 이렇게 멀어지는 거리는 짓밟히고 천대받으며 살아온 진수의 영혼이 아스라한 고도에 도사리고 앉아, 오지 말라고, 오지 말라고, 민호에게 손을 치고 있는 인형극 속에서 일어난 거리가 아닌가?

배 속에서 밀어내는 듯한 진수의 목소리, 술과 담배로 자기와 마음을 마비시켜가며 끝없는 자기 학대와 자기 모멸 속에 묻혀 있으면서, 또한 불합리한 자기에의 형벌에 대한 완강한 반항과, 그리고 역시 상대에 대한 경멸로써 자기의 위치를 두드려 보는 마음, 그것이 민호에게 향할 때 이미 그것은 사랑하는 사람에게 주는 것이 아니고 자기와 다른 세계에 사는 민호라는 한 인간에게 주는 반발일 뿐이다.

"선생님의 방으로 돌아가세요. 공연히 선생님의 감정이 토대 없는 장난에 쏠리면 못써요. 선생님의 위치를 명심하시고, 정숙한 부인을 잊어서는 안 돼요."

"……."

"돈이나 향락을 위해서 노는 여자라면, 일반적인 남성처럼 선생님을 대하겠습니다만, 저는 향락의 생리를 몰라요. 그리고 이렇게 나돌아다니는 데 군색하지 않을 정도로 집에서 돈이 오니까요."

턱을 괴고 앉았던 민호는 물끄러미 진수를 쳐다본다.

"그럼 왜 이런 곳에 와 있을까?"

민호는 어째서 그런 문제에 대하여 자신이 그렇게 집착을 갖는지 알 수가 없었다.

"집에서는 술을 마실 수가 없어요. 그리고 어머니한테 항상 웃는 얼굴을 보여야 하니, 그런 고역이 어디 있겠어요? 어머니는 부산서의 일은 자기의 병이 원인이었다고 생각하기 때문에, 언제나 어머니는 빚을 갚을 수 없는 채무자처럼 제 앞에 쭈그리고 앉는 거예요. 그런 어머니를 해방시키는 의미도 있기는 하죠. 그래서 병을 구실 삼아 온천으로, 산속으로, 그야말로 방랑

객처럼 떠돌아다닌답니다."

진수는 처음으로 얼굴에 미소를 띠었다. 그 미소는 마음의
절박을 의미하는 것이었다.

"선생님, 가세요, 선생님 방으로 가세요. 저도 이곳을 떠야겠
어요."

진수는 그렇게 말하며 손을 뻗쳤다. 탁자 위의 담배와 라이
터를 찾는 것이다. 진수는 담배를 피워 물고 라이터를 탁자 위
에 던졌다. 그 순간 민호의 눈이 탁자 위로 갔다. 비스듬히 세
워놓은 사진이 있었다. 민호의 사진인 것이다. 그것을 바라보
는 민호의 눈에 생기가 돌아온다.

진수는 민호의 시선이 어디에 머무르고 있는가를 눈치챘다.
그러나 민호를 피한 채 담배 연기를 뿜는 것이었다. 민호는 그
런 진수를 보다가 다시 사진으로 눈을 옮긴다.

"진수! 내가 잘못했어."

두 사람 사이의 장벽이 무너진 듯 민호는 서슴지 않고 진수를
포옹하는 것이었다. 진수는 손을 내밀며 민호를 뿌리치려고 했
으나, 민호의 팔은 강철같이 굳셌고, 입김은 뜨거웠다.

"얼마나 내가 목마르게 진수를 부른 줄 알아?"

민호는 진수 얼굴에다 자기의 얼굴을 비비며 속삭였다. 반항
할 힘을 잃은 진수는 팔을 축 늘어뜨리며,

"살아서 선생님을 다시 만난다는 것은 무슨 기적이에요."

모든 것을 내던지고 진수는 새로운 울음에 잠긴다. 고집도

미움도 원망도 아무것도 없었다. 그리움만이 봄비처럼 가슴을 적시는 것이었다. 민호는 옛날처럼 진수의 머리를 조용히 쓸어주며 울고 있는 진수를 달래는 것이었다.

"얼마나, 얼마나 보고 싶었는지. 그러나 내가 죽는 날까지 선생님 앞에 나타나서는 안 된다는 것, 그것만을 명심하고…… 그렇지만 내가 죽는 날에는 선생님을 불러오리라 생각했어요."

"왜 죽기는 죽어? 이젠 안 죽는다."

"온천장에서 선생님이 결혼하시고 신혼여행 온 것을 알았어요. 각오하고 있었던 일이었지만, 눈앞이 캄캄했어요."

"진수가 그때 차를 타고 떠나던 모습을 나도 봤어. 숙박계를 적어놓고 묵지 않고 그냥 가버린다고 호텔 주인이 투덜거리기에 숙박계를 봤더니 진수더군. 그때 비로소 진수가 떠나버린 이유를 알았지."

"부인을 사랑하시잖아요?"

진수는 민호 가슴에서 얼굴을 들고 민호의 눈을 가만히 쳐다보는 것이었다.

"그 여자는 진수의 희생자야."

민호는 진수를 내려다보며 침울하게 말한다.

"왜요?"

진수는 민호의 눈을 놓치지 않았다.

"그때, 같이 여행 가자고 약속했지? 음악회에서 말이야."

진수는 여전히 민호의 눈을 놓치지 않고 고개를 끄덕인다.

"다음 날 밤 진수 집으로 찾아갔을 때만 해도, 나는 진수하고 같이 떠날려고 했어. 조용한 곳에 가서 진수의 얘기를 들을려고 했어. 그러나 진수는 미군하고 서서 얘기를……."

"그건 오해예요. 어머니를 피해서 그날 산에 가서 울었어요. 별별 생각을 다 했어요. 그래 어두워서 산을 내려오는데, 그 미군이 따라왔어요. 보기에 나쁜 인간은 아닌 것 같고, 일면 내 신분에 대한 심한 반발심이 그를 상대하게 했지만, 다만 말벗을 삼았을 뿐이지, 어머니가 기절할 짓을…… 어떻게 그를 집에 데리고 오겠어요?"

진수는 자기의 진심이 충분히 설명되지 못해서 안타깝게 몸을 흔들었다.

"알아. 지나간 얘기는 그만해."

밤이 깊도록 민호와 진수는 지나간 날의 얘기를 서로 주고받았다. 진수의 눈은 빛나고 아까 쓰러지기까지 했는데, 거기서 오는 육체의 고통조차 느끼지 않는 모양이었다.

거의 1시가 다 된 무렵에, 민호는 자기의 방으로 돌아왔다.

칠빛처럼 어두운 창밖에 쏴아! 하고 소나기가 내리기 시작한다. 민호는 옷을 벗고 자리에 들었다가 도로 일어나서 담배를 피워 문다.

장차 일을 어떻게 처리해나갈 것인가? 그것은 막연한 노릇이 아닐 수 없다.

진수의 생명과 삶 전부가 민호라는 한 사나이에게 매여 있음은 물론이다. 3년 동안, 아니 사변이 나고부터 8년 동안 진수의 맑고 깨끗한 마음에는 언제나 음산하고 잔인한 운명의 그림자가 뒤따라 그를 학대하고 괴롭혔다. 이제부터라도 그는 좀 행복해져야 할 사람이 아닌가?

민호는 끝없이 그런 생각을 하다가 불을 끄고 자리에 들었다.

민호는 창부라도 좋고 마녀라도 좋다고 생각했다. 진수가 자기 것이 된다면. 그러나 진수는 창부도 마녀도 아니었다.

소나기가 다시 쏴아! 하고 민호의 고막을 두드린다. 온 천지는 밤과 소나기가 갖는 자연의 신비 속에 묻혀 있었다. 그러나 보이지 않는 촉수는 무한한 시간 속을 뻗어간다. 그리하여 운명은 진행되어 가는 것이다.

민호는 눈앞을 손으로 가리고 설희의 얼굴을 그려보았다. 아무리 그려보아도 희미하게 시야 속에서 사라지고 마는 것이었다. 민호는 다시 영의 얼굴을 눈앞에 그려보려고 애를 썼다. 그러나 역시 새벽하늘에 이지러지는 별빛처럼 어디론지 자꾸만 사라지고 마는 것이었다.

이 산장에 온 지 불과 이틀이 지났을 뿐이다. 두 번째의 밤을 맞이하는 것이다. 그리고 서울의 바로 근처에 있는 곳이 아닌가. 그런데도 어쩌면 이렇게 집안 식구하고 수천 리를 사이에 두고 있는 느낌이 드는가. 그들은 아득한 옛 기억 속의 사람들 같기만 했다.

민호는 돌아누웠다.

애처롭고 불쌍한 진수다. 그리고 무한히 사랑하는 진수다. 그러나 그를 행복하게 해줄 수 있는 방법은, 마치 잡답 속에 알른거리는 그의 뒷모습이 파묻혀버리듯이 뒤쫓아도 뒤쫓아도 잡을 길 없이 막연한 것이 되어버린다.

설희를 사랑하는 때문은 아니다. 그러나 자기가 밀어버린다면 설희는 어디로 갈 것인가? 그리고 영이도.

'설희하고 이혼을 한다? 그럴 수가 있을까? 그러면 설희를 그대로 두고 비밀히 진수와 생활을 한다……? 안 될 말이다. 진수를 또다시 그늘진 곳에 두다니, 안 될 말이다.'

번갯불이 번쩍하고 창에 비친다. 방 안이 훤해진다고 느껴진 순간 천지를 무너뜨리는 것 같은 천둥이 치는 것이었다.

'진수가 무서워하겠다. 가볼까?'

생각하면서도 민호는 그대로 천장을 쳐다보고 있을 뿐이었다.

'내일 전 이곳을 떠야겠어요.'

소나기 내리는 소리에 섞여 진수의 또렷한 목소리가 들려오고, 사람의 마음을 뒤흔들고야 마는 눈이 어둠 속에 빛난다.

'나 몰래 달아날지도 몰라.'

민호는 자리에서 벌떡 일어났다.

한편 진수는 민호가 나간 뒤 슬픔과 기쁨이 뒤섞인 감정을 자그시 눌러보았다. 울컥울컥, 마치 객혈처럼 외로움이 넘쳐흐른다. 차라리 기대를 갖지 않았던 나날은 그래도 외로움을 이

길 수 있었다. 그러나 지금 한 줄기의 희망과 기대로 해서 이렇게 가슴 저리게 외로움이 치미는 것은 무슨 까닭인지 알 수 없었다.

민호에게는 아내가 있고, 그리고 사랑하는 딸이 있다. 그러면 도대체 나는 그에게 무엇이란 말인가?

소나기 소리를 들으며 진수는 베개를 안고 울었다.

진수, 그가 눈물을 잊은 지 몇몇 해였던지, 절망과 더불어 그에게는 눈물이 말라버렸던 것이다. 온천장에서 민호의 신혼여행의 사실을 알았을 때도 진수는 울지 않았다. 그런데 지금 이렇게 울어도 울어도 눈물이 쏟아지는 것은 어쩌면 자신의 행복을 생각해볼 만큼의 여유가 생긴 데서 오는 것인지도 모른다.

지나간 날의 이야기다. 민호는 이렇게 별안간 소나기가 뿌리던 밤, 양복저고리를 벗어 진수의 몸을 싸주면서 집 앞에까지 데려다주었다. 손수건을 꺼내어 진수 머리카락에 맺힌 빗방울을 닦아주며,

"감기 들겠어."

하고 중얼거리던 민호였었다.

진수는 줄기차게 내리퍼붓는 비가 마구 유리창을 두들기는 소리를 들으며 아이처럼 흐느껴 울었다.

'진수는 내 것이야.'

지난날에도 민호는 곧잘 그런 말을 했었다. 그러나 그때는 그 말에 아무런 의심이 없었고, 그 표정은 소년처럼 순수한 것

이었었다. 그러나 지금은, 내 것이라고 울부짖는 민호 얼굴 위에는 고뇌의 그림자가 안개처럼 서려 있고, 자기 스스로를 다스리지 못하는 마음의 분열이 역력하게 나타나 있는 것이다.

'그분에게는 부인이 있고, 그리고 이미 그분은 아이의 아버지가 아닌가? 내가 발을 들이밀 수 없는 뚜렷한 하나의 성城이 그분에게 마련되어 있는 것이다.'

그렇게 마음속으로 중얼거리고 있는데 별안간 번개가 창을 뚫고 벼락 소리가 천지를 진동하는 것이었다. 진수는 본능적으로 이불을 뒤집어썼다. 가슴이 뛴다.

'그분이 내 곁에 있어주었더라면 난 조금도 무서워하지 않았을 거야.'

진수는 이불자락을 살그머니 벗기며 중얼거렸다.

'그렇지만 지금 그분은 내 곁에 없다. 지금처럼 이렇게 무서운 밤에 그분은 부인과 따님을 내버려두었을까? 아냐, 무서워하지 않게 꼭 껴안아줬을 거야.'

진수는 일어나 앉아 머리를 두 손으로 꼭 부둥켜안았다.

'차라리, 다 잊어버리는 것이 좋겠어. 달아나 버려야지, 어떻게 할 도리가 없잖아……. 전부를, 아니면 다 버리는 거야.'

진수는 무릎을 오므린 채 기도라도 드리는 자세로 머리를 부둥켜안고 침대의 흰 시트 위에 눈물방울을 떨어뜨리는 것이었다.

그때 밖에서 문을 두드리는 소리가 들려왔다. 진수가 고개를 들었을 때 민호는 대답을 기다릴 겨를도 없이 문을 밀고 들어왔다.

"무서워할까 봐 왔어."

민호는 바싹 다가와서 진수의 눈을 들여다보았다.

"왜, 또 울었어?"

민호의 말이 끝나기도 전에, 다시 번개가 창문에 번쩍이더니, 방 안의 불이 꺼지고 뇌성이 집을 뒤흔들 듯이 울려왔다.

민호와 진수는 서로 꼭 안았다. 진수의 가냘픈 심장이 마치 참새 새끼처럼 할딱할딱 뛰고 있었다.

"무서운가, 진수?"

민호는 턱밑에서 풍겨오는 진수의 머리 냄새를 맡으며 물었다. 진수는 고개를 흔들었다.

"이렇게 언제까지 있었음 좋겠지?"

"영원히 날이 밝지 말았음 좋겠어요. 사람들의 얼굴을 보지 말았음 좋겠어요."

"이대로 죽어버릴까?"

물론 민호의 말은 농이었다.

"그럼 얼마나 행복하겠어요."

"죽은 셈 치고 살아보자. 어떤 일이 있어도 죽지 않고 이렇게 둘이서 사는 거야, 알았어?"

"날이 밝아오는 것이 무서워요. 낮이 되면 우리는 구속을 받아야 할 거예요. 낮이 되면 선생님은 두고 온 생활을 생각하실 거예요. 그것이 무서워요. 그리고 못 견디게 외로워요.”

“그렇게 불안해할 필요는 없어. 나를, 내 애정을 믿고 모든 조건을 타개해나가야지. 그야 다소 시일이 걸릴는지는 모르지만…….”

그렇게 말하는 민호 자신 속에 불안과 초조가 없었던 것은 아니다. 그 역시 이 밤이 새는 것을 두려워하고 있었던 것이다.

“오늘 밤은 진수 옆에서 지낼래. 안 될까?”

민호는 진수에게 물어보는 어조로 말했으나, 구태여 대답을 바라는 것도 아닌 모양으로, 진수를 안아다 침대 위에 누인다. 그리고 어둠에 익은 눈으로 진수의 머리를 쓸어 넘겨준다.

“이 선생님!”

“왜?”

“우리 그만 외국으로 가버려요……. 그렇지만, 그렇지만 못 가실 거야.”

“외국으로?”

“프랑스나 영국 같은 데…… 우리를 아무도 모르는, 그런 곳에 말이에요.”

“아무도 우리를 모르는 곳으로 간다? 그럼 차라리 아라비아의 사막 같은 곳으로 가는 게 좋겠군!”

민호는 미소하며 진수를 달래듯 말한다.

“선생님에게는 일이 있고, 그리고 내 아닌 사람도 있고, 여러 가지 생각이 있을 거예요. 그렇지만 여자에게는 사랑만이 그 생명의 존재 이유가 되는 거예요. 어떠한 영광도 그것은 참 허무한 거예요."

"너무 그렇게 생각하지 말어. 우리는 지금 서로 사랑하고 있지 않어? 앞으로 우리는 우리의 사랑을 위해서 인내가 필요할 거야."

그새 소나기는 그친 모양이다. 희끄무레한 밝음이 방 안을 비춰준다.

민호는 진수 옆에 드러누우며 길게 발을 뻗었다. 두 사람 사이의 장벽은 완전히 허물어졌다.

내일을 생각할 수 없는 불안 속에서 민호와 진수의 산장의 생활은 여러 날 계속되었다.

민호는 무슨 확실한 방책을 생각하느라고, 이 산장에 올 때 애당초 목적한 논문엔 손도 대지 못하고 있었다. 진수는 진수대로, 흔들리기 쉽고, 언제 어떻게 될지도 모를 불안에 몸부림쳤다.

그러나 서로의 애정은 위난의 시기에 핀 꽃처럼 이상한 정열 속에서 날로 무르익어만 갔다. 둘은 마치 오랜 부부 사이처럼 이 산장에서 행세했고, 주위 사람들은 의심을 가지면서도 그런가 보다 하고 보아주는 것이었다.

산에는 녹음이 짙어갔다. 시냇물은 한층 맑게, 그들의 밀어처럼 다정한 물소리를 내며 흐르고 있었다.

민호는 벌써 40여 일이 지났는데도 집에 엽서 한 장을 띄웠을 뿐 일체의 소식을 끊어버리고, 오히려 집에 대한 생각은 않으려고 노력을 하는 것이었다. 하긴 끝끝내 설희에게 비밀로 할 생각은 없었다. 어느 시기를 보아서 현재의 상태를 이야기하고, 서로 적당한 방법을 강구함이 옳다고 생각하고 있었다. 그러나 막상 편지지를 앞에 놓고, 있는 대로의 사실을 적으려고 하면 머릿속이 그 기능을 완전히 잃은 듯 아무 말도 쓸 수가 없게 되는 것이었다.

민호는 그런 경우를 몇 번이나 겪으며, 종내 편지를 못 하고 말았다. 말하자면 진수를 사랑하고 그 생활에 도취하여 있으면서도 그것은 어쩔 수 없는 하나의 타성적인 생활의 연속이 아닐 수 없었다.

그러나 설희 편에서는 일주일에 한 번씩 잊지 않고 꼭꼭 편지가 왔다. 영의 노는 모습, 아빠가 보고 싶다는 얘기, 집안의 살림살이에 관한 보고, 그런 것을 낱낱이 적은 편지에는 민호를 궁금하게 하지 않으려는 설희의 마음씨가 담겨 있었다.

처음엔 편지의 답장을 요구하지도 않았다. 그러나 몇 장을 보내도 답장이 없는 것을 걱정했음인지, 최근의 편지엔 별고 없다는 말 한마디라도 좋으니 답장을 해달라고 편지 말미에 조그맣게 적혀져 있었다. 그다음부터 민호는 설희로부터 보내온 편지를 뜯어보지 않기로 작정을 했다. 그러나 편지가 오면 역시 뜯어보지 않고는 견딜 수가 없었다. 괴롭고 고통스러워질 것을 뻔히 알면서도. 그러나 편지를 보지 않는다고 괴로움이 덜해질 이유도 없다.

민호는 이번에도 설희로부터 온 편지를 마치 몹시 쓴 약을 먹어야 하는 사람의 표정을 지으며 바라보고 있었다. 진수가 목욕탕에서 오기 전에 빨리 보아야 하겠는데 냉큼 찢을 수가 없다. 민호는 편지를 호주머니 속에 집어넣었다가 도로 꺼내 봉투를 찢었다.

잔잔한 필치로 씌어 있는 편지, 설희와 영의 얼굴이 편지지 속에서 흔들린다.

> 왜 답을 주시지 않는지…… 하긴 일을 하시러 가셨으니까. 어쩌면 저의 이런 편지도 번거로워하실는지 많이 조심이 됩니다만 하도 꿈이 이상하고 슬퍼서…… 그런데 시골의 오빠가 몹시 앓으신다는 소식…….

방문이 탕 하고 열리는 바람에, 민호는 자기도 모르게 편지 든 손을 뒤로 돌려버렸다. 목욕탕에서 머리를 감으려다가 빗을 잊어버리고 온 것을 안 진수는 무심코 방으로 돌아왔는데, 당황하는 민호를 보자 어쩐지 마음이 언짢았다.

"왜 그러세요?"

"아, 아니, 아무것도 아냐."

"왜 그렇게 감추세요? 지가 뭐라 해요?"

진수는 슬픈 얼굴로 민호를 쳐다보더니 가만히 다가와서 민호 옆에 푹 주저앉는다. 아련한 비누 냄새와 함께 진수의 연연한 체취가 민호의 피부에 스며든다.

민호는 애정과는 다른 어떤 강한 욕정이 치솟는 것을 느꼈다. 민호는 손에 쥔 편지를 구겨 던지고 진수를 와락 안았다. 영악한 동물과도 같은 민호의 눈과 잽싼 동작에 진수는 일종의 두려움을 느끼면서 침대에 쓰러졌다.

불꽃이 이는 순간이었다. 지금까지는 잔잔한 바다와 같은 민호의 애정이었었다. 언제나 너그럽고, 마치 햇빛을 보면 시들어 버릴 꽃을 그늘을 찾아 싸가지고 다니듯이, 그렇게 진수를 조심스럽게 다루던 민호였었다. 그러나 오늘의 민호는 그런 민호가 아니었다. 마치 노한 바다처럼, 발작을 일으킨 광인처럼 보였다. 그것은 정열이라기보다 현실에 대한 몸부림인 것 같았다.

진수는 흐트러진 머리를 쓸어 넘기며 핏기 잃은 입술에 담배를 물었다.

"지가 그만 죽어버렸더라면 이런 비극은 일어나지 않았을 거예요."

구겨져서 마룻바닥에 떨어져 있는 편지를 멍하니 쳐다보며 뇐다.

"그렇지만 이젠 당신을 남에게 주고는 못 살아요."

진수의 눈에 불이 확 켜졌다고 민호는 느꼈다. 무슨 기합氣合 같은 것이 방 안에 꽉 찼다고도 느껴졌다.

이번에는 민호의 마음이 누그러졌다.

"머리 감는 건 그만두고 밖에 나가요. 그런 일 생각할 필요는 없어. 나를 믿어달란 말이야."

민호는 진수의 손을 잡고 자리에서 일어나게 했다.

숲속의 공기는 맑았고, 하늘은 푸르고 높았다. 방 속에 있을 때보다는 두 사람의 마음이 가라앉는 듯했다. 두 사람은 발길 내키는 대로 우거진 숲속으로 말없이 걸어 들어간다.

새소리가 요란했다. 하늘이 어느 사이에 나뭇가지로 가려져서 보이지 않았다.

진수는 이제 걷는 것에도 지쳤는지 다람쥐가 달아나는 나무 밑에 주저앉는다.

"고단해?"

"고단해요."

"방에 누워 있을 걸 그랬군."

"마찬가지예요"

새소리 물소리, 나뭇가지를 흔들고 지나가는 바람 소리. 말없는 시간이 오래 흘렀다.

멍하니 앉아 있던 진수는 옆에 있는 잡풀을 와지직 잡아채며,

"우리에게는 앞날의 설계가 없지요? 그렇지요, 선생님?"

빤히 쳐다보는 눈, 민호는 말없이 그 눈을 들여다보고만 있다.

새소리, 물소리, 그리고 나뭇가지를 흔들고 지나가는 바람 소리.

숲속에서 민호와 진수가 그러고 있는 동안 Y산장에 나타난 한 여인이 있었다. 설희였다.

이번에 보낸 편지의 회답을 기다리고 앉아 있을 수 없을 만큼 설희의 마음은 초조했다. 남편의 신변에 무슨 괴변이라도 생긴 듯싶어서 그냥 앉아 있을 수 없는 심정이었다. 그래서 훌쩍 떠나왔던 것이다. 남편의 무사한 모습을 한 번이라도 보고 돌아가면 잠이 올 것 같은 마음에서였다.

호텔 정문에 들어서자 보이가 허리를 구부리며 마중 나와주었다.

"저, 이민호라는 분이 유하고 계시지요? 직업은 의산데……."

연옥색 관사의 치마저고리로 고상하게 차려입고 햇볕을 모르는 듯 그렇게 흰 살빛을 한 설희를 보이는 유심히 바라보며,

"네, 계십니다."

설희는 겨우 안심이 되는 표정으로, 핸드백 속에서 손수건을 꺼내어 땀을 닦는다.

"좀 불러주실까요?"

"지금 밖에 소풍 나가셨는데요……."

보이의 눈은 일종의 의혹 속에 잠겨 있다.

"그래요? 그럼 방에서 기다리겠어요. 방으로 좀 안내해주세요."

보이는 다소 난처한 얼굴빛을 짓는다.

"걱정하실 것 없어요. 전 이민호 씨의 아내니까요."

설희는 미소하며 보이를 쳐다보았다. 보이의 표정은 한층 복잡해지는 것이었다. 설희는 호텔의 주변을 두루 살펴보다가, 앞서서 호텔 안으로 들어가 보이를 돌아다본다. 빨리 안내를 하라는 눈이다. 보이는 하는 수 없이 앞서서 2층으로 올라간다. 맥주컵이 진수의 면상에 날아가던 날부터, 민호는 2층에 있는 진수의 방으로 옮겼던 것이다.

보이는,

'도대체 어느 여자가 진짜 부인인가 모르겠다.'

그렇게 속으로 중얼거리며 그들의 방 앞에 와서 선다. 그러고는 돌아다보며,

"이 방입니다."

설희는 다시 그 무심하고 선량한 미소를 지었다. 보이는 마음속으로 이제부터 무슨 활극이 벌어질 것인가, 그런 생각을 하며 아래층으로 내려갔다.

설희는 다소 가슴이 뛰었다. 방문을 밀었다. 방 안으로 한 발 디밀던 설희는 순간 나무토막처럼 굳어져 그 자리에 서고 말았다. 입술이 하이얗게 빛을 잃어간다. 여자의 의복, 여자의 화장품, 그리고 핸드백. 우선 그런 것들이, 무슨 지옥의 광경처럼 눈앞을 지나가고 다시 다가오는 것이었다.

설희는 자기도 모르게 물러서서 방문을 닫아버리고 낭하에 쓰러지듯이 주저앉고 말았다. 낭하의 마룻장이 멀리 수천 리나 되는 계곡 밑으로 내려 떨어지는 것 같은 느낌 속에서, 설희

는 자기의 머리를 붙안았다. 머리를 감싸 안는데도, 그런 무서운 나락으로 굴러떨어지는 듯한 느낌으로부터 놓여나지지는 않았다.

층계를 밟는 소리가 아슴푸레하니 들려온다. 설희는 고꾸라져서 머리를 붙안고 있으면서, 그 아렴풋하게 들려오는 발소리에 겨우 몸을 가누어 일어섰다. 남편과, 그리고 옷과 화장품과 핸드백의 주인인 여자가 온다는 생각에서 자기의 흩어진 정신을 후려잡았던 것이다.

"추태를 보여서는 안 된다, 추태를 보여서는 안 돼."

그렇게 중얼거리며 거의 죽은 사람과 같은 얼굴을 들고 발소리가 나는 곳을 주시했다. 그러나 2층으로 올라온 사람은 그들이 아니었다. 다른 투숙객인 모양으로 마치 죽은 사람과도 같이 허황하게 눈을 뜨고 있는 설희를 이상스러운 눈으로 바라보며 지나가는 것이었다.

설희는 정신없이 낭하에 다시 주저앉았다. 아무리 생각해도 이것은 꿈이 아니었다. 그러다가 설희는 자기의 눈을 의심했다.

'내가 정신이 나간 것이나 아닐까? 혹시 남의 방이었는지도 모르지. 다시 한 번 들어가 보자.'

설희는 비틀거리며 일어서서 방문을 밀고 들어갔다. 여전히 여자의 물건은 있었다. 그것은 엄연한 사실일 뿐이었다. 설희는 몸을 이끌듯 방 안을 돌았다. 손수 만들어준 남편의 잠옷이 있고, 남편의 책이 있고, 양복이 있다. 설희는 그러한 사실들을 인정하지 않으려는 듯 양손으로 눈을 가렸다.

'노는 여자를 데리고 왔는지도 몰라?'

설희는 그렇게 자기를 달래본다. 그러나 그것은 이 사건을 해결할 수 있는 아무런 근거도 되어주지 못했다. 남편이 그런 파렴치한 짓을 할 사람이라고 믿어지지는 않았기 때문이다.

그렇다면 필경 이러한 사태 속에는 무슨 큰 곡절이 있는 것이 아닌가? 그렇게 생각하는 설희의 마음속의 절망은 검은 바다처럼 퍼져갔다.

이제 남편은 자기를 사랑한다고, 그렇게 신념을 갖고 살아온 설희였다. 집을 떠날 때만 해도 민호는 믿음직스럽고 다정했던 사람이다. 그는 과연 그렇게 감쪽같이 자기를 속일 수 있었던 사람인가?

설희는 눈물까지 말라버린 듯한 눈을 들어 허공을 바라보았다. 이런 절망 속에서 더 이상 살아갈 것 같지가 않았다.

'죽어버리자.'

설희의 눈은 방바닥으로 옮겨졌다. 허공에 떠 있는 피 흘리는 망아지 새끼 같은 자기의 모습에 진저리가 쳐졌던 것이다.

방바닥으로 옮기던 설희의 눈에 띄는 것은, 구겨져서 버려진 편지 같은 종이였다. 설희는 손을 뻗었다. 들어 눈앞으로 가져온 구겨진 종이는 다름 아닌 자신이 남편 민호에게 보낸 그 편지였다.

여자하고 거처하는 방에 아무렇게나 구겨져서 버려진 편지,

정성을 다 기울여 써서 보낸 자기의 편지, 이렇게 짓밟아 버리다니.

편지를 든 설희의 손이 발발 떨렸다. 설희는 입술을 피가 나도록 깨물어버린다.

설희는 편지를 구겨 쥔 채 자리에서 벌떡 일어선다. 설희는 머리카락이 얼굴 위에 마구 흐트러진 채 계단을 뛰어 내려간다.

복도에 보이와 호텔의 사무원이 서서 설희의 출현에 대한 것을 화제로 삼고 있는 판인데 마침 설희가 뛰어 내려오니 두 사람의 시선이 그곳으로 쏠리지 않을 수 없다.

아까 올 때만 해도 그렇게 무심하고 선량한 웃음이 감돌던 여자의 얼굴이 마치 죽은 사람의 그것과도 같은 모양이 되어 내려오니, 아무리 남의 일이기는 하지만 동정을 금할 수가 없는 모양이었다. 보기에 퍽 현숙한 여자 같았기 때문에 더욱 그러했는지도 모른다.

설희는 서 있는 두 사람을 거의 의식하지 않는 모양으로 그냥 호텔의 문밖으로 나가버리는 것이었다.

밖으로 나온 설희에게는, 그러나 어쩌자는 목적도 계획도 없었다. 다만 분하고 부끄럽고 그리고 절망적인, 여기서 달아나자는 생각 이외에는 아무것도 없었다. 설희의 눈앞에는 아무것도 보이지 않았고 그저 허둥지둥 땅을 밟고 있는 것이었다.

그러는 설희 앞에 바싹 다가선 사람이 있었다. 남편 민호였다. 민호의 얼굴은 비뚤어진 것 같았고, 입에서 귀까지 이르는 근육이 경련을 일으키고 있었다. 그러나 눈만은 차가웠다. 이런 때가 한번은 오고 말 것이라는 각오가 있었기 때문이다.

몇 발자국 떨어진 곳에 진수는 뿌리 박은 나무처럼 무표정하게 서 있었다. 가면과 같은 그 얼굴에서 눈만 불타고 있었다.

설희는 민호를 보지 않고 진수를 멍하니 쳐다본다. 키가 후리후리하게 큰 진수는 그 눈빛처럼 검은 드레스를 몸에 착 달라붙게 입고 있었다. 반발과 강인한 의지가 입매에 서려 매서운 독기조차 내뿜는 듯했다. 그러나 설희는 그리 크지 않은 키에, 바람이 불면 날릴 듯한 가는 선이 뽀오얀 목덜미로부터 흰 고무신의 코끝까지 흐르고 있었다. 아이처럼 맑은 연분홍빛 입술이 깨물려 핏방울이 내밸 지경이다.

세 사람의 죽음과 같은 침묵을 깨뜨려버린 사람은 역시 민호였다.

"설희! 이대로 돌아가시오. 나, 편지로 상세히 알려주겠소. 그러잖아도 편지를 할려고 하던 참이오."

민호의 목소리는 그 눈빛과 같이 차가웠다.

"그러지 않아도 지금 돌아가는 길입니다."

설희의 목소리는 울부짖음이었다.

실오라기만큼의 희망마저 사라진 설희는 휘청거리는 뒷모습을 보이며 걷기 시작한다. 그 뒷모습을 민호와 진수는 그대로 지켜보고 서 있었다.

"진수, 흥분하지 말고 방으로 가요. 나 영이 엄마 차 타고 가는 걸 보고 곧 돌아올게."

민호는 설희의 뒤를 급히 따라간다.

설희가 시외버스 정류장까지 와서 버스를 타려고 하는 찰나 민호가 그의 팔을 잡는다. 설희는 말없이 남편을 돌아보았다.

"설희, 너무 놀라지 말아요. 이거 서로 다 운명이라 생각하고……."

"할 말씀은 그것뿐이죠?"

설희는 그렇게 말하면서 민호의 팔을 뿌리치고 버스에 오른다.

상화는 잡지나 신문사의 기자들이 문인들과 연락을 취하는 장소로 되어 있는 호심다방에서 쥐꼬리만 한 원고료를 신문기자로부터 받아가지고 밖으로 나왔다.

누구나 한 사람이라도 아는 얼굴이 있었더라면 끌고 목로주점에 갈 판이었지만 마침 토요일이라 알 만한 얼굴이 없어 그냥 횅하니 혼자 나와버린 것이다.

여기 모이는 낯익은 친구들은 거개가 문인이라는 간판을 붙이고 있었다. 그러나 그것으로 밥벌이를 삼았다가는 아예 굶어 죽기 마련이니, 부업이든 본업이든 하여간 다른 직업이 하나는 더 필요한 족속들이 해거름이면 이 다방을 중심한 명동 거리를 서성거린다. 그러나 토요일이 되면 일요일을 쓸모 있게 보낼 양인지, 또는 연인과의 계획이 있음인지 매일처럼 나타나는 낯익은 얼굴들이 약속이나 한 듯 그림자를 감추어버린다.

연인도 가정도, 그리고 직업도 없이 팔난봉처럼 헤매 다니는 상화는, 그래서 이 토요일과 일요일이 슬프고 외롭다.

거리에 나온 상화는 미도파 근처의 매점에서 사슴을 한 갑 사 가지고 어디로 갈 것인지 지향도 없이 가로수 밑에 우두커니 서서 담배를 한 개 뽑아 물었다.

목로주점에 친구 서너 명이 몰려가서 술을 마실라 치면 일금 3천 환이란 시 고료는 참말 어이없이 사라지고 마는 것이다.

그러나 오늘은 다행히 호주머니 속에는 돈이 남아 있고, 그 돈으로 이렇게 담배를 사서 유유히 피워 무는 생각을 하면 여간 생광스럽지 않다. 그렇다고 해서 술로 메워질 마음의 빈구석이 채워지는 것은 아니지만.

상화는 우두커니 오는 사람 가는 사람을 바라보고 서 있었다.

아이들을 데리고 가는 여인이 지나가면, 상화의 시선은 집요하게 그 뒤를 따라간다. 어느 시골의 장사꾼에게 시집을 갔다는 영옥이 생각을, 그는 그런 여자들의 뒷모습만 보면 하는 것이다. 딸아이를 하나 낳았다는 바람결의 소식이 그로 하여금 아이 데리고 가는 여인으로부터 영옥을 연상하게 만드는 것이다.

'불쌍한 여자! 영원히 속죄할 수 없는가.'

상화는 그때 병원에서 생사의 기로를 헤매다 깨어난 영옥의 얼굴을 언제나 잊을 수가 없다.

상화가 잠시 그러한 생각을 하고 있는 동안, 밀려든 합승에서는 손님을 부르는 아이들의 고함 소리가 요란했다.

"후암동 가요! 후암동이요!"

후암동이라는 말에 상화는 언뜻 설희 생각이 났다. 며칠 전에 들렀을 때 정규가 앓고 있다는 얘기를 들었고, 민호는 Y산장으로 연구 논문을 쓰러 갔는데 도무지 소식이 없어 걱정이라는 말을 했었다.

'설희에게 가볼까.'

상화는 그런 생각에 앞서 합승을 타고 말았다.

멀리서 바라만 봐야 하는 설희다. 그러나 상화의 가슴속에는 너무나 짙게 투영되어 있는 설희. 영옥이 악과 관능과 그리고 동정의 대상이라면 설화는 선과 정신과 그리고 숭배의 대상인 것이다.

상화는 후암동에 있는 설희의 집 근처에서 합승을 내렸다.

언제나 이곳에 올 적마다 느끼는 불안, 그것은 민호가 집에 있지나 않을까 하는 생각 때문에 이는 불안이다. 그것은 물론 견디기 어려운 패배감인 것이다. 그래서 상화는 이곳까지 왔다가 몇 번이나 발길을 돌린 일이 있었다. 그런 광경을 민호에게 한 번인가 들킨 일도 있었다.

"왜 집에 안 들르고 가세요?"

민호는 친절하게 인사를 하고 말을 걸었다.

"아니, 여기까지 볼일이 있어 왔는데, 좀 바빠서 가야겠어요."

상화는 후줄그레한 자신의 양복 자락을 의식하며 말을 얼버무리고 그의 앞에서 얼른 돌아선 것을 지금도 생생하게 기억한다.

상화는 언제나 느끼는 것처럼 되돌아서고 싶은 심한 감정을 누르며 설희 집 앞에 섰다. 마치 낮도둑처럼 집 안의 기색에 귀를 기울인다. 그러자 바로 뒤에서 자동차의 클랙슨이 성급하게 소리를 질렀다. 순간 상화는 쭉 하니 등허리로 무엇이 뻗어 내려가는 것을 느꼈다.

'설희 남편이 돌아오는군.'

자동차를 타고 돌아오는 귀공자와 같이 말쑥하게 차린 적수 앞에 이 비루한 꼬락서니로 마주 선다는 것은 참말 견딜 수 없는 일이다. 그러나 이미 현관 앞에까지 와 있는 이상 피할 도리는 없다.

상화는 눈 속 깊숙이 적의를 태우며 돌아보았다. 그러나 의외로 설희가 휘청거리며 자동차에서 내리고 있었다. 흡사 모진 병을 치르고 난 뒤의 사람처럼 허약한 모습으로 비실비실 쓰러질 듯하며 뜰로 걸어 들어오는 것이었다. 상화가 그곳에 서 있는 것을 전연 모르는 모양이다.

설희는 거의 현관 앞에까지 다다라, 햇빛을 가리기 위하여 심은 등나무를 짚고 쓰러지려는 몸을 겨우 가누며 눈을 감는다.

얼굴이 종잇장처럼 희다.

"설희! 웬일인가?"

상화는 당황히 설희를 부축하며 소리쳤다.

겨우 눈을 뜬 설희는,

"상화 오빠세요? 절 방에까지 좀 데려다주세요. 어지러워 영
못 걷겠어요."

힘없는 목소리로 중얼거린다.

"별안간 웬일이야, 글쎄……."

상화는 방에까지 설희를 데리고 가서 식모를 불러 물수건을
해 오라고 일렀다. 그러나 설희는 손을 흔들면서,

"아주머니, 관두세요. 곧 나을 테죠. 그런데 영은?"

"지금 저 방에서 자고 있어요."

식모가 나간 뒤 자리에 눕지도 않고 커다란 눈으로 상화를 바
라보고 앉았던 설희는 별안간 방바닥에 푹 쓰러지며 격렬한 오
열에 파묻힌다.

놀란 것은 상화였다. 도무지 영문을 알 수 없는 노릇이었다.
그러나 상화는 언뜻 정규가 죽은 것이나 아닌가, 그렇게 생각
했다. 며칠 전에 앓는다는 말을 들었기 때문이다.

"왜 이래? 설희! 말을 해! 왜 이러는 거야?"

상화는 설희의 어깨를 흔들었으나, 그는 아무 대답도 없이
울음소리만 높일 뿐이었다. 상화는 아무래도 심상치 않은 큰일
이 생긴 것을 예감하며 조급히 설희의 어깨를 다시 흔들었다.

겨우 고개를 든 설희의 눈에서 눈물방울이 연신 떨어진다.

"상화 오빠, 그인, 그인……."

설희는 흐느끼며 말을 맺지도 못하고 다시 쓰러져 우는 것이었다.

상화는 끝을 맺지 못한 말이었으나 정규에 관한 일이 아닌 것을 알았다.

"말을 해봐, 울지만 말고."

"그인 다른 여, 여자를 사랑해요."

설희는 다시 벅찬 울음소리를 터뜨리는 것이었다. 그 말에는 상화도 아연하지 않을 수 없었다. 그리고 뭐라고 말할 수도 없었다.

상화는 묵연히 앉아서 설희의 솜씨인 흰 장미의 꽃꽂이를 바라보며 설희의 울음소리를 듣고 있었다.

한동안 그렇게 앉아 있던 상화는 겨우 입을 열었다.

"그야 살아가는 동안에 남편이 더러 바람을 피우는 일도 있겠지. 그리고 또 혹시 설희가 오해를 하고 있는지도 모르잖아? 공연히 너무 상심하지 말어."

"아니에요! 아니에요! 그이는 바람을 피울 사람이 아니에요. 그인 정말 그 여자를 사랑하고 있는 거예요. 영 돌아오지 않을지도 몰라요!"

설희는 몸을 흔들며 울부짖는다.

상화는 다시 묵연히 꽃을 바라본다. 정말 뭐라고 말을 할 것인가? 그까짓 그러면 어떠냐? 이혼을 하면 되지, 그렇게 말할 수는 없는 노릇이다. 더욱이 상화 입장으로서는.

"상화 오빠, 난, 난 어쩌면 좋아요? 그냥 죽어버릴까 봐요!"

설희는 더욱더 서럽게 흐느껴 운다.

'이런 설희를 두고 다른 여자를 사랑하는 민호란 사나이는 도대체 어떻게 되어먹은 작자인가?'

속으로 중얼거리며 상화는 설희를 안아 일으킨다.

"울지 말어. 울지 말고 우리 좋은 방법을 생각하자. 이런 때일수록 냉정히 사태를 주시해야 하는 거야. 대관절 어떻게 된 일이니?"

설희는 눈물을 닦고 겨우겨우 자신을 억제해가며 오늘 Y산장에서 있던 일을 간단하게 설명하는 것이었다.

말을 다 듣고 난 상화도 우울하지 않을 수가 없었다. 보통 남자가 바람을 피워 그런 여자를 산장에까지 데리고 갔다면 응당 찾아간 아내를 따라와야 하는 것이다. 그리고 민호가, 그러지 않아도 편지로 그 사실을 알리려고 했다 하니, 이 일은 심상하게 해결이 될 문제 같지도 않았다. 그리고 여태까지 여자 문제로 설희가 속 썩은 일이 없었고, 이번이 처음이라는 게 더욱 문제다.

상화는 쓰게 입맛을 다셨다.

설희에 대해서 욕심이 무한했던 상화였지만, 설희가 그렇게 되었다고 희망을 가져볼 처지는 못 된다. 기대를 가질 수 있는 설희도 아니었다. 언제까지나 오빠 이상으로 생각해주지 않을 설희를 너무나 잘 알고 있는 상화다. 설희가 싫어서 민호를 차버렸다면 통쾌하고 신나는 일이겠지만, 마치 빛을 잃은 꽃잎처럼 쓰러져 울고 있는 모습을 바라보니 서글픔 속에도 일종의 측은한 생각이 드는 것이었다.

그렇게 설희가 엎드려 울고 있는데, 식모가 잠이 깬 영을 안고 들어온다.

식모가 들어오는 기색에 설희는 얼른 울음을 그쳤으나, 이상한 그런 광경을 쉽사리 수습할 수는 없었다. 아닌 게 아니라 식모도 일찍이 본 일이 없는 이 집 부인의 흐트러진 모습에 적잖게 놀라는 모양이다. 그렇다고 그 내력을 물어볼 입장도 못 되니, 그저 잠자코 아이를 내려놓을 뿐이다.

"엄마!"

영의 눈은 막 잠이 깬 아이답지 않게 초롱초롱 빛이 난다.

설희는 손수건을 꺼내어 얼굴을 닦고, 그래도 웃는 얼굴을 보이는 것이었다.

"저, 편지가 왔습니다요."

식모는 슬금슬금 눈치만 살피며 편지 한 장을 방바닥에 놓더니 나가버린다.

설희는 편지 같은 것은 염두에도 없는 듯, 엄마 무릎 위에 기어 올라오는 영을 가만히 내려다보고만 있는 것이다.

상화는 의미 없이 편지를 내려다보았다. 발신인은 문정규였다.

"정규 형님한테서 온 모양인데……."

그렇게 말을 하자 설희는 겨우 편지를 손에 들었다. 편지를 들어 읽어가는 설희의 얼굴은 변함없이 창백했다.

대강대강 눈에 들어오는 글자만 주워 읽은 설희는 잠자코 그 편지를 상화에게 넘겨주었다.

편지의 내용인즉, 지금 몹시 앓고 있으니 설희가 한번 와주었으면 좋겠다는 얘기고, 너는 좋은 남편을 만나 참 행복할 것이라는 것, 나도 너만은 잊어버릴 수 있으니 다행이라는 그런 골자였다. 그리고 마지막에 현회는 잘 있느냐는 말이 한마디 적혀 있었다.

마지막 현회에 관한 글이 상화 눈에 띄었을 때 상화로서도 가슴이 찌르르하지 않을 수 없었다.

서울에 와서 도통 바깥출입을 안 하는지 거리에서 현회를 보는 일은 없다. 그러나 언젠가 상화는 하도 궁한 나머지 현회를 찾아가서 돈을 꾸어달라고 한 일이 있었다.

현회는 영옥의 소식을 물으며 선선히 돈을 내주었다. 상화는 영옥의 말이 나오자 허둥지둥 자리에서 일어나고 말았던 것이다.

물론 무절제한 상화의 생활 태도, 그가 적잖게 꾸어 쓴 그 돈을 갚았을 리 없다. 갚을 돈이 없어 현회를 찾지 못하는 상화이기는 하지만, 그러나 실상은 영옥의 말이 나올 것이 더 두려웠는지도 모른다. 고민과 고통에 찬 정신 내면을 갖고도 행동에 옮기지 못하는 상화의 의지박약은 현회에게도 부끄러운 모습을 남기고 말았다.

'내야 뭐, 아무래도 이런 인간이니까 별수 없어.'

상화가 그렇게 현회에게 진 적지 않은 빚 생각을 하고 있는데 설희가,

"상화 오빠, 일이 바쁘세요?"

"일이 바쁘다니?"

"틈이 있으시냐 말예요."

설희는 영을 쳐다보며 한숨을 쉰다.

"내야 뭐 룸펜인데 틈이 없을라구."

"그럼 정규 오빠한테 좀 가봐 주셨으면 좋겠어요. 전 이렇게 마음이 뒤숭숭해서…….”

"글쎄…….”

"오빠 지금 참 어려우실 거예요. 돈도 좀 보내드려야겠고…….”

6. 구심력

"돈을 보내겠다고?"

"네, 오빠에겐 돈이 없을 거예요."

"그럴 리가 있나?"

"무의촌으로 들어가셨을 때는 벌써 돈 벌 생각은 버렸을 거예요. 오히려 다소 정리한 재산을 다 없애버렸다는 말을 들었어요. 농촌 사람들을 위해서 설비나 시설 같은 데 돈을 쓰고, 또 치료비는 대개 공짜라 하더군요."

설희는 멍하니 창을 바라보며 그런 말을 넋두리처럼 중얼거리고 있었다.

"그럼 설희는 어떡헐 작정이야……."

상화는 묘한 불안 같은 것이 느껴져서 그렇게 묻지 않을 수 없었다.

"저야 뭐 어떻게 하겠어요? 가는 날까지 가봐서 안 되면 죽어버릴 테야요."

설희는 입술을 악물었다.

"그런 소리 하면 못쓴다. 죽기는 왜 죽어."

상화는 막연히 불안해했던 것을 설희가 바로 지적해버리는데 다소 놀라지 않을 수 없었다.

"저로선 물론 그분이 돌아오게 최선을 다할 거예요. 그렇지만 그것이 불가능할 때 전 정말 죽어버려요."

상화의 불안은 하나의 질투로 변했다. 상화는 잠자코 말을 하지 않았다.

해가 거의 질 무렵에야 상화는 설희의 집을 나왔다.

설희는 정규에게 보낼 돈 10만 환과 시골까지 가는 데 필요한 여비를 상화에게 주었다. 설희는 오빠에게 남편의 이야기를 하지 말아달라고 신신당부를 하며 현관에 서서 손을 들어 보이는 것이었다.

평소에는 그렇게 단정하던 설희가 오늘 밤엔 심적 충격이 얼마나 컸던지 치맛말이 내려와서 치맛자락을 밟고 있는 줄도 모르고 멍하니 서 있는 것이다. 저녁놀이 설희 얼굴 위에 곱게 비치고 있었다. 그대로 너울이라도 걸치면 하늘로 날아오르는 선녀가 되어버릴 듯하다.

상화는 너절한 하숙방에 와서 여행 떠날 준비를 하고 있었다. 준비라야 별것도 아니지만. 그러나 짐을 챙겨 넣으면서도 어쩐지 자꾸만 떠오르는 것은 설희의 모습이다. 놀을 받고 곱게 타고 있던 얼굴, 연옥색 치마를 가는 허리에 걸치고 가냘픈 어깨를 미미하게 떨고 서 있던 모습, 금방이라도 승천해버릴 천사와도 같던 느낌이 자꾸만 떠오르는 것이었다.

'왜 내가 자꾸 이런 불길한 생각을 할까?'

도둑이 가져갈 것은 없다. 변변한 옷이라곤 모두 전당포에 갔고 옷걸이 하나 없는 방이다. 그러나 책이 적지 않게 남아 있었기 때문에 상화는 하숙방에 열쇠를 걸고 밖으로 나왔다.

거리에는 네온사인이 화려하게 밤의 서울을 꾸미고 있었다. 저속한 재즈 곡이 흘러나오고 골목길의 생리가 상화의 핏속에 무슨, 알코올처럼 강하게 되살아온다.

호주머니는 몇 해 만에 부풀어 있다. 상화는 호주머니 속에 든 돈이 갖는 힘을 뿌리칠 수가 없었다.

'한잔하고, 그리고 좀 놀다 가면 어때. 오늘 밤만 노는 거야.'

상화는 그렇게 마음속으로 중얼거렸다.

상화는 명동으로 발길을 돌렸다. 이미 상화는 모든 것을 잊고 명동의 명멸하는 불빛 속으로 사라지는 것이었다.

상화가 다음 날 아침 어느 여자 방에서 잠이 깼을 때, 어젯밤에 몸에 지니고 나온 돈은 절반이나 축이 가 있었다. 그러나 그 알량한 여행 가방만은 없어지지 않고 방구석에 나둥그러져 있는 것이 우습기 짝이 없다.

상화는 가슴에다 베개를 괴고 하룻밤을 같이한 여자의 얼굴을 물끄러미 쳐다보았다.

여자의 얼굴에는 생활에 대한 애수가 서려 있을 뿐, 그리고 그것은 상화하고 극히 통하는 것이기는 하나, 아무튼 그런 것은 상화에게 보탬이 되는 그 아무것도 아니었다. 다만 그 생활의 애수는 피차간 금전이나 육체로써 해결 지을 수 있는 그런 것이었을 뿐이다.

상화는 얼굴을 돌렸다. 회오에 부풀어오는 가슴이 저릿저릿하게 아파온다.

상화는 자리에서 벌떡 일어났다. 이대로 있다가는 오늘 해가 지기까지 나머지의 돈이 그대로 몽땅 날아가게 마련이다.

상화는 주섬주섬 옷을 주워 입었다.

생활의 애수에 젖어 있던 여자는 나머지 돈에 대한 의욕이 강하다. 상화는 여자의 붙잡는 손을 뿌리치고 밖으로 나오고 말았다.

우선 역으로 달려갔다. 아무튼 기차를 타고 봐야 할 일이다. 기차가 서울을 떠나기까지는 믿을 수 없는 것이 자기 자신의 요즘의 생태다.

'써버린 것은 정규 형님한테 말해서 양해를 얻으면 되는 거야. 하여간 가기라도 해야지.'

상화가 허둥지둥 기차를 탔을 때 다시 한 번 명동의 생리에 대한 강한 유혹을 느꼈다.

차가 서울역을 떠났을 때, 상화는 비로소 단념한 듯 눈을 감았다.

P시에서 내려 또 버스를 타고 한참을 가야 한다는 S마을.

상화는 왜 정규가 사재까지 털어 넣어서 거기 묻혀 사는지 알 수가 없었다. 그러나 막연하게 그것은 현회 때문이라는 것을 짐작은 하고 있었다.

상화는 P시에 내려서 그날 하룻밤을 집에서 묵은 뒤 S마을로 떠났다. 서울서 써버린 절반의 돈을 집에서 채워주기를 바라는 상화의 마음이기는 하나 이미 집안사람이 아닌 뜨내기처럼 취급을 받게끔 타락과 방탕한 생활을 해온 상화다. 입을 열었댔자 돈을 줄 사람도 없을 뿐만 아니라 영옥과의 관계 때문에 짐승 취급을 받아온 상화이기도 했다.

S마을로 간 상화는 그 마을이 형편없이 가난한 곳임을 알았다. 기와집 같은 것도 더러는 있었지만. S마을을 중심한 인근에도 여러 마을이 산재해 있었다.

하늘은 맑았다. 논에는 물이 철렁철렁 넘쳐 있고, 벼는 싱싱했다. 개고마리라는 새가 날카롭게 소리를 지르며 날아간다.

상화는 도시의 먼지와 더불어 얼마나 자기의 몸이 더럽혀져 있는가를 깨달았다.

우물가를 지나간다. 병원의 이름도 모르는 상화는 거기 모인 아낙네들을 향해, 그저 병원이 어디 있느냐고만 물었다. 그러자 한 여자가,

"상화가 아니에요? 아, 상화!"

상화! 하고 놀라며, 그리고 정답게 부르는 여자는 영옥이 었다.

상화는 한동안 멍청히 영옥을 바라볼 뿐, 아무 말도 하지 못 하였다. 그만큼 영옥을 만난 데 대해서 놀라기도 했지만, 그보 다는 형편없이 변한 영옥의 모습에 한층 더 놀란 것이다.

영옥은 시골의 다른 아낙네들과 다름없이 베옷을 걸치고 있 었고, 베수건을 쓴 얼굴이 햇볕에 그을어서 구릿빛이었다. 그 가 상화를 부르지 않았던들 그냥 지나쳐버리고 말았을 게다.

"어찌 된 일이오?"

상화는 새삼스레, 이런 시골 구석에서 영옥을 만나게 된 이상 하게 운명적인 것에 무서움을 느꼈다.

"어찌 되긴 뭐……."

영옥은 말머리를 흐려버리며 옆에 서서 호기심에 찬 눈으로 바라보고 섰는 마을 여인들의 눈치를 살핀다.

그러더니,

"막딸아, 저기 물동이 좀 우리 집에 갖다 놔줄래, 응?"

어느 처녀를 보고 부탁을 하더니 치맛자락으로 손을 닦고 걷 기 시작한다.

"문 선생님을 찾아왔죠?"

"어떻게 알어?"

"그 일 말고는 상화가 여기 올 이유가 없지 않아요."

"……."

"현회하고 설희는 잘 산다죠?"

"글쎄……."

"문 선생님이 가엾어요. 이 마을서는 모두 문 선생님을 아버지처럼 생각하지요. 이 마을뿐만 아니에요. 고개를 몇 개나 넘어야 하는 대밭골까지 환자를 위해서 야밤을 무릅쓰고 가시는 걸요. 너무 과로하셔서 그만 병이 나고 말았어요."

"영옥은 어느 장사꾼에게 시집갔다는 이야기를 들었는데…… 어떻게 여기 와 있소?"

"처음엔 그랬죠. 그러나 그분이 그만 장사에 실패를 하고 말았어요. 그래 땅마지기나 장만해둔 것이 있어서, 그것을 믿고 이리로 왔죠. 난 벌써 농사꾼이 다 됐어요."

영옥의 말소리는 퍽 침착했다.

"그래 이제는 행복하오?"

"행복하지 않으면 어쩌겠어요?"

영옥은 되묻듯이 상화의 얼굴을 쳐다보았다. 상화는 그 눈을 피하는 도리밖에 없었다.

"행복할 것까지는 없지만 이제 참고 살 수가 있어요. 아이도 크고 하니까…… 그리고 무식한 사람이긴 하지만 아주 성실한 편이니까 그것을 믿고 살죠. 이제 연애 같은 것, 마치 불에 덴 것 같은 그런 고통이 두려워요."

영옥은 옛날에, 탄광 속에서 일해도 좋으니까 도망을 가자고 울던 그때의 영옥은 아니었다. 영옥은 이제 모든 것을 체념하고 가능성 있는 삶의 길을 걷고 있는 것 같았다.

상화는 영옥을 위해서 참 다행한 일이라고 생각하면서도 스스로에게 알 수 없는 일종의 쓸쓸함과 서글픔이 지나가는 것을 어쩔 수 없었다.

'모두 걸어가는구나. 그런데 나만 이렇게 혼자 외톨이 밤처럼 떨어져 남아 있다.'

상화는 바닷빛처럼 푸른 하늘을 보았다. 푸르름 속에 모든 것은 존재의 이유를 붙이고 있는 것 같았다.

"어떻게 문 선생님을 만나러 오셨죠?"

상화는 비로소 이곳에 온 자기의 사명을 깨달은 듯 움찔하고 멈추어 서버린다. 그러나 그는 곧 다시 걷기 시작한다.

"설희가 좀 가봐 달라고 해서 왔는데……."

"설희는 잘 산다죠? 소문이 그렇던데…… 정말 문 선생님을 좀 도와줬으면 좋겠어요. 여간 딱하지 않은걸요. 하긴 도와주더래도 선생님을 위해서 쓰지는 않겠지만……."

상화는 가슴이 찔끔했다. 돈을 잘라 쓴 생각에서였다.

"수입도 없는 일이 여간 고돼야죠. 그런데 알뜰히 돌봐줄 가족이나 있습니까, 어디. 하긴 마을 사람들이 눈물겹도록 선생님을 위하기야 하죠만, 선생님 잡수시라고 보내드린 병아리나 달걀 같은 것도 가난한 환자 집으로 가버리니…… 사모님이라도 계셔서 돌봐주셔야 할 텐데……."

영옥은 진심으로 정규를 생각하고 있는 모양이었다.

상화는 영옥의 말을 통해서 정규의 사업의 성질을 대강 이해할 수가 있었다.

상화는 여기서도 가능성 있는 삶의 길을 걷고 있는 또 한 사람의 모습을 느꼈다.

'나만…… 이렇게…… 도대체 어쩌잔 말인가?'

상화는 혼자 뒤떨어져 남은 적막감과 더불어 자기에 대한 심한 회의를 품지 않을 수 없었다.

"상화, 저기예요. 보이죠? 흰 뻥끼 칠한 집이……."

영옥이 가리키는 곳에 시선을 던졌다. 과연 병원 비슷한 것이 보인다.

영옥은 병원 가까이까지 가더니 안내를 청할 것도 없이 내 집처럼 안으로 들어간다. 상화는 다소 망설였으나 따라 들어가지 않을 수 없었다.

영옥은 진찰실을 지나 안으로 들어가면서,

"간호부가 붙어 있지 않아요, 시골이니까…… 며칠만 지나면 가버리곤 해요. 그래서 마을의 큰애기들이 와서 일을 거들죠. 요즘 선생님이 편찮으셔서 안에 누워 계셔요."

영옥이 정규가 거처하고 있는 듯한 방 앞에 가서 문을 두드린다.

"들어오시오."

문을 열며 영옥은,

"선생님, 이제 좀 어떠세요?"

267

"괜찮을 테죠, 뭐……."

"서울서……."

"서울서 누가 왔소?"

정규는 자리에서 벌떡 일어났다.

"숙이 오빠가……."

영옥은 그들의 비밀을 알고 있는 정규 앞이라 좀 당황하기는 했다.

"아아, 상화가 왔군."

정규의 목소리에는 적잖게 실망한 빛이 있었다. 그가 기다리고 있던 사람은 현회였는지도 모른다. 그러나 정규는 서울 소식을 들을 수 있다는 데서 다시 희망을 갖는 모양이다.

상화는 그런 기색을 느끼며 방으로 들어갔다.

"형님!"

상화는 정규를 눈앞에서 봄으로써 이상한 감회를 느꼈다.

"앉게. 그간 별고 없었는가?"

눈앞에 보는 정규는 옛날의 그 냉정한 정규는 아니었다. 술이 들어가지 않은 날 소처럼 말없이 환자를 다루던 정규도 아니었다. 눈에는 부드러운 빛이 있었다. 비록 병색이 완연하고 열을 띤 눈이기는 했지만.

상화는 뭉클하니 무엇이 가슴에 치미는 것을 느끼면서 자리에 앉는다.

"영혜 어머니, 귀한 손님이 오셨으니 그리 아시고 준비 좀 허세요. 이거 밤낮 너무 신셀 져서……."

정규는 영옥을 바라보며 그렇게 말했다. 전 같으면 그런 말을 할 정규는 아니었다.

영옥은 귀한 손님이라는 말에 다소 얼굴을 붉혔다. 상화도 감염된 듯 얼굴이 붉어졌다. 그렇게 얼굴이 붉어진 것은, 서로가 잊어버릴 수 없는 죄의식 때문이다. 그러나 정규의 얼굴에는 태연한 빛이 있을 뿐이었다.

영옥이 나간 뒤 정규는 처음으로 상화를 똑바로 쳐다보며,

"저 여자는 구원이 되었는데 자넨 어쩌자구 그렇게 지각없는 생활을 하는 거야. 풍문에 들으니, 자넨 아직도 마음을 잡지 못하고 될 대로 되라는 식으로 살고 있다고……?"

상화는 고개를 푹 수그린다.

"영옥은 정말 이젠 훌륭한 여자가 됐어. 일 속에 파묻혀 살면서도 착실한 생각을 하고 있어. 공연히 그 여자의 평화를 깨뜨리지 않도록……. 이번에 만일 그런 일이 있으면 난 용서 안 할 거야……."

정규는 처음부터 그 문제에 대해서 경계를 하고 있었던 모양이다.

"설마 그렇게까지…… 저의 마음이 그렇게까지 썩지는 않았습니다."

그러나 상화의 대답은 자신이 있는 것은 아니었다. 자기의 무절조를 통어할 힘을 잃어버린 지 오랜 것을 알고 있기 때문이

다. 언제 어떻게 저지를지 모를 자기의 타락성을 너무나 잘 알고 있는 상화다.

"그래, 설희는……."

하다 말고 정규는 말을 끊었다. 설희는, 그리고 현회는, 하고 말하고 싶었던 것이리라.

"설희하고 민호는 다 별고 없는지……. 편질 했으나 답이 없어 다시 했는데……."

"네, 그 편질 받고 설희가 저더러 좀 가달라고 해서 왔죠. 설희는 좀 바쁜 일이 있어서요."

상화는 설희의 형편과 그리고 잘라 쓴 돈 때문에 말이 허둥지둥이다.

"그래?"

"그런데 어쩌자구 형님은 이런 곳에서 고생을 하십니까?"

"고생이란 것은 사람의 마음먹기에 달린 거지. 이것이 내게는 살아가는 하나의 보람이 됐어. 건강만 허용되고 자금이나 많으면 좋겠는데……. 그리고 무엇보다 협조자가 없는 것이 큰 난관이야. 이런 걸 생각는 것은 서글픈 일이지만, 적어도 나를 이해해주고 격려해줄 수 있는 사람이 있었으면…… 그렇게 요즘은 더러 생각하지."

상화는 답할 말을 잃어버리고 말았다.

한동안 침묵이 흘렀다.

상화는 3년이란 세월 속에, 정규도 영옥이도 많이 변한 것을 다시금 느끼지 않을 수 없었다.

채광을 생각해서 만든 듯한 넓은 창에서 밝음이 방 안으로 흘러들어 온다.

가만히 창밖을 바라보고 있는 상화의 귀에 다시 잔잔한 정규의 목소리가 들려왔다.

"지나간 일을 생각해서 뭣할까마는, 현회 같은 여자가 있었더라면 이런 내 사업의 좋은 반려자가 되었을 거야. 그 여자는 인생에 대한 봉사의 미덕을 가진 여자니까……."

상화는 현회라는 말에 얼른 고개를 돌려 정규를 쳐다보았다. 그러나 정규의 얼굴에는 조금도 흐트러진 그늘이 없었고, 인간고에 닦여진 관용이 담담하게 흐르고 있었다.

"하긴 모르기는 하지. 현회하고 결혼을 했더라면 이런 구석에 들어왔을는지? 서울서 개업이나 하고 안이하게, 그리고 평범하게 살았을는지……."

정규는 처음으로 쓴웃음을 웃었다.

저녁때가 되어 영옥은 영혜라는 두 살 난 딸아이를 둘러업고 와서 두 사람을 위하여 밥을 지어주고 난 뒤 남편의 시중 때문에 곧 집으로 돌아갔다.

"할멈이 한 사람 있었는데 얼마 전에 그만 죽어버리고, 그 대신 사람이 아직 없어서 곤란해. 그러나 마을 사람들이 늘 돌봐주고, 영옥이도 멀지 않은 곳에 있어서 별로 불편한 줄 몰랐더니, 요즘엔 몸이 영 시원치가 않아서 좀 고생이야."

정규는 영옥이 만든 생선 조림을 맛없이 먹으면서 그런 얘기를 했다.

밤이 되어, 영옥은 아이를 재웠는지 혼자 다시 왔다. 백설기를 이웃에서 쪘노라 하며 가지고 왔다.

술꾼인 상화에게는 아무런 구미도 당기지 않는 음식이었지만 시골에선 그것도 별미인지라 가지고 온 모양이다. 술을 별로 하지 않게 된 정규는 심심한 듯 떡을 집어 입에다 넣는다.

한동안 앉아서 서울 소식과 이곳의 일을 서로 주거니 받거니 얘기를 하고 있었다.

상화의 입에서 현회의 말이 나올 적마다 정규의 눈에는 인간에 대한 한없는 향수가 깃들곤 했다.

"하도 궁해서 돈을 2만 환이나 빌려다 쓰고 못 갚았죠."

상화는 정규에게 전할 돈이 절반이나 없어져 버린 것을 생각하며, 궁하다는 말로써 미리 복선을 그어두었다. 역시 궁해서 형님 드릴 돈을 썼노라고 할 작정인 것이다.

어지간히 밤이 깊어갔다.

정규는 누워서 이야기를 듣고 있다가 피곤했던지 어느새 잠이 들고 말았다.

부스스 영옥이 자리에서 일어섰다.

"가겠어요, 상화."

영옥은 일어서서 등불에 모여드는 부나비들을 우두커니 들여다본다.

"바래다드리죠."

상화도 부스스 따라 일어섰다.

"눈에 익은 길인데 바래다주실 필요 없어요."

영옥의 목소리에는 다분히 경계적인 것이 있었다.

"나도 갑갑해서 바람을 좀 쐬어야겠어요."

상화는 먼저 앞서서 문 있는 곳으로 걸어 나갔다. 영옥이도 말없이 따라 나오기는 했다.

문밖에 나서니 그믐밤도 아닌데 사방은 칠빛처럼 어두웠다. 두 사람의 그림자가 그 어둠 속에 빨려 들어간다.

논가에서는 개구리들이 몹시 구성지게 울고 있었다. 비를 청하는 모양이다.

낮에 그렇게 맑아 보이던 하늘에는 별 하나 보이지 않고 농가 울타리 옆에 심은 아주까리 잎들이 바람에 사그락사그락 소리를 내고 있었다.

얼마 동안을 서로 말없이 걷고만 있었다.

"영옥이!"

상화의 목소리는 메마른 것이었다. 영옥은 대답 없이 고개를 돌렸다.

"영옥이는 외롭지 않아?"

"외롭지만 그런 것 생각하다간 한이 없어요."

영옥은 옷고름을 손가락 끝에 몇 번이나 감았다 풀었다 하며 과히 흔들리지 않는 목소리로 대답한다.

"사랑이 아니래두 우리는 외로움만으로 서로 친하지 않았어? 과거에 말이야."

"과거의 얘기는 하지 마세요."

"과거의 얘기는 그럼 하지 말기로 하고, 그러나 우리는 지금 서로가 외로운 사람들이 아니냐 말이다."

상화는 어젯밤에 안고 잔 여자의 강렬한 체취를 느끼며 영옥의 손목을 꼭 잡았다.

"놓으세요!"

영옥은 상화의 손을 세차게 뿌리쳤다.

"왜 그래?"

"……."

"영옥이, 이 순간만이라도 좋아, 외롭지 않은 일순간 말이야."

상화는 다시 영옥의 허리에다 팔을 감았다.

"놓으세요!"

영옥은 몸을 뒤틀듯이 흔들며 상화의 손을 다시 뿌리치고 어둠 속에 멈추어 서면서 상화를 쳐다본다. 눈이 빛나고 있었다. 눈물 같은 것이 괸 것 같았다.

"상화는 옛날에 퍽 순진했어. 그리고 내가 나쁜 여자였어요. 그러나 상화는 많이 변했군."

"누구 때문에 내가 이렇게 변해버렸을까?"

그것은 물론 상화 자기 자신도 억설인 줄 알고 한 말이었다.

“나 때문인 것을 알고 있어요. 그렇지만 그게 내 혼자 때문이었을까요? 상화는 실상 설희를 못 잊는 사람 아니었어요?”

“흥! 구름 위에 떠가는 이야기는 그만두는 게 어떨까?”

영옥은 그 말을 듣는 둥 마는 둥 하며,

“나는 이미 속죄가 됐다고 생각해요. 버림받았을 때, 모든 욕망을 버리고 차지한 것은 내 목숨 하나였어요. 목숨을 부지하기 위해서 상화 집으로부터 쫓겨난 나는 시집을 가지 않았어요?”

“흥! 그래서, 그래서 현재가 어떻단 말이야. 행복하단 말인가?”

“행복할 것까지는 없지만 평화로워요.”

“그러나 나는 평화롭지 못했어.”

“평화로움을 스스로 만드세요. 이 순간의 절망을 잊기 위해서 더 큰 절망의 원인을, 우리는 경계해야 하는 거예요. 그럼 상화, 다 왔으니 돌아가세요.”

영옥은 상화의 다음 말도 기다리지 않고 바람처럼 사라지는 것이었다.

바람에 아주까리 잎이 서로 스치는 소리가 귀에 완연하다. 구성진 개구리의 울음도 귓가에 유별나게 울려왔다.

어둠 속에 우뚝 선 나무 한 그루처럼 상화는 한참을 그러고 서 있었다.

영옥을 사랑한 일은 없었다. 그러나 불쌍한 여자라고 가슴

아파하던 상화였었다.

베옷을 두르고 얼굴이 구릿빛으로 탄 영옥, 그러나 그 영옥
은 이제 적어도 자기 자신보다는 행복하게 보였다.

'그래서 어쨌단 말인가? 그렇게 됐기 다행이고, 또 영옥이 그
렇게 건실하게 사는 것은 인생을 위해서 너무나 당연한 일이 아
닌가.'

상화는 속으로 중얼거렸다. 그러나 상화는 분명히 아까 영옥
이 자기처럼 외로운 사람이 되어주기를 바랐던 것이다.

'이제 나는 영옥에게까지 동정을 구하는 인간이 되었다. 그들
은 그래도 실오라기 같은 행복이나마, 보람이나마 가진 것이 있
는데 왜 나는 나를 이렇게 무참하게 파먹어 들어가는가.'

상화는 머리를 붙안았다. 아까 영옥에게 느낀 뜨거운 관능
의 피가 아직도 체내에 맴돌고 있는 것을 느낀다. 허무한 정욕
이다.

술과 도박과 그리고 계집, 그런 것만이 자기에 대한 불신, 자
기에 대한 회의, 그리고 끝없이 이는 불안한 마음을 마취시켜
줄 수 있는 것이었다.

그러나 계집이나 술이나 도박 같은 마취제를 마련하는 돈,
그 돈이 없다. 그래서 사기와 협잡에 가까운 허위가 그런 돈을
다소나마 장만해준 서울의 생활, 그것도 어느 한계까지는 갔
다. 이제는 도둑질이 남아 있을 뿐인가?

상화는 머리를 붙안은 채 자기의 호주머니 속에 아직 돈이 남

아 있다는 생각을 했다. 그러나 개구리의 울음과 나무를 스치고 가는 바람 소리, 벌써 여기는 술과 계집과 도박이 손쉽게 얻어질 수 있는 서울의 명동은 아니다.

상화는 땅바닥 위에 퍽 주저앉고 말았다. 흙냄새가 싸늘하니 코에 풍겨온다.

"여보게 상화, 일어서게."

상화는 소스라쳐 놀라며 벌떡 일어섰다. 코트를 어깨에 걸친 정규가 뒤에 서 있었다. 정규는 열이 나고 추위를 느끼는 모양으로 자꾸 코트 앞자락을 잡아당겨 여민다.

"집에 들어가세. 그리고 자는 거야."

정규의 목소리는 부드러웠다.

정규는 상화와 영옥이 동시에 없어진 데 의아를 느껴 찾아 나온 것이 분명하다. 그러나 거기에 대해선 아무 말도 하지 않았다.

"형님!"

상화는 숨을 마셨다.

"형님! 이제 상화는 사기꾼이, 협잡꾼이 다 돼갑니다. 이제 갈 곳은 아마 형무소의 문인가 보죠?"

"……."

"이번에도 설희가 형님 갖다 드리라고 돈을 10만 환 줍디다. 그것을 그만……."

"썼단 말이지?"

정규의 목소리는 여전히 부드러웠다. 코트 자락이 펄럭펄럭 바람에 나부낀다.

"네, 절반이나 썼어요. 하룻밤에 5만 환이나 썼단 말입니다. 한 달에 잡문하고 싯줄이나 써도 만 환이 못 되는 수입을 얻을 수 있을 뿐인 자식이 말입니다. 계집질하고, 술 마시고……."

상화는 어둠을 흔들며 공허한 웃음을 웃는다.

"그래, 5만 환이라도 남겨가지고 나를 찾아왔으니, 형무소 문은 아직은 멀다."

"형님처럼, 그리고 현회 씨처럼, 그렇게 모두 자비로울 수 있습니까, 어디?"

상화는 다시 한 번 공허한 웃음을 어둠 속에 뿌렸다.

"자네에게는 도시 생활이 병이 되는 모양이야. 잘 생각해보게. 나하고 여기 좀 있을 마음이 없는지."

"위험천만의 말입니다. 언제 영옥에게 또 손을 뻗칠지……. 이젠 글렀어요. 버린 놈입니다."

상화는 눈을 지그시 감는다.

"아마 자네는 자네의 타락을 과대평가하고 있지나 않나? 자기의 행위 자체보다 몇 배나 자기를 몹쓸 인간으로 만들고, 그럼으로 해서 자위하고 있는 것 같군. 혹시 자네 마음 한구석에선 보들레르나 되는 것처럼 자처하고 있는 게 아닌가?"

그 말에는 상화도 당황하지 않을 수 없었다.

집으로 들어간 정규와 상화는 밤이 깊도록 사랑과 문학에 대

한 얘기를 했다. 원체 문학을 하려던 정규였고, 현회를 잊어야
만 하지 않았던들 얼마든지 감정이 사치스러울 수 있는 정규
였다. 그래서, 상화하고 일맥의 상통점을 느껴온 정규이기도
했다.

"사랑이 이성에 대한 것이건, 또는 그 밖의 대상에 대한 것이
건 간에, 그 사랑에는 질서를 줘야 하는 것이라 생각하네."

정규는 그런 말을 했다.

'사랑에 질서를 준다?'

상화는 마음속으로 중얼거리며, 그러한 사랑의 철학이 자기
의 행동을 구속하지 못할 스스로의 무의지를 느끼는 것이었다.

"이제는 현회를 원망하지도 않아. 아니, 차라리 내 마음속에
한층 정화되어 가는 한 여인으로 남아 있을 뿐이야."

옛날 같으면 현회 얘기를 끄집어낼 정규는 아니었다.

한동안의 침묵이 흘러간 뒤 정규는,

"자넨 그럼 어쩔 셈인가?"

"내일 서울로 떠나겠어요."

어떻게 처신을 하겠느냐는 물음에 상화는 고의적인 회피의
대답을 한다.

정규도 그 이상 그 문제를 파고들려 하지는 않았다. 이대로
그냥 내버려두어도 과히 위험한 곳에까지 떨어지리라고 생각
안 한 때문이다.

현회의 자기에 대한 사랑을 믿고 있는 정규는 확실히 상화에

비하면 덜 외로운 사람인지 모른다. 그러나 상화는 설희의 사랑의 한 오라기도 받지 못한, 그렇게 외로운 사나이다.

"우리 이제 그만 자세."

그러나 서로 잠이 올 턱이 없다.

천장을 멀거니 쳐다보고 누웠던 상화가 정규에게 얼굴을 돌리며 빙그레 웃는다. 그 웃음은 퍽 종류가 다른 웃음이었다.

"형님, 이번에 서울 가면 현회 씨를 빼앗아드릴까요? 한 가지 가능한 방법이 있어요."

정규는 차가운 웃음을 얼굴 위에 띠며 거기에 대한 가부를 논하지 않았다. 물론 그것은 철저한 불가능을 의미하는 것이었다.

상화는 차가운 웃음이 아직 사라지지도 않고 있는 정규의 얼굴을 흘낏 쳐다보며,

"형님 생각엔 내 자신이 못 빼앗아온 사람을 자네가 무슨 재주로……? 물론 그 생각은 타당한 것입니다. 그러나 무너뜨려야죠. 가장 기본적인 것을 무너뜨려야죠."

상화의 목소리는 굵었다. 어떤 자신에서 그런 억누르는 듯한 목소리가 울려 나오는지? 정규의 얼굴에서는 웃음이 거두어졌다.

"그럼 자네는 왜 설희를 못 빼앗아오지?"

정규의 그런 반문에 상화는 한동안 말문을 닫고 정규의 눈을 노려본다. 어쩌면 그 눈에는 살기까지 떠돌고 있는 것 같았다.

그러나 바람이 불면 자지러지는 모닥불처럼 그런 살기는 차츰 사그라지고, 공허한 눈이 멍하니 허공을 지키는 것이었다.

정규는 새삼스럽게 자기의 말이 가혹했던 것을 뉘우치며 상화의 눈을 피하여 창을 바라보았다.

"현회 씨가 형님을 사랑한 것처럼 설희가 저를 사랑한 일이 있었습니까?"

조용한 목소리였지만 그 말은 정규의 가슴에 와서 비수처럼 꽂혔다.

"설희나 현회나 모두 우리의 사람이 되지 않은 경우는 마찬가지 아닌가. 그러지 말고 이제 자기나 해."

정규는 부드러운 목소리로 상화를 달래듯 말한다.

"아니죠, 경우가 다르죠. 왜 형님은 그렇게 단정을 지으세요?"

"단정을 짓지 않으면, 그럼 어떻게 하겠나?"

"기본적인 것을 무너뜨려야 해요."

상화는 아까 한 말을 되풀이한다. 그 말을 할 적에는 상화의 목소리가 이상스럽게 굵어진다. 그 기본적인 것이 무엇인가를 상화는 설명하지 않았다. 그러나 막연히나마 기본적인 것을 무너뜨린다는 상화의 말의 뜻을 알 수 있는 정규이기는 했다.

"공연히 남의 일에 손을 대선 못쓴다."

정규의 말에는 거절의 뜻이 강하지 못했다.

"그럼 왜 형님은 영옥과 제 일에 참견하셨지요?"

그 말에는 정규도 대답할 말이 없었다.

한동안 서로 마주 보고 앉아 있었다. 그러나 이런 언쟁은 두 사람에게 그 이상 필요한 것은 아니었다.

"형님, 그만 주무십시다, 오늘 밤엔 이대로 미결인 채……."

정규는 옷을 벗고 자리에 들 준비를 하고 있는 상화의 옆모습을 바라보며 아까와는 좀 의미가 다른 웃음을 웃는다.

"인생에 있어 해결되는 일이 일찍이 있었던가?"

"왜요? 무슨 형식이든 진행이 되는 이상 해결은 있을 수 있죠. 그것이 설사 죽음이라 하더라도…… 그 죽음은 사랑의 종말을 의미하는 해결 아니겠어요?"

상화는 불을 끄려고 일어서면서 그런 대답을 하는 것이었다.

다음 날 늦은 점심때쯤, 상화는 P시로 가는 버스를 탔다. 저녁 기차로 서울에 가기 위해서.

비가 구질구질 내리고 있었다.

아이를 업은 영옥이 다 떨어진 우산을 들고 서 있었다. 베옷이 빗방울에 젖어 몸에 찰싹 달라붙어 있는 모습이 처량하다. 그래도 영옥은 업은 아이에게 비가 떨어지지 않게 우산을 뒤로만 기울인다.

버스가 떠나려고 할 때 영옥은 버스를 따라 움직이며,

"상화, 잘 가요."

나직이 소리쳤다. 눈에 눈물이 번득이는 것 같기도 했다.

버스가 멀어지는데 뒤에 남은 영옥은 빗길에 우두커니 서 있었다. 상화는 두서너 번이나 손을 흔들어주고 그의 모습이 시야에서 사라진 뒤 버스의 유리창을 올렸다.

영옥이 없었던들 며칠은 더 묵었을 S마을이었는지 모른다. 그러나 정규도 상화가 떠나기를 원했고, 상화도 자신의 고독이 발부리에 할딱할딱 밀려드는 듯한 이 고장에서는 숨이 가빠져왔다. 물론 영옥이 때문이었다. 사랑하지도 않는 영옥이 때문이었다.

상화는 비가 소리 없이 언덕을, 시골길의 가로수를, 그리고 푸른 산을 적시고 있는 풍경을 멀거니 쳐다보았다. 그러다가 뭔지 서울에 가서 할 일이 분명히 있었다는 생각에서, 상화는 자기의 낡은 가방을 멍하니 내려다보았다.

'오 박사를 만나는 일이 아니었던가?'

어젯밤, 기본적인 것을 무너뜨려야 한다고 정규에게 강조했던 것은 오 박사에게 부딪쳐보는 일을 두고 한 말이었던 것이다.

'그러나 설희는 어찌 됐을까?'

상화의 생각은 설희에게로 옮겨졌다.

설희가 자기의 것이 되지 않으리라는 것은 이미 기정사실이다. 그러면서도 상화의 마음 한구석을 부끄럽게 차지하고 있는 것은 민호가 돌아오지 않을 것을 원하는 생각이었다.

조심스럽게 눌러버렸던 그런 생각이 고개를 들었을 때, 상화는 자기를 비웃는 웃음을 혼자 거리낌 없이 웃었다.

'저야 뭐 어떻게 하겠어요? 가는 날까지 가봐서 안 되면 죽어
버릴 테야요.'

야무진 설희의 목소리가 윙! 하니 귓가에 울려온 때문이다.

'정말로 설희는 죽어버릴까? 정말로 그렇다면 민호는 돌아와
야 할 거야. 설희가 죽어서는 안 돼.'

그러나 상화의 그런 혼잣말이 서글프지 않을 리는 없다. 아
니, 서글프다기보다 가슴 저리는 일이 아닐 수 없다.

상화는 P시에 내렸을 때, 집에 들르지 않고 고향 문우들이 모
이는 다방에 가서 잠시 동안 친구들을 만나보고, 시간이 다 된
뒤 역으로 나갔다.

역에까지 따라 나온 친구들이 서울의 형편, 특히 문단의 형편
같은 것을 여러모로 물어보는 것이었지만 상화는 그저 건성으
로, 내키지 않는 대답을 했다. 그러나 상대방의 지나친 열성에
지친 상화는 하마터면,

'문학이 도대체 뭐야! 인생에 있어서 뭐냐 말이다! 무슨 과거
科舉쯤으로 생각하나?'

하고 바락 소리를 지를 뻔했다. 그러나, 그 말을 삼켜버렸다.
옛날의 자기를 생각한 때문이다.

발차 벨이 울린다. 상화는 구원을 받은 듯 재빨리 친구들에
게 악수를 청하고 차에 뛰어올랐다.

기차 속에서 밤을 새우고 옥색빛 아침이 서려 있는 서울역 앞
광장에 나선 상화는, 하숙으로 가지 않고 바로 후암동에 있는

설희 집으로 자동차를 몰았다.

설희가 사는 붉은 벽돌집은 아직 주인을 맞이 못 한 듯, 차가운 고요 속에 파묻혀 있었다.

상화는 초인종을 누르고 안에서 나올 사람을 기다리고 있는데 생각지도 않았던 현회가 나타났다.

"어마! 상화 씨구면."

현회는 나지막한 목소리로 놀라움을 표시한다.

"어떻게 여길 오셨지요?"

상화도 당황하여 물었다.

"설희가 하도 심란해해서요."

현회는 설희의 사정을 알아버린 모양이다. 하긴, 서울서 답답한 통사정을 하기에는 현회를 두고 다른 사람이 없는 설희의 처지이기는 했다.

"어서 올라오세요. 설희가 기다리고 있어요."

상화는 잠자코 신발을 벗었다.

생각하면 미안하기 짝이 없는 현회와의 대면이다. 그러나 지난날에 꾸어 쓴 돈 얘기를 새삼스럽게 꺼낸다는 것도 쑥스러운 노릇이다.

현회는 도무지 나이 든 것 같지 않았다. 눈에 띄지 않는 희미한 빛깔—어쩌면 그것은 기명색이었는지도 모른다—그러한, 스스로를 감추기라도 할 듯이 입은 옷의 빛깔인데도 현회의 아름다움은 여전히 소청한 그것이었다.

방으로 들어간 상화는 거의 쓰러진 듯한 모습으로 자리에 누워 있는 설희를 보았다.

　"어쩌자구 이러고 있어. 정신을 차려야지."

　설희는 그 말을 묵살해버리고 하는 말이,

　"오빠는 몹시 편찮으시던가요?"

　설희 옆에 앉은 현회는 무릎 위에 깍지 낀 손을 얹고 그 손 위에 시선을 떨어뜨리고 있었다.

　상화는 그런 현회의 모습을 숨어 보면서,

　"너무 피로한 데다가, 어디 보살펴주는 가족이라도 한 사람 있습니까, 참 암담한 형편이더군요."

　상화의 말이 존대어인 이상, 그것은 명백히 현회를 보고 하는 말이다.

　잠시 동안 침묵이 흘렀다.

　현회의 얼굴에는 형용하기 어려운 고민이 새겨지고 있었다.

　"그러나 형님은 큰 희망을 가지고 계시더군요. 다만 형님이 유감으로 생각하시는 것은, 형님이 하는 사업을 이해하고 돕는 반려자가 없다는 그 점인가 봐요."

　상화는 현회를 서슴지 않고 쳐다보았다. 정규가 그런 반려자야말로 현회 같은 여자라고 말했던 것을, 상화는 생각한 때문이다.

　현회의 깍지 낀 손과 그 손으로 누르고 있는 무릎이 가벼이 흔들리고 있는 것을 상화도, 그리고 설희도 느꼈다.

"결혼을 하시면 될 텐데……."

현회의 목소리는 작았다. 그러나 상화는 서로가 서로를 원하고 있는 강하고 끈질긴 마음들의 힘을 느꼈다. 어느 때고 그러한 마음들, 구심력은 다가설 것이고, 드디어 결합이 될 것이라고, 상화는 왜 그런지 믿어지는 것이었다.

상화는 현회를 쳐다본 채,

"현회 씨가 가셔야죠."

거의 명령적인 표정이었다. 그 명령적인 표정 밑에는 멀지 않은 날에 일어날 일에 대한 복선이 그어져 있었다.

"그것이 될 말입니까?"

현회 얼굴에는 열이 모였다.

"되도록 하면 되죠."

억척스러울 정도로 소리가 굵었다.

"지나친 참견이에요."

현회의 목소리도 지지 않게 굵었다.

상화는 그런 대화를 일단 끊어버리듯 고개를 설희에게 돌리며,

"소식이 있었나?"

설희는 고개를 가로 흔들었다.

"통 무소식이야?"

"학교에는 나오신대요. 서울에는 돌아온 모양이죠."

마지막의 목소리는 흐느낌 같았다.

'서울에 와서도 집에 돌아오지 않는다?'

상화는 그 사실을 마음속에 되뇌어본다. 그러나 그것은 거의 절망적인 사태를 설명해주는 것 이외의 아무것도 아니었다.

상화의 마음 한구석에는 악마처럼 속삭이는 소리가 있다. 설희를 자기의 것으로 만들 수 있는 가능성에 대한 소리다.

"오빠는 그럼 지금 누구 돌봐주는 사람이라도 있던가요? 그리고 경제적으론 어떤 상탠지……."

설희는 이야기를 전환시킨다. 그러나 상화는 차마 돈을 절반 잘라 쓰고 나머지 돈만 갖다주었다고 말할 수는 없었다.

상화는 침을 삼키며,

"마침 형수씨가, 그, 영옥…… 근처에 살기 때문에 잘 보살펴주고 있더군."

상화는 허둥지둥이었다.

"어머나! 영옥이가?"

현회는 놀라워한다.

"어떻게 거기 가서 살까?"

"남편 되는 분이 사업에 실패를 해서 장만해둔 땅이 있는 그곳으로 들어갔나 봐."

"어쩨 영옥은 밤낮 그 모양인고……. 어린애를 낳고 잘 산다더니……."

"애가 크더군요. 그리고 가난하지만 건전한 생각을 하고 있는 모양입니다. 남편 되는 분이 퍽 성실한 분이라고 하더군요."

288

"글쎄, 허긴 마음만 맞으면야⋯⋯."

현회는 그런 말을 하다가, 공연히 자기 자신을 말한 것 같아서 말끝을 맺지 못했다.

"그곳서는 정규 형님을 아주 존경하고 동민들이 아버지처럼 위한다고 합디다. 그럴 수밖에 더 있겠어요? 영업이 아니고, 사재와 육신을 바친 봉사사업을 하는데⋯⋯."

현회는 다시 잠자코 대답을 잃는다.

그러자 식모가 조반상을 들였다. 상화는 시장했던 차라 많이 먹었지만, 소식인 탓보다 여러 가지 감정의 갈등으로 해서 여자들 밥그릇의 밥은 줄지 않았다.

"어떻게 이리 일찍 나오셨어요?"

상화는 조반을 설희 집에서 드는 현회를 보고 문득 생각난 듯 물었다.

"어젯밤에 설희한테서 전화가 왔길래 왔는데⋯⋯ 혼자 두고 갈 수가 있어야죠. 그래서 그냥 자버렸죠."

현회는 입속에 밥을 밀어 넣으며 마치 생각이라도 씹어보는 듯한 표정으로 말을 했다.

11시쯤 해서 상화와 현회는 설희를 달래놓고 집을 나섰다. 뜰에는 아직 철이 이른데도 수레꽃이 군데군데 피어 있었다.

거리로 나온 상화는,

"댁으로 가시겠어요?"

"글쎄⋯⋯."

수그린 현회 얼굴에 가로수의 짙은 그늘이 진다. 후암동 주택가의 거리는 조용하고 무성한 가로수에 햇빛이 부서지고 있다.

"어디 조용한 다방에나 가보실까요?"

현회는 반대하지 않았다. 도심지를 떠난 이곳 다방은 조용했다. 향긋한 커피 냄새를 맡으며, 현회가 먼저 말을 시작한다.

"설희의 사정이 저 모양이니 참 딱합니다. 어떻게 할 도리가 없겠습니까?"

"글쎄올시다. 저도 그걸 많이 생각하고 있는데 문제가 문제니만큼, 어디 인력으로 어쩔 수가 있어야죠. 괴로운 일이겠지만 설희가 참고 기다리는 도리밖에 없을 것 같습니다."

"그렇지만 그냥 기다린다는 것은 너무 막연해요."

상화는 가만히 담배 연기를 쳐다보고 앉았다가,

"그럼 현회 씨가 만일 설희의 입장이라면 어떻게 하시겠어요?"

"어려운 질문인데요."

"남매간이 모두 무슨 숙명인가 봐요. 정규 형님도 현회 씨를 기다리며 저러고 있지 않습니까……. 그야말로 막연히……."

"……."

"실례의 말씀인지 모르겠습니다만, 부군 되시는 분이 어떻게 되지 않는 이상 정규 형님은 그야말로 막연한 기다림 속에서 그냥 끝날 게 아닙니까?"

290

"오늘은 설희의 얘기만 합시다. 그 애 일이 목전의 문제니까요."

"천만에. 정규 형님의 일이 더 시급한 문제인걸요. 형님은 지금 앓고 계십니다. 설희에게는 가정이 있고 영이 있지 않습니까. 잠시 동안 비바람이 친 것에 불과합니다. 설희가 겪어야 하는 그만한 인내쯤은 그의 오빠에 비하면 아무것도 아니죠."

"그분은 몹시 몸이 불편하신가요?"

현회는 커피잔을 내려다보며 작은 목소리로 조심성 있게 물었다.

"제가 보기에는, 정신적 육체적으로 모두 영양부족으로 보입디다. 아무튼 고지식한 것이 탈이죠. 우리처럼 아무렇게나 살아가노라면 더러 잊어버리기도 하겠죠만……."

"저는 그분이 결혼해주시기를 바래요."

"현회 씨는 퍽 잔인한 분이군요."

현회는 가만히 상화의 얼굴을 응시한다. 격렬한 감정이 눈물과도 같이 흔들리고 있는 눈동자 속에서 타고 있었다.

"저도 몇 번인가 그분 곁에 갈려고 했더랬죠."

현회는 상화를 외면하며 나직이 중얼거렸다.

"그런 마음의 갈등 속에서 살아온 저의 세월은 너무 슬픈 것이었어요. 하루에도 몇 번은 그분 곁에 가 있는 저를 발견하지요."

"그렇다면 두 분을 가로막는 장해물이 그렇게 강한 것이라고 생각할 수 없는데요?"

"장해물은 없어요. 그렇지만 그 노인네를 두고 갈 수가 있겠어요?"

현회는 도리어 상화에게 묻는 어조로 말하는 것이었다. 상화는 잠자코 대답을 하지 못한다.

"정말, 어떻게 했음 좋을지 모르겠어요. 이대로 간다면 내 자신도 어떻게 될지 잘 모르겠어요."

"결과가 어떻게 되든 오 박사한테 모든 걸 말씀해보는 것이 어떨까요?"

상화는 또다시 앞으로의 일에다 복선을 그어둔다.

"그건 안 될 말씀입니다, 도저히."

상화는 완강히 거부하는 현회의 얼굴을 바라보며, 이래서는 도저히 이야기가 되지 않을 것을 느낀다. 역시 오 박사를, 제삼자로서 자기가 만나는 것이 좋겠다고 생각하는 것이었다. 상화는 일어서면서,

"그럼 가보시죠."

현회는 무엇인지 못다 한 말이 있는 듯한 표정이었으나, 상화를 따라 일어섰다.

거리에 나왔다. 아낙네들이 꽃을 담은 광주리를 이고 지나간다. 상화는 도시 생활의 새로운 양상을 그 꽃들 속에서 보는 것이었으나, 상화는 왜 그런지 쑥스러운 일같이 생각되었다. 그런 생활과 꽃들을 생각해야 하는 일들이……

"상화 씨."

현회는 발끝을 내려다보고 말없이 걸어가다가 상화를 부른다.

"네?"

"이 선생을 한번 만나주실 수 없을까요?"

"설희 남편 말입니까?"

"네. 직장에 나오시는 모양이니, 기회를 한번 보셔서…….."

"만나면, 도대체 결과가 어떻게 되지요?"

"그걸 누가 알겠어요? 그렇다고 그냥 있을 수는 없지 않아요? 설희를 위해서 우선 그런 수고를 해야 한다고 생각해요. 외로운 아이지요."

현회는 여전히 발끝을 내려다보며 말한다.

"한번 찾아가 보겠어요."

"정말 그렇게 해주세요. 사실, 제가 한번 이 선생을 찾아갈려고 했는데, 오 박사하고는 사제지간이고, 거북할 것 같아서…….."

"찾아가서 한번 의중을 타진해보겠습니다. 그러나 그 사람이 지닌 감정을 제가 어떻게 하겠어요? 제가 보건댄, 설희의 남편은 적어도 저보다는 의지가 확고한 사람으로 알고 있어요. 그렇게 맹목적일 수는 없는 사람 같은데요."

"그렇게 맹목적일 수 없는 사람이 어째서 그럴 수가 있느냐 말예요. 아내와 딸이 있는 집에 왜 돌아오지 않을까요? 서울에 와서도…….”

현회는 근심스럽게 여전히 고개를 숙인 채 걷고 있었다. 결론적으로, 두 사람의 견해는 모두 비관론인 것이다.

서울역 앞에까지 와서 현회는 자동차를 타고 그의 집으로 향했고, 상화는 도보로 명동 가는 길로 접어들었다. 만날 사람이 굳이 있었던 것은 아니었지만 아무튼 습관상 거기로 발이 옮겨진 것이다. 그가 막 명동 입구에 발을 들여놓았을 때, 어떤 여인과 걸어 나오는 민호와 공교롭게도 마주치게 되었다.

“이 선생이 아니오?”

민호는 차갑게 상화를 바라보았다. 상화는 민호 뒤에 선 여자를 봤다. 직감적으로 그 여자가 민호의 연인인 것을 알아차렸다.

“그러지 않아도 이 선생을 한번 찾아뵈려고 했는데 지금은 틈이 없겠습니까?”

상화는 여자에게 이따금 시선을 보내며 물었다.

“지금은 틈이 없습니다.”

민호는 딱 그렇게 잘라버리는 것이었다. 상화가 하고자 하는 말의 내용을 알고 있기 때문이다.

“그럼, 내일 대학병원으로 찾아갈까요?”

“글쎄…… 그러시죠.”

민호는 마음에 내키지 않는 대답을 했다.

“그럼, 실례하겠습니다.”

민호가 먼저 말을 하면서 여자를 데리고 상화 앞을 지나간다.

그들 뒷모습을 바라보는 상화는 민호가 설희에게 돌아오지 못할 것을 느낀다.

여자는 너무 아름다웠다. 아름다운 것만이 아니었다. 그러나 여자의 아름다움보다 민호의 거리낌 없는 태도가 문제다. 설희에게 적지 않은 연고 관계에 놓여 있는 자기 앞에서 민호는 당당하리만큼 여자에 대한 애정을 표시하고 있지 않은가.

상화는 설희를 위하여 절망하지 않을 수 없었지만, 일면 어떠한 기대에 부푸는 자기 자신을 밀어버릴 수는 없었다.

상화는 천천히 걸어서 다방 앞에까지 왔다가 무슨 생각을 했는지 발길을 돌려, 어느 친구가 있는 회사에 가서 돈을 3천 환 꾸었다. 그것을 갖고, 상화는 대낮부터 목로주점으로 찾아들었다. 주모하고 주거니 받거니 한참 농담을 하며 술을 어지간히 들이켠 상화는 얼근히 취해서 거리로 나왔다. 시계를 보니 아직 3시는 못 되어 있었다. 상화는 공중전화실로 들어갔다. 오 박사에게 전화를 거는 것이다.

"오형 선생님이신가요?"

"네, 그렇습니다."

정중한 목소리가 수화기에서 울려 나왔다.

"저는 김상화라는 사람입니다. 사모님하고 한 고향에서 자란 사람입니다만, 특별한 여러 가지 일들이 있어서 한번 선생님을 만나 봬야겠습니다."

술을 마신 탓인지, 상화의 목소리에는 다분히 착실치 못한
것이 있었다.

"집사람하고 잘 아신다면 집으로 오시죠."

오 박사의 목소리는 불쾌한 것이 되었다. 그러나 상화는 덤
비지 않고,

"사모님이 아시면 반드시 선생님과 저 사이의 면담을 방해하
실 것입니다."

"집사람이 방해할 그런 면담이라면 나도 당신을 만날 필요가
없군요."

"아닙니다. 선생님을 위해서 현회 씨가 선생님과 저의 면담
을 방해할 것인데, 선생님께서는 정말 현회 씨를 위해서, 위하
는 마음이 계시다면 저를 만나주시는 것이 옳을 것입니다."

"집사람의 일에 관한 일이죠, 물론?"

"네, 그렇습니다."

"아내의 명예에 관한 문젭니까?"

"아닙니다. 현회 씨의 행복에 관한 문젭니다."

"그렇다면 오늘 5시에 화신 옆에 있는 마돈나다방에서 기다
리죠."

오 박사는 전화를 짤깍 끊어버린다.

7. 사랑의 사자使者

상화는 오 박사하고 만날 시간을 다방에 앉아 기다리면서 과연 오형이란 사람은 신사일 것 같다는 생각을 해본다.

　'집사람이 방해할 그런 면담이라면 나도 당신을 만날 필요가 없군요.'

　아내의 인격을 그렇게 존중할 줄 아는 오 박사의 인품에 상화의 머리가 수그러졌다. 그러나 오 박사를 기다리고 있는 자기 자신의 입에서 나올 말은 너무 가혹하고 비인정적이기조차 할 것이니, 딱한 일이 아닐 수 없다.

　약속한 시간을 어기지 않고 오 박사는 나타났다. 상화는 오 박사를 알고 있지만, 그는 상화를 모르기 때문에 두리번거렸다. 상화는 일어서서 오 박사 곁으로 가서는 다른 좌석으로 옮겨 앉았다.

옛날과 다름없는 학자다운 풍모다.

"제가 바로 전화를 건 윤상홥니다."

오 박사는 인사를 받은 뒤 곧이어,

"무슨 말씀이죠?"

용건부터 먼저 말하라는 것이다. 그러나 막상 본인을 눈앞에 보니, 상화는 수월하게 말이 입 밖에 나오지 않았다.

"말씀하세요."

오 박사는 시계를 들여다본다. 물론 빨리 말을 해달라는 재촉인 것이다. 오 박사로서는 일면식도 없는 상화라는 사람에게 미심쩍은 점이 많았던 것이다.

"문정규 씨를 아시죠?"

"알죠."

"뭐라고 말씀 올려야 좋을지…… 제삼자의 입장으로서…… 그러나 그분들의 행복을 위하는 저의 성의만은 알아주셔야……."

"결론부터 말씀하세요."

오 박사 역시 초조한 모양이다.

"그럼 결론부터 말씀드리죠. 선생님의 부인인 현회 씨하고 문정규 씨가 결혼해야 된다는 이야길 여쭐려고……."

"현회하고 정규가 결혼해야 한다고요?"

오 박사의 얼굴에는 심한 요동이 인다.

"그렇습니다. 정규 형님과 현회 씨는 어릴 적부터 사랑하는 사이였습니다. 현회 씨가 선생님께 봉사하기 위한 결혼을 하고…….”

봉사라는 말투에는 다분히 아이러니가 섞여 있었다.

“정규 형님은 지금도 저렇게 막연히 기다리고 있지 않습니까.”

오 박사는 눈앞에 끼었던 모든 안개가 일시에 걷혀지는 듯했다. 민호의 결혼식에 참석했을 때 정규가 취한 도전적인 태도, 그리고 아무리 서울에 있으라고 붙잡아도 뿌리치고 시골로 내려가 버린 정규, 하나하나가 어제의 일처럼 눈앞에 떠오르는 것이었다.

“어디서 날아들어 왔는지도 모르는 작자가 감히 남의 가정 내사에 대해 이렇고 저렇고 한다는 자체가 외람되기 짝이 없는 짓입니다만, 착하고 선량한 사람들은, 저와 같은, 이런 주제넘은 작자라도 나타나지 않는 이상 그대로 안타깝게 죽어버릴 것이기에 말입니다.”

상화의 그런 말이 묘하게 감상적이 되어 그의 가슴에서 나왔다.

“잘 알았습니다.”

오 박사는 한마디 말만 남기고 일어섰다. 창백한 얼굴이었다. 그는 잠자코 손을 내미는 것이었다. 얼굴의 근육이 떨리는 듯했으나 어쩌면 그것은 미소였는지도 모른다.

상화는 다음 날 S대학병원으로 민호를 만나러 가면서 곰곰이 생각하니 마음이 이상해지는 것이었다.

어제는 오 박사를 만났고, 오늘은 민호를 만나러 간다. 어떻게 생각하면 이러고 다니는 자기야말로 인생에 있어서 피에로의 격인지 모르겠다. 그러나 아무튼 두 경우에 있어서의 자기의 입장이란 사랑의 사자임에 틀림이 없다.

상화는 오 박사를 민호와 같이 만나는 것을 피하여 접수에서 민호를 불러냈다.

민호는 가운을 입은 채 상화를 만나러 나왔다. 상화와 같이 밖에 나갈 예정을 하지 않았던 모양이다. 그것은 어떻게 생각하면 상화의 내방을 환영하지 않는 태도이기도 하다.

상화는 민호가 자기를 환영하지 않는 이유를 안다. 그것은 괴로움 때문이다.

"바쁘십니까?"

"글쎄, 바쁠 것 없습니다. 무슨 말씀인지……."

민호는 시치미를 떼는 것이었다. 아니면 예의를 지키기 위한 것이었는지도 모른다.

상화는 순간 의분 같은 것을 느꼈다. 그러나 참았다. 설희의 일이 아닌가.

"설희의 일 때문에 왔는데요……. 이형의 의사 타진이랄까요……. 그런 의미에서……."

상화는 민호와 같이 병원의 넓은 정원을 거닐면서 드디어 이야기를 터뜨렸다. 사방은 고요했다. 울창한 수목 사이에서 매미가 울고 있고, 이따금 간호원들이 지나간다. 민호는 대답 없이 걷고 있다.

상화는 민호의 코허리에서 흐르는 어두운 그늘을 바라보며, 그의 고민이 격심한 것임을 느낀다. 그러나, 대답이 없는 이상 상화로서는 더 이상 물어볼 수도 없는 노릇이다.

두 사람은 인적이 없는 나무 밑에 와서 앉았다. 상화는 담배를 꺼내어 민호에게 하나 권하고 자기도 피워 문다. 서로 말을 하려고 하지 않는다. 담배만 빨고 있을 따름이다.

"설희는 이형이 서울로 돌아오신 것을 알고 있습니다."

그래도 민호는 담배만 빨면서 말이 없었다. 사실, 민호는 자기 자신도 어떻게 일을 처리할 것인지 알지 못하고 있는 것이다.

"설희는 이형이 어느 때고 돌아만 온다면 기다리고 살 여잡니다. 딸아이를 봐서라도……."

순간, 민호는 고개를 들고 상화의 얼굴을 쳐다보았다. 가장 약한 인간의 자세가 그 눈빛 속에서 흔들리고 있었다. 그러나 민호는 다 타버린 담배를 내던지고 상화에게,

"실례지만 담배 하나 더 주실까요?"

상화는 담배를 꺼내어 주고 라이터를 켜서 불을 붙여준다.

고뇌에 뒤틀린 민호의 얼굴이 바로 눈앞에 있다. 한때는 자기의 경쟁자로서 그의 존재가 너무나 엄연했던 것이 아니었던가.

민호는 다시 붙인 담배가 다 타버리자 불쑥 일어서면서,

"아무 말도 할 수 없는 현재의 제 입장을 용서하십시오. 일간에 설희를 만나보겠습니다."

상화는 그 이상 할 말이 없는 채 민호와 헤어졌다.

상화가 나간 뒤 민호는 연구실로 돌아와서 의자에 기대어 앉아버렸다.

'설희를 만나야지. 정말 이 이상 뭉개볼 수는 없는 노릇이 아닌가.'

민호는 다이얼을 돌렸다.

"여보시오."

"누구세요?"

설희의 목소리다.

"나 민호요. 지금 곧 창경원의 식물원 앞에까지 와주시오."

민호는 대답도 기다리지 않고 전화를 끊어버렸다.

민호는 가운을 벗고 창경원으로 갔다. 설희가 올 동안 좀 더 생각을 해야 하기 때문이다. 생각이라야 설희의 마음을 최소한으로 괴롭히는 궁리인 것이고, 기본적인 자세에는 변함이 없는 것이다.

민호가 끝없는 고통 속에서 여러 개째 담배 꽁초를 발아래 내던졌을 때, 설희가 나타났다. 그새 설희의 얼굴은 몰라보게끔 변해 있었다. 민호는 자기도 모르게 설희의 눈을 피하며, 인적기 없는 벤치로 그를 데리고 갔다. 민호는 쉬이 말을 할 수 없는 심정이다. 설희 역시 완강히 침묵을 지키고 있었다.

"설희!"

"……."

"내가 결혼하기 전에 당신한테 한 말이 있었죠?"

"……."

"사랑하는 여자가 있었다고……."

"……."

"나는 그 여자를 양공주로 오해를 하고…… 이것은 설희에게 죄가 되는 얘기지만, 그 여자를 잊기 위해서 설희하고 결혼을 하지 않았겠소. 그 사실은 설희 자신도 이미 잘 알고 있지요?"

"……."

"나는 그 여자를 우연히, 그 산장에서 만났단 말이오. 그러나 그 여자는 양공주가 아닐뿐더러, 나를 위해서 자기 일생을 버리고 병들어 있었소. 그 여자는 진실한 여자였었소."

"……."

"나는 그 여자가 양공주일지라도 그를 사랑하지 않고는 견딜 수가 없었소. 당신하고 결혼을 하고 살면서도, 그 여자를 잊을 수가 없었던 것이오."

"……."

"설희, 용서해주시오. 이미 운명적인 것이 되어버렸소."

사방은 조용해졌다.

"그래서 어떻게 하자는 거예요."

"그건 당신이 결정해줘."

"그럼 그 여자하고 헤어지라면 헤어지겠어요?"

창백한 설희 얼굴에 처참한 웃음이 지나간다. 민호의 얼굴이 무섭게 일그러진다. 그것은 불가능을 의미하는 것이다.

"알겠어요, 알았어요. 제가 결정하죠."

설희는 핸드백을 들고 일어서는 것이었다. 민호는 애원이라도 할 듯 설희의 얼굴을 보았다.

'도대체 설희에게 무슨 죄가 있단 말인가? 그러나 진수는 또 무슨 죄가 있었던가?'

민호는 머리통이 바스러지는 듯한 괴로움을 견디어낼 수가 없었다.

창경원 문 앞에서 설희는 민호를 잊어버릴 수 없는 눈초리로 바라보다가 지나가는 자동차를 잡아타는 것이었다.

설희를 보내고 창경원에서 돌아온 민호는 종일 비어 있는 오 박사의 자리를 바라보며, 아무 일에도 손이 가지 않는 채 시간을 보내고 앉아 있었다.

해가 지는 것을 본 뒤 민호는 가장 우울한 낯빛으로 거리에 나왔다.

'오늘 나는 설희에게 무엇을 요구했던가?'

민호는 지향도 없이 거리를 쏘다니다가 아주 캄캄해진 뒤 진수와 같이 있는 집으로 돌아갔다.

"왜 이렇게 늦었어요? 얼굴빛이 아주 못하신데, 어디 몸이라도 편찮으세요?"

진수는 저녁을 차려놓고 민호가 돌아오기를 기다리고 있다가 걱정스럽게 물었다.

"아니, 아무렇지도 않아."

그러나 예민한 진수는 무슨 일이 있었다는 것을 직감한다.

진수는 민호와 마주 앉아 저녁을 먹으면서 눈물 같은 감정을 삼킨다.

"마치 죄인 같군요. 밤낮 가슴을 조이며 살아야 한다는 것은…… 누구의 잘못도 아닌데…….'"

"또 신경질이 시작되는군. 몸에 해롭다니까 그러네."

민호는 가볍게 진수를 나무라며 식욕이 전연 없는데도 억지로 밥을 먹는다.

"어디로든지 멀리 가버렸음 좋겠어요. 문명이나 사람들의 지성 같은 것이 아주 지긋지긋해졌어요."

"그만하라니까, 참고 살아야지."

저녁이 끝난 뒤 민호는 일찍이 자리에 들었다.

그러나 잠이 올 리가 없다. 설희의 초췌한 모습, 눈이 슬픔과 절망에 타고 있던 얼굴, 그 단정한 여인이 치마로 땅을 쓸며 실신할 듯 걸어가던 모습, 도무지 눈앞에 어른거려 잠이 오지 않는 것이다. 평생을 두고 이처럼 처참하고 깊은 죄의식을 가져보기는 처음이다.

민호는 진수에게 눈치를 보이는 것이 싫어서 일부러 자는 척했지만, 그런 감정에서 놓여나지지는 않았다. 민호는 몸부림이

나서 견딜 수 없었지만, 꼭 참고 어둠을 응시한다. 영의 얼굴, 설희의 얼굴, 심지어 죽은 설희의 어머니 얼굴까지 어둠 속에 나타나는 것이 아닌가.

"왜 그리 못 주무세요?"

"……."

"가족들 생각이 나시죠? 지가 못할 짓을 하나 봐요."

진수의 목소리는 슬픔에 가득 차 있었다.

"별소릴 다 하네. 그만 자라니까."

"저야 뭐, 원체 복이 없는 여자니까…… 그리고 여태까지 견디고 살았으니까……."

진수는 흐느끼고 있었다.

"선생님이 절 사랑했다는 것만 알면 그만이에요. 어머니가 원하는 대로 외국에 가겠어요. 그리고 당신을 믿으며 공부하겠어요, 이미 늦기는 했지만……."

"쓸데없는 소리 그만하고 잠이나 자요. 나는 진수가 없으면 못 살아."

민호는 돌아누우며 진수를 달래듯이 안아주었다.

언제 떴는지, 유리창에는 달이 걸려 있다.

민호는 진수의 눈물을 닦아주고 일어나서 달과 마주 앉았다. 그러고는 담배를 피워 한 모금 빨고는 달을 향해 연기를 뿜었다.

쌀쌀한 바람이 열어놓은 창에서 불어온다. 저 달과 같이 소청한 여자가 설희다.

민호는 다시 담배를 한 모금 빨아 달을 향해서 연기를 뿜었다.

'결혼 당초에 설희를 불행하게 하지 않겠다고 말한 사람은 이민호였다. 그러나 설희는 불행해지고 만 것이다.'

"운명이야, 어쩔 수 없었어."

민호는 자기도 모르게 그런 말을 중얼거리고 있었다. 진수는 일어나서 나이트가운을 걸치고 민호 옆에 앉는다. 달빛처럼 푸른 얼굴에 속눈썹이 짙게 그늘을 지어주고 있다.

"왜 자지 않고 일어났어?"

"왜 당신은 주무시지 않아요?"

"여러 가지 생각이 많아서……."

"저도 여러 가지 생각이 많아서요."

"진수는 아무것도 생각지 않아도 돼. 내 혼자 생각하는 거야."

진수의 몸이 옆에서 오시시 떨고 있다.

"열이 나는군."

민호는 진수의 이마를 짚어보며 얼굴을 찌푸린다.

"자, 자요. 진수는 아무것도 생각하지 말어."

"불안해서 견딜 수가 없어요. 당신이 그냥 후딱 가족들한테 돌아갈 것만 같아서 불안해요. 그리고 당신이 가지 않는다는 신념이 생기면, 저는 또 못 견디게 괴로운걸요. 천하에 못할 짓을 하는 것 같아서."

"시끄러워, 그냥 자는 거야."

민호는 입술로 진수의 입을 막았다.

끝없이 괴로운 꿈에서 눈을 떴을 때, 창에는 햇빛이 스며들고 있었다. 민호는 시간이 늦었는데도, 얼른 일어나서 연구실로 갈 생각이 나지 않았다.

어젯밤에 생각을 했기 때문인지는 몰라도 뜻밖에 죽은 설희의 어머니를 꿈에 본 것이다. 민호를 아니꼽게 노려보면서 하는 말이,

"뱀처럼 네 혓바닥은 두 개냐?"

민호는 꿈을 깬 지금도 설희 어머니의 눈과 그 목소리가 들려오는 듯하여, 입맛을 다시고 얼른 담배를 집어 들었다.

민호는 자기의 깊은 죄의식이 그러한 꿈의 형태로 나타난 것이라 생각한다.

민호가 집을 나왔을 때는 한 시간이나 출근 시간이 늦어 있었다. 청명한 하늘에는 끝없이 구름이 흐르고 있었다.

민호가 병원의 철문을 통과하려고 했을 때 수위 영감이,

"이 선생님! 이 선생님!"

하고 불렀다.

민호는 아무 생각 없이 수위 영감이 부르는 곳으로 다가갔다. 그러나 웬일인지 수위는 민호의 얼굴을 피하면서 말을 못 하고

망설이는 것이었다.

"무슨 일이죠?"

쳐다보는 민호의 얼굴을 여전히 피하면서,

"선생님, 빨리 댁으로 가보세요."

"집으로 가라고요?"

"네, 어젯밤에 전화가 오고 사람이 왔었어요. 그러나, 학교들 선생님 계시는 곳을 알아야죠."

민호는 이상한 예감에서 얼굴이 파아랗게 질린다.

수위는 고개를 푹 숙인다.

"무슨 일이 생겼답디까? 똑똑히 말씀하세요."

민호의 이빨 사이로 밀어내는 목소리는 심히 떨리고 있었다.

"부인께서……."

수위 영감은 말을 잇지 못한다.

"빨리 말씀하세요."

소리치는 민호의 눈앞이 캄캄하게 흔들린다.

결정적인 사실이다. 그래도 민호는 한 줄기 희망을 갖고 싶었다.

"돌아가셨다고 합니다."

"죽었다고?"

민호는 파아란 하늘이 먹물처럼 되어가는 시야를 우두커니 지키고 서 있다가 다시 한 번,

"죽었다고?"

민호는 손가락을 펴 머리털을 휘어 감았다.

'바로 내가 죽였구나! 내가 죽이고 말았어.'

민호가 후암동 집에 달려왔을 때, 혜화동의 어머니, 아버지, 그리고 동생들까지 와 있었고 상화, 현회, 오 박사도 이미 와 있었다.

민호는 최후의 희망이라도 찾는 듯 그들의 얼굴을 하나하나 살펴나갔다. 살아났을지도 모른다는 생각에서. 그러나 모두 눈을 내리깔며 민호를 외면하고 마는 것이었다. 노여움에 찬 아버지의 눈만이 민호를 노려보고 있었다. 그 눈은, 살인자는 바로 너가 아니냐! 하며 고발하는 눈이었던 것이다.

백포로 얼굴을 씌운 설희는 이미 싸늘하게 식은 시체에 지나지 못했다. 그 연연한 모습은 영원히 세상을 떠난 것이다.

아무것도 모르는 영이, 민호를 보자,

"아빠!"

하고 반갑게 민호 손에 매달리는 것이 아닌가.

민호는 그때 비로소 뜨거운 눈물이 북받쳐서 얼굴을 돌렸다.

현회는 연방 흐느껴 울고 있었다.

"왜 죽었니? 바보, 바보야, 넌."

현회는 못다 산 설희의 생애가 너무나 가슴에 저렸던 것이다. 외로운 현회는 사랑하는 사람의 누이라는 이유에서만이 아니라, 진정으로 그를 동생처럼 사랑한 것이었다.

오 박사도 말이 없었다.

상화가 민호 옆으로 다가온다. 상화 역시 말이 없는 채 흰 봉투 한 장을 내밀었다. 설희의 유서였다.

민호는 사형수가 최후의 아량을 바라듯, 사방에 앉아 있는 사람들의 얼굴을 둘러보았다.

민호는 떨리는 손으로 편지를 받아 뜯는다.

사랑하는 분에게

저의 운명을 스스로 결정지었습니다.

언제나 당신을 사랑하는 설희는, 그 사랑이 변함없다는 뜻에서, 당신의 행복을 빌고 갑니다. 행복하게 사세요. 짧은 생애지만, 설희도 그동안 행복했습니다. 안녕히 계십시오.

설희

아무도 민호를 책하는 말을 하는 사람은 없었다. 그러나 그들의 눈은 한결같이 민호를 책망하고 민호를 원망하고 있는 것이었다. 특히 민호 아버지의 눈은 무섭게 빛나고 있었다.

그러한 것들이 무서운 매질로써 피부에 따갑게 전해오는 것이었다.

너무나 기막힌 설희의 죽음을 당한 여러 사람들은 슬픔이 지나쳐 어떤 방심에 가까운 상태 속에 놓여져 있는데, 해가 지고 밤이 왔다.

S마을에 있는 정규가 누이의 죽음을 알리는 급보를 받고 후

암동의 상가에 도착한 것은 밤 10시가 지난 때였다.

새파랗게 얼굴이 질린 채 달려온 정규는 설희의 죽음이 단순한 것이 아니고 무슨 곡절에 의해서 스스로의 목숨을 끊어버린 사실을 알게 되자, 눈에 시뻘건 핏발이 서는 것이었다.

정규는 주먹을 불끈 쥐고 민호 옆으로 다가왔다. 이유는 불문이었다. 민호는 정규의 그러한 무서운 기백에 조금도 눌리거나 놀라지 않고 태연히 얼굴을 쳐들었다. 오히려 정규의 폭력을 기다리는 태도였다. 육체적인 고통을 받음으로써 정신적인, 그 무서운 고통을 잊고 싶었던 것이다.

"자네 누이를 죽인 나를 죽이게."

정규는 민호 입에서 그 말이 떨어지기가 무섭게 덤벼들었다. 마치 미친 사람처럼 민호의 뺨을 후려갈기는 것이었다. 치고 또 친다. 뿐만 아니라 차고 쓰러뜨리고…….

그러나 민호가 방바닥에 쓰러져 육체적인 아픔을 받는다고 해서 마음의 고통이 멎을 리는 없다. 오히려 더한 마음의 고통으로 해서 민호는 무서운 신음 소리를 발하는 것이었다.

누구 한 사람 말리는 사람도 없었다. 민호를 미워한 때문은 아니다. 방 안의 사람들은, 정규의 노여움과 슬픔이 너무 처절했기 때문에, 감히 그 감정을 범할 수 없는 분위기였던 것이다.

그러나 옆방에서 자던 영이 놀라 깨어서 우는 울음소리에 정규는 정신을 차리는 모양이었다. 그러나 도로 민호 위에 덮쳐 쓰러지며 우는 것이었다.

이제는 노여움도 없었다. 미움도 없었다. 세상을 못다 살고 간 설희의 한 많은 생애가 가슴 저리고 서러울 뿐이다.

"왜 죽었어, 이놈의 기지배, 왜 죽는단 말이야."

오 박사는 시종일관 말 한마디 없이 그들의 슬픔을 지켜보고 있었다.

'한 여자는 스스로의 생명을 끊었다. 서로 사랑하는 그들을 위하여. 그렇다면 나는 어떻게 할 것인가? 나도 저렇게 내 스스로의 목숨을 끊어야 하는가? 서로가 사랑하는 그들을 위해서……'

오 박사는 현회의 눈길 가는 데를 바라보았다. 무한한 슬픔과, 그리고 끝이 없는 향수를 실은 얼굴이, 마치 해바라기처럼 정규가 있는 곳으로 향하고 있지 않은가.

'사랑하는 서로가 결합이 되어야 하는 것은 범할 수 없는 정칙이야. 그것을 막는다는 것은 흐르는 물을 막는 것과 다름이 없는 짓이지. 어차피 물은 낮은 곳으로 흘러가는 것이고, 애정은 서로 사랑하는 곳으로 흘러가는 법이니……'

오 박사는 단 하나의 육친을 잃고 애통해하는 정규에게로 눈을 돌렸다.

'저 슬픔은 고독에서 오는 것이로구나.'

오 박사는 다시 시선을 돌렸다. 상화하고 눈이 마주친 것이다.

'떠나야지. 내게는 일이 남아 있어.'

오 박사는 상화의 눈을 쳐다보며 마음속으로 그렇게 중얼거렸다.

다음 날, 설희의 장례는 쓸쓸하게 치러졌다. 죽음이 죽음이었던 만큼 참석한 조객들도 적었고, 친정 측으로는 오빠 한 사람이 있을 뿐이니, 적적하고 처량하기 그지없었다.

묘 앞에는 현회가 놓은 흰 나리꽃이 살아 있을 때의 설희의 모습처럼 연연하고도 아름다웠다. 그러나 그 아름다움은 서러운 것이었다.

살아생전에 남달리 며느리를 사랑했던 민호의 아버지는 묘를 내려다보고, 마지막 며느리와의 작별을 고하고 있다.

'항아처럼 착하고 고운 너가 어쩌면 이렇게 매정스리 부모들 가슴속에 멍을 들이고 가버린단 말이냐…….'

이기우 씨는 자기도 모르게 쏟아지는 뜨거운 눈물을 손수건으로 닦으며,

'그러나 사는 사람은 세월을 따라 너를 잊어버리겠지. 못다산 너의 인생이 원통하고 불쌍하구나……. 아가, 부디 고이 잠자거라.'

이기우 씨는, 옆에 서서 연방 울고 있는 마누라를 돌아다본다.

"여보, 대강 허소. 죽은 자식 따라갈 수는 없지. 아무튼 죽일 놈이야."

이기우 씨는 넋이 나간 사람처럼 풀밭에 앉아 있는 민호에게

눈을 부라리는 것이었다.

모두 차마 발길이 돌아서지 않는 채 울고 있었다.

상화는 슬픔조차 조심스러워야 하는 입장에서, 소리 없는 마음속의 울음을 울어야 했다.

자기가 슬퍼하고 괴로워한들, 이미 없어진 설희에게 어떻기야 할까마는, 그래도 깨끗하게 죽어간 설희에게 자기로 하여 오점을 남기고 싶지는 않았다.

솔밭 사이에서 불어오는 솔바람이 설희의 슬픈 목소리처럼 서 있는 사람들의 가슴을 친다.

"잘 있거라, 설희야! 또 올게."

현회는 마지막의 작별로 소리를 쳤다.

민호의 눈에서도, 정규의 눈에서도, 그리고 상화의 눈에서도 눈물이 쏟아졌다.

'잘 있거라, 설희. 내 누이야!'

모두 각각 마음속으로 외쳤다.

그러나 설희와의 모든 인연들은 끝장이 나고, 사람들은 산에서 내려왔다.

끝내 민호를 외면하던 정규는 산에서 내려오는 길로 S마을로 향했고, 민호는 휑뎅그렁하니 빈 후암동의 집으로 돌아왔다.

영을 데리고 기다리고 있던 식모는,

"하루 종일 울었답니다. 엄말 찾고……."

식모 눈에 눈물이 핑 돌았다. 자세한 것은 알 수 없으나 설희가 왜 자살을 했는지 대강은 눈치를 챈 모양이다.

민호는 영을 안고 방으로 들어왔다.

"영아, 울지 마아. 아빠하고 살자, 응?"

"아빠, 엄만 왜 안 와?"

민호는 영의 얼굴에 자기의 얼굴을 묻는다. 영은 민호의 얼굴을 피하며 팔을 흔들고.

"아빠, 엄만…… 응, 흥."

영은 또 울상이다.

"엄만 별나라에 가셨어……."

"응? 언제 와? 아빠도 그럼 별나라에 갔다 왔나?"

민호는 잠자코 또 영의 뺨에다 자기 뺨을 비빈다. 그때 식모가 나타났다.

"저, 여자 손님이 찾아왔습니다."

"여자 손님?"

민호는 창피한 생각도 잊고 눈물에 젖은 얼굴을 들어 반문한다.

"네, 여자 손님이에요."

"사모님인가요?"

민호가 사모님이라 이르는 사람은 현회다.

"그분 아닌데요. 처음 뵙는 분입니다."

민호는 누군지 생각이 나지 않았고, 또 아무도 만나고 싶지 않았지만 일어서서 나갔다.

민호는 현관까지 나갔다. 그러나 거기에는 아무도 없었다. 의아하게 생각하며 뒤를 돌아다보니까, 식모가 따라 나오다가,

"그분, 밖에서 기다리고 계십니다. 영 안 들어오실려고 해요."

민호는 현관문을 열고 밖을 내다보았다. 가등 밑에 우두커니 서 있는 여자는 진수였다. 말없이 민호를 쳐다본다. 누구에게 쫓겨 온 사람처럼 겁먹은 눈이 가등의 불빛을 받아 흔들리고 있었다.

서로 그런 자세로 한동안 서 있었다. 한 사람은 밖에, 한 사람은 현관 안에.

"나, 곧 나가겠어. 바로 이 앞의 거리에 다방이 하나 있어요. 거기서 기다려요."

민호는 진수가 서 있는데도 문을 닫아버리고 방으로 들어왔다. 민호는 바로 몇 시간 전에 설희의 시체가 나간 이 집에 진수를 들여놓고 싶지 않았던 것이다.

민호는 방으로 돌아왔으나 진수가 기다리고 있을 다방에는 갈 생각도 않고 우두커니 서 있는 것이었다.

영은 칭얼거리더니 어느새 잠이 들어 있었다. 눈물이 마른 얼굴 위에, 그래도 미소가 흐른다. 평화로운 숨소리가 쌔근쌔근 들려오는 것이다. 민호는 영의 볼을 한번 쓸어주고 나왔다.

진수는 사람 없는 다방에 우두커니 앉아 민호를 기다리고 있었다. 언제나 헌칠해 보이던 진수는 오늘 밤따라 초라하게 보이

리만큼 힘이 없어 보인다.

"저, 사과를 올리려고요. 그래서 찾아왔어요."

진수는 자기의 손끝을 내려다보며, 작은 목소리로 중얼거렸다.

"돌아가신 분에게 죄를 지었어요. 이대로 견뎌 배길 수 없어서……."

"어떻게 그것을 알았소?"

"안 오시기에 학교로 전활 걸었더니……."

민호의 눈이 순간 번득였다. 눈물 같은 것이 지나간 것이다. 진수는 그런 민호의 얼굴을 외면하며 입술을 깨물었다.

"진수, 오늘 밤은 이대로 돌아가 주오. 그리고 당분간은 내 앞에 나타나지 말어. 진수를 볼 적마다 나는 그 여자를 생각하게 될 거야."

"알아요, 알고 있어요."

민호는 진수의 말이 끝나기도 전에 일어서버린다. 뒤따라 일어선 진수는 다방 밖으로 나서자 다시 입술을 한 번 깨물고는 날카롭게,

"선생님! 절 오해하고 계시군요."

민호는 어둠 속에서 돌아보았다.

"저는 그런 여자가 아니에요. 그분이 돌아가셨다고 희망을 가지는, 그런 잔인한 여자는 아니에요."

진수는 흥분하고 있었다.

"진수는 그런 여자가 아닌 줄 알고 있어."

민호는 그 한마디의 말만 남기고 가버린다.

밤길에 혼자 남겨진, 진수의 얼굴 위에 땀이 흐르고 있었다.

이윽고 진수도 발길을 돌렸다. 뚜벅뚜벅 걸어간다.

'의식하지 않았을지 모르지만 역시 사랑이었어. 가엾다는 생각은 아냐.'

진수가 찾아올 마음이 든 건 진심으로 설희에게 잘못했다는 생각에서이다. 그 감정에는 한 오라기의 불순한 것도 없었다.

그러나 돌아서 가는 진수의 마음은 올 때하고 달랐다. 그것은 살아남았다는 승리감은 아니었다. 오히려 죽어버린 설희에게 참패를 당한 마음이었다. 죽을 수 있었다는 것은 얼마나 강한 사랑의 표시냐.

진수는 집으로 돌아왔다.

돌아온 진수는 한동안 민호와 같이 살림을 했던 방을 두리번거린다. 괴로워하고 불안해하면서도, 그때의 민호의 애정은 자기에게 충족된 것이었다. 그러나, 두 사람의 사랑의 장해물인 설희의 죽음은, 오히려 두 사람 사이에 냉 바람을 불어넣은 결과가 되고 말았다.

진수는 그런 생각에 잠겼다가 수화기를 들고 다이얼을 돌린다.

"어머니를 불러주세요."

진수는 전화를 받은 식모에게 말했다.

"웬일이냐? 전화를 다 걸게?"

딸이 하고자 하는 대로 내버려두던 어머니였다.

"어머니!"

진수는 가슴이 메었다.

"왜, 돈이 필요하니?"

사실, 돈 이외의 문제로 어머니를 찾은 일이 없었던 진수였다.

"나, 외국에 가고 싶어요."

"별안간 무슨 소릴……."

"미국에 가서 공부할래요."

진수는 눈물을 삼킨다.

"어떻게 그리 생각이 돌았니? 그렇게 하면야 오죽이나 좋겠니……."

어머니의 한숨 소리가 가늘게 들려온다.

"어머니, 진순 이젠 술 안 마셔요. 그리고 또…… 아무튼 기다리겠어요."

기다린다는 말은 어머니가 알아들을 수 없는 말이었다. 진수는 아까 민호와 헤어지면서 이곳을 떠나야겠다고 생각한 것이다. 언제이고 민호의 마음속에 설희라는 여인의 영상이 사라지고 그가 순수한 마음으로 자기를 찾을 때까지 그의 앞에 있지 않으리라고 생각한 것이다.

"되도록 빨리 뜨고 싶어요. 내일부터라도 수속을 밟겠으니,

어머닌 그리 아세요."

진수는 전화를 끊고 창문을 열었다. 무수한 별들이 흐르고 있었다. 멀리, 혹은 가까이서 반짝이고 있는 불빛들.

진수는 외국으로 가야겠다고 갑작스럽게 결정을 하고 보니 자기에게도 조국이 있었다는 묘한 감상 같은 감정에 잠기게 되는 것이었다. 그러나 진수는 민호를 떠난 모든 인간관계 속에서 언제나 이방인을 보았을 뿐이다. 심지어 어머니에게서까지도. 그러나 지금 민호에게서도 그것을 느낀다는 것은 얼마나 슬픈 일인가.

8. 애가

오 박사가 미국으로 떠날 준비를 완료했을 때는 어느새 가을 바람이 불고 있었다. 그러나 오 박사는 그 사실을 현회에게 알리지 않았다.

오 박사는 출발을 사흘 앞둔 날, S마을에 있는 정규에게 현회의 이름으로 전보를 쳤다. 올라와 달라는 내용이었다.

전보를 친 다음 날 저녁에, 오 박사는 현회에게 아무 말도 없이 집을 나왔다. 그러나 오 박사는 오래도록 잊지 않으려는 듯이 현회의 얼굴을 눈앞에 되새겨보는 것이었다.

서울역으로 나온 오 박사는 대합실에서, 올라올 정규를 기다리고 있었다.

오 박사로서는 생각할수록 기가 막히는 시간이었다. 그는 지금 사랑하는 제자가 가증하기 짝이 없는 적수로서 나타날 시간을 기다리고 있는 것이다. 그리고 자기 자신의 패배를 그에게 선언하기 위하여 이렇게 기다리고 있는 것이다.

얼마 후 기차가 들어왔다.

오 박사는 정규의 얼굴을 쉽게 발견할 수 있었다.

정규는 현회 대신 눈앞에 서 있는 오 박사를 보았을 때 적잖게 놀라는 눈치였으나, 이내 자기 자신을 수습한 모양으로, 내미는 오 박사의 손을 순순히 잡았다. 서로가 적의를 거칠게 의식하면서. 그러나 존경하는 은사요, 사랑하는 제자의 위치에는 변동이 없었다.

"사실 전보는 현회가 친 게 아니고 내가 친 거야."

오 박사는 자동차를 잡아타면서 정규에게 그런 말을 했다. 정규의 표정은 아까보다 한층 복잡하게 일그러졌다.

"운전수, 사보이호텔로 갑시다."

오 박사는 운전수에게 명령을 하고 난 뒤 천천히 담배를 피워 물었다.

두 사람 다 말이 없었다.

호텔에 도착한 오 박사는 미리 방 준비를 해둔 모양으로, 보이에게 정규의 짐을 넘겨주고 정규를 돌아보았다.

"오늘은 우리의 마지막 날이니 서로 무장을 벗어버리고 이야기하세."

오 박사는 식당으로 앞서 걸어갔다.

커피를 앞에 놓고 오 박사는 묵묵히 담배를 피우고 앉았다가,

"늦은 감이 있지만 문군은 현회하고 결혼을 하게. 별안간 하는 말이라 자네는 놀랄 테지만……."

과연 정규의 얼굴빛은 순간 창백하게 변했다.

"나의 잘못도, 자네의 잘못도 아니야. 서로 운명의 장난이라 생각하자."

"어떻게 선생님이…… 그것을……."

정규의 목소리는 떨렸다.

"어떻게 알았든, 마지막으로 보내는 내 마음을 곱게 받아주게. 내일 나는 미국으로 떠나게 됐네, 현회는 아직 아무것도 모르지만……."

"미국으로 떠나신다고요?"

정규 눈앞에 상화의 얼굴이 지나간다.

'분명히 상화의 농간이다.'

정규의 흥분 상태는 좀처럼 가라앉지 않았다. 눈에는 열기까지 돈다.

"그래, 미국으로 가겠다. 내게는 연구 생활이 있고, 또 새로운 인생이 거기 기다리고 있을지 누가 알아?"

오 박사는 애써 가벼운 어조로 말을 하면서 양복 속주머니를 뒤적거리다가 두꺼운 봉투 하나를 꺼내었다. 그는 호주머니 속에서 꺼낸 봉투를 정규 앞으로 밀어주며,

"이건 이혼장이다. 현회가 소송을 제기하지 않는 이상 합법적일 수 있는 거야. 부디 행복하게. 현회를 행복스럽게 해주게.

나의 불찰로 현회는 불행했어, 지금까지. 지나간 일 새삼스레 말한들 무엇할까마는, 세상 물정을 몰랐던 내 잘못을 현회를 위해서 사과하겠네. 그리고 자네에게는 스승이라기보다 한 사나이로서 나의 패배를 깨끗이 인정하고…….”

정규는 정말 할 말이 없었다.

“자네 누이는 스스로의 목숨을 끊었지만, 나는 달아날려네. 필연적으로, 사람이란 사랑하는 사람끼리 살아야 하는 거야.”

오 박사는 일부러 여러 말을 지껄여 정규의 마음을 편안하게 하려고 생각했으나 이따금 목이 메는 듯했고, 정규는 고개를 숙인 채 오 박사의 괴로운 표정을 보지 않으려고 한다.

한동안 담배만 빨고 있던 오 박사는,

“자네는 현회에 대한 사랑에 신념을 갖겠나?”

새삼스러운 물음이다. 정규는 의아하게 오 박사의 얼굴을 쳐다본다.

“자네는 미혼이지만 현회는 새 사람이 아니라는 것, 내 마음에 꺼리는 점은 그것이다. 정규, 현회를 괴롭히지 말게.”

“전 현회 씨에 대한 사랑을 굳게 신념합니다. 다만 현회 씨의 마음이……. 현회 씨는 선생님을 깊이 존경하고 있습니다.”

“아무리 천사처럼 마음씨가 고와도 그 이상의 봉사는 못 할 거야. 내가 미국으로 퇴각하는 작전은 가장 시효적인 일이야. 걱정 말게, 현회는 해바라기처럼 자네를 바라보고 있네.”

오 박사는 가볍게 웃어넘기려고 했지만, 그 웃음은 경련처럼 얼굴 근육을 흔들었을 뿐이다.

"자, 그럼, 내일을 위해서 난 일찌감치 자야겠어."

오 박사는 담배를 눌러 *끄*고 일어선다. 그 이상 자기의 부자연스러운 표정이나 동작을 정규에게 보이고 싶지 않았던 것이다.

오 박사는 식당에서 나와 사무실로 가더니 전화를 빌린다.

"현회요?"

"네."

"나, 오늘 밤 피치 못할 일이 있어 못 들어가요. 그리 아오."

"지금 어디 계시는지……."

또렷한 목소리가 전화기를 통해서 울려온다.

오 박사는 가슴이 답답했다. 이미 며칠 전부터 사보이호텔에다 방을 빌려, 미국에 갈 다소의 준비를 마련해두었던 것이다.

"저, 친구 집인데……. 현회, 그럼 잘 자요."

오 박사는 마음속으로 다시 한 번 잘 있으라고 소리친다.

"선생님도 그럼, 안녕히 주무세요."

전화는 끊어졌다. 오 박사는 수화기를 든 채,

"현회, 그럼 잘 있어!"

하며 낮게 울부짖고 있었다.

'선생님도 그럼, 안녕히 주무세요.'

귓가에 쟁쟁한 현회의 목소리.

오 박사는 얼마 떨어지지 않은 곳에 있는 정규의 눈을 피하여

2층의 계단을 밟았다. 유리창 밖에 비쳐 있는 명동 거리의 네온 사인이 뿌옇게 흐려 보인다.

청명한 가을 하늘이었다.

가을은 민호 마음에다 한층 깊은 애상의 그늘을 던져주었다. 그간 진수를 몇 번 만나기는 했어도 설희가 남기고 간 아픔이 가라앉지는 않았다. 오히려 진수라는 존재는 설희에 대한 회상을 불러일으키는 것이 되고 마는 듯했다.

민호는 자기의 분열된 정신 속에서 하나의 조화를 찾지 못하고, 어쩔 수 없는 방황 속에서, 다만 딸 영을 바라보며 나날을 보내는 것이었다.

민호가 연구실로 나갔을 때, 민호 책상 위에 편지 한 장이 있었다. 필적이 오 박사의 것이었다.

민호는 생각 없이 그 편지를 들어 읽다가 놀라움을 감추지 못하고 밖으로 뛰어나왔다.

민호는 몇 번이나 시계를 들여다보면서 자동차를 잡아타고 오 박사의 집으로 달리게 했다. 오 박사 집에까지 온 민호는 자동차를 가지 못하게 하고 집 안으로 뛰어 들어갔다.

"사모님! 사모님!"

민호는 현회가 그의 고함 소리에 놀라서 나오자마자 대뜸 현회의 손목을 잡아끌고 자동차에다 태우는 것이었다.

"이 선생, 왜 이러세요?"

현회는 얼굴이 새파랗게 질리며 민호에게 묻는다. 무슨 큰일이 일어난 듯한 예감이 들었기 때문이다.

"걱정일랑 마세요. 김포 비행장으로 나가니까요."

현회의 얼굴에는 핏기가 돌아온다.

"아이구, 놀라워라. 글쎄, 누가 어딜 가시나요?"

민호는 우울하게 입을 다물어버린다.

"누가 어딜 가세요?"

현회가 재차 물었을 때,

"사모님, 놀라지 마세요. 선생님께서 미국으로 떠나십니다. 시간 안에 갈 수 있을는지……."

민호는 초조하게 시계를 들여다본다.

"누가 미국으로 가신다고요?"

현회의 얼굴빛이 다시 변한다.

"오 선생님께서 미국으로 가십니다. 저도 전연 몰랐습니다. 오늘 연구실에 나갔더니, 편지를 써놓고 가셨더군요. 사모님에게도 말씀 안 드리고 가신다고……."

"어째서 이렇게 되었어요?"

현회는 너무나 의외의 일에 소리친다.

"모든 것은 정규에게 맡기고 가신답니다. 그렇지만, 마지막이니 사모님께서 나가셔야죠."

민호는 다시 우울하게 말하면서 시계를 들여다본다.

"운전수 양반, 좀 더 속력을 낼 수 없소?"

현회는 혼란 속에서 좀처럼 머리를 정리할 수 없는 듯, 이마를 양손으로 꼭 눌러 잡고 있었다.

"아무리, 그럴 리가 있어요? 어젯밤에만 해도 저한테 전화가 왔었는데……."

그러나 민호는 그 말에는 대답을 하지 않고,

"이렇게 제가 사모님을 모시고 가는 것은, 조금이라도 후회가 없도록 하기 위해서……. 영영 죽어버린 사람에게는 그야말로 도리가 없더군요."

민호는 쓸쓸하게 웃으면서 창밖을 바라본다. 집 한 채 없는 벌판이 계속되더니, 김포 비행장이 보이기 시작한다.

"좀 더 속력을 낼 수 없소?"

민호와 현회가 김포 비행장으로 달려갔을 때 이미 손님들은 모두 비행기에 탑승한 후였다. 그러나 비행기는 뜨지 않고 있었다.

민호와 현회는 사람들을 헤치며 앞으로 나갔다.

밖을 내다보고 있던 오 박사는 민호와 현회의 모습을 보았다. 그런데 그때 오 박사 바로 옆 자리에 앉아 있던 여자가 민호의 모습을 보고 놀라서 일어섰다. 진수였던 것이다.

오 박사는 현회의 모습을 눈여겨 바라보고 있었다.

진수는 일어서서 승강구로 달려갔다. 승강구로 간 진수는 민호를 보고 손을 쳤다.

진수를 본 민호는 자기도 모르게 한 발 앞으로 다가서는 것이었다.

"진수다!"

진수는 다시 한 번 손을 흔들어 보였다.

진수의 얼굴 위로 지나가는 미소가 어슴푸레하니 보인다.

'진수, 왜 가는 거야!'

민호는 이미 오 박사의 존재는 잊어버린 듯, 손을 흔드는 진수를 바라보며 마음속으로 안타깝게 소리쳤다. 그러나 진수의 모습은 없어지고, 비행기는 땅으로부터 천천히 이륙하고 있었다.

민호는 진수의 모습은 보이지 않게 되었지만, 그가 창에서 자기를 보고 있을 거라 생각하고 돌아오라는 뜻으로 손을 자기 앞으로 쳐 보였다. 그러나 비행기는 민호의 시야에서 멀리멀리 사라져버리는 것이었다.

민호가 겨우 자기 자신으로 돌아왔을 때, 비행장은 벌판처럼 민호의 가슴속에 찬바람을 불러일으키는 것이었다.

진수가 떠난 이유를 모르는 민호는 아니다. 그렇다고 그렇게 쉽게 떠나갈 줄은 차마 몰랐던 것이다.

민호는 담배를 피워 물며 돌아섰다.

현회가 울고 있었다. 그러나 현회는 혼자가 아니었다. 정규가 옆에 서 있었고, 정규는 현회의 어깨를 감싸주듯, 옆에 서서 그의 울음이 그치기를 기다리고 있었다.

민호는 잠자코 혼자 걷기 시작하였다. 정규도 현회를 부축하듯 하여 민호의 뒤를 따랐다.

세 사람은 말없이 자동차에 몸을 실었다.

'이들은 이제 완전한 결합을 이루는 것이다. 그러나 한 사람의 희생은 너무 큰 것이었다.'

민호는 그렇게 마음속으로 중얼거렸다. 그러나 희생자로서 오 박사보다 더한 사람이 있으니, 그것은 정신과 육신을 한꺼번에 버린 설희다.

오 박사는 그래도 그의 말대로, 새로운 인생이 어디서 기다리고 있을는지도 모른다. 그런 뜻에서 현회와 정규의 결합은 순조로운 것이 될 수 있을 것이다.

그러나 민호는 그와 경우가 다르다. 민호에게 남은 것은 세월이고, 세월과 더불어 망각의 세계에서만 진수와의 결합이 가능하게 되는 것이다.

인간은 망각의 동물이다. 민호는 자기가 어느 때고 설희를 잊어버릴 날이 있을 것을 알고 있다. 그것은 설희를 위해서 너무 슬픈 이야기 같지만 인생이란 그런 것이다.

민호는 정규에게 한마디의 말도 하지 않고, 바깥 하늘만 바라보며 달리는 속도 속에 자신을 의식하고 있을 뿐이다.

진수와 오 박사가 미국으로 건너간 뒤, 민호는 자기의 생활 자체를 잃어버린 듯한 공허 속에서 날을 보내고 있었다.

비행장에서, 진수에게 돌아오라는 뜻으로 손을 쳤지만, 그가 영 떠나버린 요즘의 민호의 심정으로는, 오히려 어느 기간 동안은 이렇게 서로가 이별 상태로 있는 것이 좋겠다고 생각하는 것이었다. 그것은 죽은 설희에 대한 슬픔을 오래 간직하고 싶었고, 그의 가엾은 생애에 대해서 쉽사리 눈물을 거두어버리고 싶지 않았기 때문이다.

가을바람이 우수수 불어왔다. 노오란 단풍이 지고 있었다. 멀지 않아 겨울이 올 것이다.

그즈음, 미국에 간 오 박사와 진수로부터 편지가 왔다. 그들은 모두 새로운 천지에서 희망과, 그리고 기다림을 버리지 않고, 삶을 긍정하려는 노력의 자국을 그 편지 속에다 나타내고 있었다.

오 박사의 편지에는 내 나라를 버리고 온, 이 인종이 다른 별천지에서 내 고독을 바라본다는 것은 오히려 마음이 고정되어 가는 듯해서 좋다는 체념적인 문구가 적혀 있었다.

그들의 편지를 받고 이삼일이 지난 어느 날 정규가 민호를 찾아왔다. 설희가 죽은 후 두 번째의 대면이다.

악수를 청한 정규는 한동안 민호를 쳐다보더니,

"내일 현회하고 시골로 내려가기로 했어."

오 박사가 떠난 후 현회는 영 정규와 같이 시골로 내려갈 것을 거절한 때문에, 부득이 정규만 혼자 내려가 버렸던 것이다.

"자넨 언제 올라왔어?"

민호는 담배에 불을 붙이며 물어본다.

"어제 왔지."

"사실 오 박사가 떠난 즉시 자네 곁으로 간다는 것은 현회 씨의 성격상 어려웠을 거야."

"그래서 자네도 여자를 미국으로 보내버렸군."

비꼬는 말이었지만 이미 노여움은 없어진 목소리다.

"어디 내가 보냈나? 그 여자 스스로 갔지."

"아무튼 사람처럼 야박한 것은 없어. 세월 따라 잊어버릴 수 있다는 것, 그러나 그것을 역행할 수도 없는 노릇이지."

"세월을 따라 잊어버릴 수 없었던 자네들의 사랑이 이제 결실되었는데 무슨 넋두리야."

이번에는 민호가 비꼬아준다.

"각도가 다른 얘기는 그만두고, 자네도 그 여자를 찾아가든지 불러오든지 하게. 내 누이가 불쌍하지만, 산 사람은 죽은 사람 따라갈 수 없는 노릇이니."

정규는 얼굴을 찌푸리며 민호를 바라본다.

민호는 쓰게 웃으며,

"자네가 행복하게 되니까 좀 미안한 생각이 드는 모양이군 그래."

"어쨌든 우정이라 생각하게."

"흥, 그만두게. 세월에 맡겨야지. 자네나 내나 무슨 팔자가 이렇게 나빠? 사람 하나씩을 다 못쓰게 만들어놔야 한단 말인가."

민호는 우스갯소리를 하는 듯했지만 그 표정은 비통했다.

"아무튼 일어나 밖에 나가자고."

정규는 담배를 버리고 일어선다. 민호는 바바리코트를 걸치고 정규를 따라 거리로 나섰다.

"대관절 자네하고 현회 씨의 로맨스를 누가 오 박사에게 발설했을까?"

"자넨 그것도 모르나?"

정규는 고개를 옆으로 젖히며 되레 묻는다.

"내가 알 턱이 있나. 그간 나는 일체 외부하고 거래가 없었으니."

한동안 정규는 말이 없다가,

"윤상화라는 사나이를 자네는 이미 잘 알고 있지?"

"다소는 알고 있지만……."

민호는 설희가 죽기 전에 연구실로 찾아온 상화의 표정을 눈앞에 그려보았다. 그러나 정규에게 그런 말을 하기는 싫었다.

"그 사내를 자네는 어느 정도 알고 있나?"

"어느 정도라니? 자네하고 퍽 가까운 사람으로 알고 있지."

"설희를 죽도록 사랑한 사내인 것은 모르고 있었나?"

"설희를?"

민호는 너무나 의외의 말에 걷다 말고 걸음을 멈추어버린다.

"그럼, 설희를 사랑했지. 아주 어린 시절부터. 아마 자네가 나타나지 않았던들, 설희는 그의 사람이 되어 있었을지도 모르고, 죽지 않았을지도 모르지.”

민호는 목이 꽉 메어오는 것을 느낀다.

“그럼 설희는 그 사람을 어떻게 생각했을까?”

무의식중에 물어본 말이었으나 민호는 곧 후회하고 말았다.

“설희는 그를 믿었고, 그를 친오빠인 나보다 극진히 위했지만 그것은 끝내 이성에 대한 사랑은 아니었던 모양이야. 차라리 그렇게라도 되었더라면 피차가 다 구원을 받았을 것인데…….”

민호는 비라도 묻혀올 듯한 먼 하늘을 뜻 없이 바라보았다.

미아리 묘지에서 돌아서서 우두커니, 지금 자기가 한 것처럼 뜻 없이 먼 하늘을 바라보고 있던 상화의 옆얼굴이 눈앞에 어린다.

‘그랬던가, 정말로 그랬던가?’

“이런 얘기를 해서 고의로 자네에게 고통을 줄 마음은 이제 없어. 죽어버린 사람에게는 박절한 얘기지만, 잊어버려야…….”

“…….”

“아까 자네가 오 박사한테 누가 발설을 했느냐고 하길래 그 사나이 얘기가 나온 거야.”

민호는 잠자코 걷고만 있었다.

“그자가 오 박사에게 모든 일을 터뜨린 모양이야.”

“그 사람이 오 박사한테 이야기를 했다고?”

정규는 가만히 고개를 끄덕이면서,

“그러나 승리가 이렇게 쓸쓸할 수 있을까? 나는 미국으로 떠난 자네 여인의 심정을 알 수 있겠어."

그러나 민호는 다른 생각을 하고 있는 모양으로,

"그 친구는 나한테도 왔더랬어. 설희가 죽기 바로 전날에……."

민호는 혼잣말처럼 중얼거리며 고개를 푹 숙인다.

"뭐 하려고 찾아갔을까?"

정규는 의심스럽게 묻는다.

"집으로 돌아가라는 충고를 하러 왔더군. 애를 봐서라도……."

발끝을 내려다보며 민호는 또다시 그때의 가슴 쓰라리던 일을 회상하는 것이었다.

정규도 말이 없었다. 싸늘하게 머릿속을 울려주는 두 사람의 발소리가 있을 뿐이다.

사방에 어스름한 어둠이 밀려 들어온다. 벌써 군밤 장수가 거리 거리에 서서 오가는 사람들의 시선을 끌어보려고 서두르고 있다.

"가을이군……."

정규가 이유 없이 그런 말을 뇐다.

"겨울이 곧 오는 거야."

민호도 이유 없이 정규의 말을 수정한다.

"저녁이고 다방이고 모두 집어치우자. 술이라도 좀 들이켜야 속이 시원할 것 같군."

민호는 정규 말에 동의를 표하고 바바리코트에 손을 찌르며 앞장을 서서 간다.

민호는 후미진 뒷골목 길로 접어들었다. 꼬불꼬불 꼬부라진 골목을 돌아서 가등이 환히 켜져 있는 어느 집 앞에까지 가서 발을 멈추고 정규를 돌아보며 빙그레 웃음을 짓는다.

"추태를 좀 부리더라도 명동의 바 같은 곳보단 나을 거야."

사실 정규는 바 같은 곳이 체질에 맞지 않았다.

요릿집으로 들어가서 방을 하나 마련하고 접대부를 청한 민호와 정규는 주거니 받거니 허물없는 말을 하면서 술을 마시고 있었다.

어지간히 주기가 돌았을 무렵, 누군지 방문을 열고 척 들어서는 사나이가 한 사람 있었다. 술이 엉망이 된 상화였다.

"형님! 이러기요? 그러지 맙시다."

그러자 상화의 일행인 듯한 청년이 당황하며 와서 상화를 잡아끌었다.

"실례했습니다. 이 친구 술이 취해서…… 뭐, 아는 사람들의 목소리가 들린다고 하면서…….."

청년은 술기가 없었다.

"아, 그만두시오. 내 동생이오. 걱정 말고 가보시오. 내가 끌고 갈 테니……."

청년이 나간 뒤,

"자넨 어쩌자고 이러고 다녀?"

그렇게 말하는 정규나 민호 역시 어지간히 술기운이 돌아 있었다.

"형님, 정말로 그러기예요? 세상에 불쌍한 놈이 윤상화란 말입니까?"

상화는 핏기 어린 눈으로 민호를 노려본다.

"이 선생, 당신은 그래, 잘났단 말이군. 설희가 뭐가, 어디가 못해서 죽인 거요."

상화는 술상에 놓인 컵을 냉큼 들더니 꿀꺽꿀꺽 술을 넘긴다. 그러더니 술잔을 상 위에 탁 놓고 말투를 아주 바꾸어버린다.

"개가 핧은 죽사발 같은 상판대기만 하고 있음 그만인 줄 알어? 그래 니까짓 게 뭐가 그리 잘났다고……. 흥, 거지 같은 자식!"

상화는 술 냄새를 사방에다 피우며 바싹 민호 옆으로 다가앉는다. 접대부가 놀라서 물러앉고, 정규도 일어선다. 그러자 상화는 접대부에게 눈을 부라리며,

"떠들지 말아! 요사스러운 계집들!"

상화는 소리를 바락 지른다. 그러고는 호주머니 속에서 봉투 하나를 꺼내어 술상을 두드리더니, 그 봉투를 팽개치듯 놓는다.

"형님! 상화, 오늘 밤에는 돈 있습니대이. 걱정 마이소. 이게 돈이란 말이오, 헹! 2만 환, 시집의 인세란 말이오!"

상화는 일부러 사투리를 섞어가며 봉투를 두드린다.

"누가 자넬 돈 없다고 괄시했나? 왜 이러는 거야."

"저 자식은 돈도 많은 놈이고, 계집도 많은 놈이고, 직업도

똑똑한 놈이니까……. 그러나 나라고 맨날 없으란 법이 있소? 에잇, 괘씸하고 분하고 원통하고…….”

가라앉은 듯한 눈으로 도사리고 있던 민호의 손이 날아왔다. 상화의 뺨을 친 것이다. 그리하여, 드디어 난투극이 벌어지고 말았다.

“이 자식아! 언제고 나는 너한테 분풀이를 하고 말 거라 생각했어. 이 색마야, 살인귀야!”

상화는 체력으로도 민호를 당하지 못했다. 연방 얻어맞으면서, 입으론 욕지거리를 하고 있는 것이다. 쌓이고 쌓인 울분과 슬픔이, 술의 힘을 빌려 터져 나오고 만 것이다. 그러는 한편 민호는 이 가엾은 사나이를 치면서 울고 있었다. 역시 그도 취했고, 울분을 풀 길이 없었던 것이다.

“그래, 난 살인마야. 그렇지만 넌 뭐야! 주제넘게. 넌 뭐냐 말이다.”

“아서, 그만두란 말이야. 사내자식들이 비겁하게 술 핑계를 하고…….”

정규가 뜯어말린다. 사실, 서로가 술김에 울분을 풀려는 것이 시비가 되었다. 그리고 서로의 슬픔과 울분은 같은 성질의 것이었다.

두 사람은 설희라는 여인 한 사람으로 인연되었다. 그러나 이제 그 여인은 없어지고 만 것이다.

상화, 정규, 민호 세 사람은 이내 어울려지고 말았다. 그리고 다시 술잔을 들었다. 같은 슬픔으로 하여 언제까지 원수가 될 수는 없는 사람들이다.

접대부들이 싱거워할 지경으로, 어이없게 싸움을 끝내버린 사나이들은 부어라 마셔라 하며, 폭음을 감행한다.

통행금지 시간이 거의 다 되려고 할 때, 사나이들은 길을 쓸 다시피 하며 밖으로 나왔다.

아무도 없는 어두운 길을 헤매 가듯 하면서, 상화는 별이 무수히 흐르고 있는 하늘을 향하여 춤추듯 손가락질을 한다.

"너희들은 뭐냐! 도대체 뭐냐! 이 선생, 나도 딸년이 생겼죠, 여편네도 생기고……. 아아, 형님, 나에게 축하를 보내주시라니까……."

"미친 소리 말어! 니 여편네는 죽었어. 설희는 죽었단 말이야."

"천만에, 천만에, 영원히 살아 있어요. 우주가 있고, 저 별이 있고, 내 목숨이 있는 한에 있어선……."

상화는 하늘을 보고 연방 손가락질을 하면서 횡설수설 지껄인다.

"설희도, 내 생명도, 그리고 이 우주의 신비도 전부 집어넣은 내 예술이, 내 딸이 나와요!"

민호는 상화의 주정하는 고함 소리를 어슴푸레 들으며, 땅 위에 주저앉았다.

다음 날, 현회와 정규는 S마을로 떠났다. 현회는 자기에게 주어진 행복에 대해 죄스럽게 생각하고 있는 듯, 끝내 고개를 수

그리고 있었다.

그들을 보내고 역에서 집으로 돌아온 민호는 창가에 의자를 끌고 와서 앉아 담배를 피워 물었다. 말할 수 없는 고독감이 몰려들어 온다.

뜨락에는, 봄에 설희가 가꾸던 국화가 어느새 피었는지, 이제는 벌써 시들고 있는 것이다.

'생각하면 참 묘한 일이 아닐 수 없다.'

민호는 윤상화가 설희를 극진히 사랑했다는 정규의 말을 생각한 것이다. 그리고 바로 어젯밤에 상화 입에서 나온 갖가지 말들이, 취중이었는데도 불구하고 머릿속에 생생히 남아 있었다.

'내가 거기 가지 않았던들…….'

그러나 이미 모든 일에는 종결이 오고 만 것이다. 생각하고 후회한들 무슨 소용이 있을 것인가.

민호는 그런 일을 털어버리고 진수가 보내온 편지의 어느 구절을 생각하려고 했다.

……제가 이 선생의 사랑을 독점한다는 것은, 이 선생 앞에 진수라는 여자가 완전해야 한다는 것을 저는 알고 있어요. 한 사람의 죽음이나, 또는 이별로써 독점이 이루어지는 것은 아니지요…….

'그래, 진수는 누구의 죽음 같은 것을 바라는 여자는 아냐.

너가 완전하다고 생각하는 것은, 진실과 선善을 말하고 있는 것을 나는 알고 있어. 우리는 진실했다. 그러나 그 진실의 결과는 악이 되고 말았다. 이것이 누구의 죄랄 수는 없어. 우리는 그렇게 아슬아슬한 이별과 해후 속에 휘말려 들어갔을 뿐이니까. 아무튼 우리는 다시 만나야 할 게고, 우리의 진실은 그냥 버려질 수는 없는 것이라 나는 생각해.'

민호는 그런 답을 마음속으로 뇌어보는 것이었다.

민호는 무심히 창가에 있는 영에게 시선을 돌렸다. 파리한 얼굴, 엄마를 그리워하는 얼굴, 재롱을 피우다가는 때때로 칭얼거리는 영이다.

"영아!"

"응?"

영은 호수처럼 맑은 눈을 들었다.

"엄마 데려올까?"

영의 눈이 빛난다. 뺨에 핏기가 모인다.

"정말?"

"그럼, 예쁜 엄마야."

'진수는 좋은 엄마가 될 거야……'

그러자 식모가 무슨 책 같은 것을 갖고 들어왔다.

"이런 것이 왔습니다."

민호는 책같이 보이는 꾸러미를 젖혀보았다. 누가 보냈는지 이름이 없다. 민호는 뜯어보았다.

한 권의 시집이었다. 윤상화의 시집, '애가哀歌'라는 제목이
붙은 시집이었다.

민호는 어젯밤에 고래고래 소리를 지르며 나에게도 예술이
있다고 떠들던 그의 생각이 났다.

'그렇다, 그에게는 예술이 있다.'

민호는 책을 펼쳤다.

설희는 참말, 상화의 말대로 그의 시 구절 구절에 살아 있었
다. 입김이라도 느껴질 지경으로 생생하게 살아 있다. 목소리,
머리카락, 눈동자 같은 것도……. 민호는 죽은 설희에 대한 모
독이라 생각하면서도 일면, 설희는 불행한 여자가 아니었다는
생각을 해보는 것이었다.

민호는 다시 영을 바라보았다.

"영아, 너 엄마 설희는 여기 살아 있단다."

그러나 영이 그 말뜻을 알아차리기에는 아직도 많은 세월이
흘러야 할 것이다.

민호는 영을 안고 일어섰다.

"영아, 우리 뽀뽀 타고 저어기 가자, 응?"

민호는 식모에게 영의 옷을 갈아입혀 달라고 부탁하고 자기
도 외출할 준비를 차렸다. 미아리에 있는 설희의 묘지에 가볼
생각인 것이다.

자동차를 타고 집을 나섰을 때 영은 손뼉을 치며 좋아했다.
날씨는 차도 하늘은 유리처럼 맑고 높았다.

민호는 명동 앞을 지나가는 길에 자동차를 머무르게 하고 꽃집에 들어가서 향기가 그윽한 국화를 사가지고 도로 자동차에 올랐다.

"아빠, 이 꽃 뭐 해?"

"누구 줄려고……."

"누굴 줘?"

"엄마 줄려고……."

"엄마 보러 가나?"

"그래……."

민호는 영의 머리를 쓰다듬어주었다.

돈암동을 지나 미아리 묘지에까지 온 민호는 영을 안고 자동차에서 내렸다.

"곧 돌아올 테니 기다려요."

민호는 운전수에게 당부를 했다. 그는 영을 안고 설희의 묘를 찾았다.

"아빠, 이건 뭐야?"

"이건, 글쎄……."

민호는 대답을 할 수가 없었다. 사람이 죽어 묻힌 곳이라 하기에는, 영이 아직 죽음을 모르기 때문이다.

"영아."

"응?"

"엄만 말이야, 저 파아란 하늘을 지나가는 구름 속에 계신단다. 그래서 말이야, 이 둥근 산에 꽃을 놓아주면 엄마가 구름 속에서 내려다보시는 거야."

"응?"

사실, 민호도 그 설명이 어린아이에게 퍽 어려운 것인 줄 알고 있었다. 그렇게 말하며 민호가 설희의 묘 가까이 갔을 때, 그는 적잖게 놀랐다. 쭈그리고 엎드려 있는 사나이가 있었기 때문이다. 윤상화였다.

민호는 발이 땅에 붙은 것처럼 움직여지지 않았다. 그의 슬픔을 건드리기가 싫었다. 그러나 상화는 뒤를 돌아보았다.

"아아!"

그는 일어섰다. 얼굴이 발갛다. 슬픔에 철한 얼굴이 그렇게 맑을 수 있다는 것을 민호는 처음 알았다.

민호는 잠자코 꽃을 묘 앞에 놓았다.

"아빠, 왜 엄마가 안 봐?"

새된 영의 목소리에 두 사나이가 돌아보니, 영은 얼굴을 들어 하늘의 흘러가는 구름을 바라보고 있었다.

작품 해설

박경리,
연애소설을 쓰다

김예니(문학평론가, 성신여대 창의융합학부 초빙교수)

첫 장편소설, 첫 연애소설

한국전쟁이 남편을 앗아가고, 불의의 사고로 아들마저 잃은 박경리는 남겨진 가족들의 생계를 책임지는 가장이 되었다. 박경리의 전쟁 경험은 초기 작품세계에 영향을 미쳐 이 시기 그녀의 작품은 전후 사회의 부조리에 타협할 수 없어 괴로워하는 여성 주인공을 통해 당대 현실이 가진 모순을 날카롭게 그려낸다. 이렇듯 현실에 대한 비판 의식으로 왕성하게 단편소설을 창작하던 박경리는 1958년 장편이라는 새로운 양식으로 이행한다. 『호수』(《숙명여고 학보》, 1957), 『애가』(《민주신보》, 1958), 『은하수』(《새벗》,1959)는 박경리의 장편소설 이행기를 보여주는 작품군인데, 이 시기 장편으로의 이행은 전후 일상성이 회복되는 과정에서 문학적 도전과 변화가 필요한 시점이라는 박경리 문학 여정의 첫 변곡점을 의미함과 동시에 무엇보다 전쟁 후 여성 가장의 신분으로 가족의 생계를 책임져야 했던 작가 개인의 현실적인 이유가 크게 작용한 것으로 보인다.

1950년대 말부터 박경리는 신문과 잡지에 많은 양의 대중소설을 꾸준히 연재하면서 왕성한 창작활동을 펼쳤다. 그중 『애가』는 박경리 문학의 변화를 보여주는 길목의 첫 작품으로 주목할 필요가 있다. 『호수』, 『은하수』가 각각 청소년, 아동 등 특정한 연령대의 독자를 대상으로 삼고 있다면 『애가』는 불특정 다수의 대중을 독자로 상정한 첫 장편 연재소설이자 첫 연애소설이다. 연애소설이란 대중소설 중 사랑을 소재로 한 소설로 사랑의 성취를 목표로 하는 남녀 간의 도덕적이고 감정적인 갈등을 작품의 전면에 극화한 소설을 뜻한다. 1950년대에는 한글을 깨친 여성이 독서 대중으로 편입되면서 출판 수요가 폭발적으로 증가하던 시기였는데, 이에 발맞춰 신문, 잡지에는 연애소설이 활발하게 발표되었다. 이 시기 연애소설의 특징을 살펴보면, 전후 가정의 재건을 통한 국가 질서의 재구축을 목표로 가정을 신성화/절대화하는데 대체로 연애의 결론을 결혼으로 한정하면서 여성의 섹슈얼리티를 억압하고 고정화된 젠더를 사회적으로 교양했으며 사회와 개인의 윤리를 국가 주도로 재구축하고자 했다. 이때부터 연애소설은 가정과 여성의 순결성, 그리고 낭만적 사랑의 완성으로써 결혼 제도와 남녀 성역할에 대한 보수성 등을 전면에 내세워 당대 지배적 이데올로기와 갈등하지 않는 서사를 추구했다.

하지만 박경리의 연애소설은 기존 연애 서사가 보여주는 전형성에서 벗어난 양상을 보여줬다. 그저 대중의 인기를 목적으로 한 소설 창작이었다고 치부할 수 없는 이유다. 이 시기 창작된 박경리의 장편소설들이 모두 일정한 문학적 성과와 대중적 성취를 얻은 것은 아니지만, 여성에 대한 반격이 이뤄지던 전후 사회를 배경으로 한 박경리의 연애소설을 징후적으로 독해해야 하는 이유는 사회적 부조리에 타협할 수 없는 비극적 낭만성과 가정과 결혼으로 타협하지 않는 사랑에 관한 깊은 탐구가 이 시기 박경리 연애 서사에 이미 존재하기 때문이다.

여성에 대한 강화된 이중 잣대
― 진수와 설희 그리고 민호

전후에 벌어진 여성 섹슈얼리티에 대한 국가 통제는 사회적으로 보호받을 가치가 있는 성과 그렇지 못한 성으로 여성을 분리하여 차별적으로 통치하면서 '여성에 대한 이중 잣대'를 강화했다. 이런 조건에서 여성작가가 여성의 섹슈얼리티에 대해 적극적으로 탐색하고, 자기 해방의 조건을 인식하기란 쉽지 않다. 더군다나 이분법적인 성 담론 속에서 여성에게 억압적인 사회적 조건을 고려하지 않고 글을 쓴다는 것은 어려운 일이었을 것이다. 하지만 박경리의 연애 서사는 당대의 지배적 이데올로기에 어긋나 있어 반항의 틈새를 제공하기도 했다. 겉으로는 기존 연애 서사의 클리셰가 반복되는 것처럼 보일 수도 있지만, 박경리의 반어적 어법에 주목하게 되면 이중전략의 서사 속 그 이면에 숨겨진 의미를 읽어낼 수 있다.

1950년대 박경리의 초기 단편소설 속 여성 인물들은 성적 대상화를 거부하거나 자신의 욕망을 드러내고 주체적인 자의식을 갖는 순간 공동체로부터 추방되어 생존의 위협을 느낄 수밖에 없는 가부장적 질서를 인식하고 이런 사회적 규율을 내면화할 수 없어 고통받는다. 이 시기를 거쳐 1950년대 말 첫 장편으로 창작된 『애가』는 박경리의 초기 단편이 보여준 문제의식을 본격적으로 형상화한 작품이라 할 수 있다. 『애가』는 아름답고 매력적인 여성 인물과 멋진 남자 주인공, 두 연인의 다정한 대화나 화려하고 즐거운 데이트 장면, 그리고 여성의 과거라는 갈등과 청순한 라이벌 여성의 등장에 따른 삼각관계와 불륜을 그린 전형적인 '불륜 모티프'의 연애 서사 클리셰를 따르는 듯 보인다. 하지만 『애가』의 사건과 인물 간의 갈등을 통해 여성 인물이 가진 의미를 좀 더 섬세하게 살펴보면 작가가 『애가』라는 연애 서사를 통해 말하고자 하는 바가 단순한 치정극을 넘어선 것임을 확인할 수 있다.

우선, 『애가』에서 주목할 것은 여성 주인공인 진수가 '양공주'

였다는 점이다. 이는 전후 사회의 특수한 조건을 보여줌과 동시에 전쟁이 끝난 후 여성의 섹슈얼리티를 둘러싼 당대의 이중 잣대를 보여주는 중요한 단서이기에 여성 주인공인 진수가 과거 '양공주'였다는 사실은 중요한 갈등의 원인으로 제시된다. 진수는 과거 자신을 짝사랑한 미군에 의해 강간을 당하고 자포자기한 마음에 그 미군과 살림을 살았던 과거를 숨기고 운명처럼 만난 민호와 연인 관계를 유지하고 있다. 이런 이유로 진수는 민호와 결혼을 염두에 두지 않고 언제라도 떠날 마음의 준비를 하고 있다. 하지만 민호는 지인으로부터 진수의 과거에 대해 알게 되고, 오랜 시간 괴로워하다 우연히 어떤 미군과 농을 주고받는 진수를 먼발치에서 발견하고는 진수를 '양공주'로 단정하며 이별도 고하지 않은 채, 도망치듯 진수를 떠나버린다.

진수의 과거 서사에서 강조되는 것은 '양공주'였다는 과거의 일에 진수의 자발적 의지는 전혀 개입되지 않았다는 점이다. 작가는 진수가 자발적으로 '양공주'를 선택한 것이 아니라 어쩔 수 없는 시대적 폭력이 그를 '양공주'로 몰았다고 설명한다. 하지만 이런 진수의 과거를 둘러싼 주변의 시선은 민호의 고통과 방황에서 알 수 있듯 순결 이데올로기에서 벗어나지 못한 채 여성에게 냉혹하다. 지금껏 자신이 사랑했던 진수를 "샘처럼 맑은 섬세하게 솟아나던 감정"의 소유자이며, "순결하게 보이던" 여자라 느꼈는데, 그런 진수가 밤거리 미군과 농을 주고받는 모습에 이유를 따져 묻지도 않은 채 민호는 큰 충격에 휩싸여 연인에 대한 믿음을 한순간에 잃는다. 자신이 가지고 있는 순결한 연인에 대한 이미지가 훼손되자 민호는 뒤도 돌아보지 않고 부산으로 떠나버린 것이다. 이는 '양공주'를 둘러싼 당대의 시선과 여성에게 기울어진 성적 윤리의 보수성을 보여준다.

반면, 성적으로 타락한 '마녀'로 표상되는 진수와 대조를 이루는 여성 인물 설희는 순결한 처녀로 '성녀'의 이미지를 갖는다. 민호는 부산에서 만난 친구의 여동생 설희에게 '못 견디게 외로워'진 자신을 '어머니'처럼 위로해달라면서 자신을 향한 설희의 호감을 이용해 설희를 성적으로 대상화한다. 민호는 설희를 사랑하지 않으면서 육정의 대상으로 여기지만 앞으로는 '의지로써' 설희를 사랑하겠다 결심하고 진수에게 받은 상처를 극복하기 위해 설희와의 결혼을 결행한다. 결혼만 하면 문제될 것이 없다는 태도이다. 여기서 주목할 것은 여성의 순결과 정조는 문제가 되지만, 남성 인물들의 타락과 방황은 사회적 비판의 대상이 되지 않는다는 점이다. 진수에게서 "청정한" 애정을 느꼈던 민호는 자기 상처의 원인을 진수의 성적 타락에서 찾는데, 사랑하지 않는 설희와는 그녀를 성적으로 대상화하고 도구적으로 이용하면서도 결혼의 대상으로 여긴다. 민호에게 결혼이란 사랑의 결실이 아니라 고통의 도피처인 것이다.

민호에게 중요한 것은 여성의 처녀성이다. 그리고 바로 이 지점에서 민호는 자기 환멸을 느낀다. 민호는 진수가 순결하지 않아 자신의 사랑이 배반당한 것이라 여기고 자신이 훼손한 처녀의 순결 역시, 자신을 괴롭힌 진수 탓이라 변명하며 스스로 합리화하고 있다. 동시에 성녀이자 처녀이며 어머니 같은 설희에게 자신을 한없이 받아들여 달라 말하면서도 그녀를 여인숙이며 자신의 만족을 위해 꺾어도 되는 꽃으로 비유하는 모순적인 태도를 보인다. 이런 민호의 여성관은 당대 사회의 여성에 대한 이중 잣대를 보여주면서 이런 여성 억압적 관념이 모두에게 불행한 결과일 수 있다는 현실을 지적한다. 박경리는 남성의 가학적인 폭력에 노출되는 순결한 여성들과 순결을 잃거나 거부한 여성으로 인해 자학하는 남성 주인공들을 보여줌으로써 육체적 순결을 떠나 누가 과연 순수한 사랑을 하고 있는가, 결혼과 가정이란 과연 사랑의 결실인가 질문하고 있다.

결혼하지 않는 여자, 후회하지 않는 사랑
― 현회와 정규, 그리고 오 박사

박경리는 자신의 문학관을 설명할 때, 감상과 낭만성을 구별하여 자신의 연애소설을 "낭만성을 추구하는 감정 문학"이라고 규정한 바 있다. 감상과 낭만성을 엄격하게 구분하고 있는 작가의 설명을 통해 우리는 작가가 작품 속에 구현하려는 낭만성이 무엇이며, 경계했던 감상은 무엇이었는지 확인할 필요가 있다. 이런 측면에서 박경리의 초기 연애소설이 독자 대중을 염두에 두고 멜로드라마적 문법을 활용하여 재미를 추구하는 대중소설의 문법을 공유하면서도 여전히 작가정신을 구현하기 위해 박경리 연애소설만의 개성과 차별화된 문제의식을 보여주는 부분은 무엇인지 살펴보아야 한다.

멜로드라마의 통속적 특징인 사건 중심의 내러티브, 우연성과 운명성의 강조, 과다한 비극적 정서, 그리고 불륜이라는 선정적인 소재 사용 등은 박경리의 초기 연애소설에서 공통적으로 드러나는 요소라 할 수 있다. 하지만 박경리의 연애소설이 일반적인 연애소설의 특징과 구별되는 지점은 결혼을 전제한 사랑, 결혼으로 완성되는 사랑이라는 연애소설이 보여주는 행복한 결말이 없다는 것이다. 박경리는 제도 밖 사랑이 실패한 이후에도 그 사랑을 후회하거나 용서를 구하지 않는다. 그리고 사랑에 대한 환상을 경계하고 '몰입'을 통한 감정이입의 서사 전개를 지양한다. 이상과 현실의 괴리로 고통받는 여성 인물은 소설의 결말에 가서 가정을 지키거나 사랑이 성취되더라도 독자들은 이를 '행복한 결말'이라고 생각하기 어려운데 이는 여성 인물들이 '사랑의 결실로서 결혼'을 상정하지 않고 '행복한 가정'과 '영원한 사랑'이라는 감상을 경계할 만큼 자의식을 가졌기 때문이다. 이는 독자가 인물에게 몰입하기보단 관찰하게 하는 효과를 만든다.

『애가』에는 '불륜'에 기반한 두 삼각관계의 연애 서사가 동시에 진행되고 있다. 진수─민호─설희의 삼각관계가 여성에 대한 이중 잣대에 대한 비판을 중심으로 당대 순결 이데올로기의 여성 억압성을 드러내는 서사로 진행된다면 현회와 정규, 그리고 오 박사의 서사는 사랑의 열망에 대한 절제와 인내를 통해 진정한 사랑의 결합으로 나아가는 서사를 보여줌으로써 두 관계는 서로에게 거울상의 역할을 한다. 오 박사에 대한 의리로 결혼한 현회의 결혼이 사실 불행했고, 진실로 사랑한 정규와 현회가 결합하지 못하면서 이 둘 역시 무척 괴로웠지만 현회와 정규가 민호와 달랐던 점은 끝끝내 그들은 사랑의 상실에 따른 고통을 인내했다는 것이다. 그리고 그들이 고통과 슬픔을 스스로 감당한 결과, 이 모든 사실을 알게 된 오 박사가 스스로 물러나게 됨으로써 현회와 정규의 사랑은 이뤄진다. 이는 민호와 진수가 설희의 죽음으로 완전한 결합에 이르지 못하고 결국, 그들의 결합이 지연된 결말과 대조를 이룬다.

이것은 두 남성 인물이 사랑의 고통을 대처하는 방법의 차이에 따른 결과라 할 수 있다. 실연의 상처로 자학적인 방황을 한다는 측면에서 민호와 정규는 비슷한 모습을 보이지만 민호가 설희와의 결혼을 통해 고통으로부터 도피하는 방법을 선택하는데 반해, 정규는 무의촌 의사 활동으로 수도자와 같은 생활을 통해 고통을 감당하는 삶을 선택한다. 이 둘의 각기 다른 선택과 행복을 통해 박경리는 결혼을 행복한 결말로 전제하지 않고 있다는 점과 결혼보다 중요한 것은 진실한 사랑이라는 점, 그리고 사랑하면 필연적으로 따르는 고통을 피하지 않고 온전히 감당해야 한다는 주제 의식을 드러내고 있다. 박경리는 낭만적 사랑의 목표를 결혼으로 설정하지 않고, 제도 안에 있든 제도 밖에 있든 남녀의 순수한 감정에 초점을 맞춰 연애 서사를 펼쳐 간다. 속악한 현실에서 실패할 수밖에 없는 순수한 열정을 이상으로 삼고 있기에 작품을 통해 비판하면서 동시에 극복하려는 대상은 사회적인 통념이다.

박경리의 연애소설이 보여주는 낭만성은 서로의 과거와 현재의 조건이 문제 되지 않는 순수한 사랑을 절대화하면서 사랑이 이뤄지기 어려운 현실에도 사랑의 좌절과 이에 따른 존재론적 고독을 감당하는 비극성으로 형상화된다. 이는 인물들의 사랑에 대한 이상과 이를 억압하는 사회적 통념 사이의 낙차에 따른 속물적인 현실에 대한 비판과 함께 '사랑하는 사이라고 하더라도 상대를 뚫고 들어가 하나가 될 수 없다는 한계'로 결국, 사랑에 따른 모든 고통을 홀로 감당하는 것이야말로 사랑의 어쩔 수 없는 속성이라는 비극적 인식에 도달하는 과정을 그린다. 바로 이 점이 박경리 초기 연애소설이 멜로드라마적 공식을 벗어나 박경리 작가만의 개성과 작가의식이 구현되는 부분이라 하겠다.

멜로드라마를 넘어 '박경리식 낭만성'

박경리 초기 연애소설은 기존 멜로드라마의 공식과 다르게 선인의 승리, 악인의 처벌을 공식화하지 않고 사랑의 결합에 장애가 되는 경쟁자를 악인으로 묘사하지 않는다. 결혼을 사랑의 완성이나 행복한 결합의 형태로 제시하지 않고 사랑에 영원성을 결부하지 않는 방식으로 가족 이데올로기로부터 비판적 거리를 확보한다. 오히려 박경리 연애소설에서 중요한 것은 사랑에 따른 고통마저 홀로 감당할 수 있느냐 하는 문제이다. 이를 감당할 수 있는 자만이 결혼이라는 제도에 이르지 못해도 이상적 가치로서 사랑을 성취할 가능성을 갖는다. 결국, 박경리의 연애소설이 목적했던 것은 사랑을 통해 존재론적 고독을 온전히 홀로 감당하는 개인의 낭만성을 그려내는 것이지 않을까.

박경리의 첫 연애소설인『애가』는 여성을 향한 이중 잣대가 얼마나 여성 혐오적인지, 이것이 순수한 사랑을 얼마나 억압하는지 비판하면서 동시에 이런 속물적인 세상에서 사랑을 지키고 이에 따른 고통을 감당하는 인간의 숭고함을 보여준다. 박경리는 멜로드라마의 공식을 변형하여 자기만의 개성 있는 인물과 서사 스타일을 통해 비극적 깨달음과 낭만성을『애가』에서부터 보여준다. 이는『토지』로 이어지는 박경리 문학 여정에 있어 그 시작점이자 박경리 문학작품 속 다양한 인물 군상을 이해하는 데 중요한 해석의 실마리를 제공하고 있어 그 의미가 크다고 할 것이다.

애가

초판 1쇄 인쇄 2023년 10월 19일
초판 1쇄 발행 2023년 10월 31일

지은이 박경리
펴낸이 김선식

경영총괄이사 김은영
콘텐츠사업2본부장 박현미
책임편집 임경섭 **디자인** 정명희 **책임마케터** 문서희
콘텐츠사업6팀장 임경섭 **콘텐츠사업6팀** 한나래, 임고운, 정명희
편집관리팀 조세현, 백설희 **저작권팀** 한승빈, 이슬, 윤제희
마케팅본부장 권장규 **마케팅4팀** 박태준, 문서희
미디어홍보본부장 정명찬
브랜드관리팀 안지혜, 오수미, 문윤정, 이예주
지식교양팀 이수인, 염아라, 김혜원, 석찬미, 백지은
크리에이티브팀 임유나, 박지수, 변승주, 김화정, 장세진
뉴미디어팀 김민정, 이지은, 홍수경, 서가을
재무관리팀 하미선, 윤이경, 김재경, 이보람, 박성완
인사총무팀 강미숙, 김혜진, 지석배, 황종원
제작관리팀 하미선, 윤이경, 김재경, 이보람, 임혜정
물류관리팀 김형기, 김선진, 한유현, 전태환, 전태연, 양문현, 최창우, 이민운

펴낸곳 다산북스 **출판등록** 2005년 12월 23일 제313-2005-00277호
주소 경기도 파주시 회동길 490
전화 02-704-1724 **팩스** 02-703-2219
이메일 dasanbooks@dasanbooks.com
홈페이지 www.dasan.group **블로그** blog.naver.com/dasan_books
용지 신승지류유통 **인쇄** 갑우문화사 **코팅 및 후가공** 제이오엘엔피 **제본** 국일문화사

ISBN 979-11-306-4692-3 (03810)